文脉中国 小说库

wenmaizhongguo xiaoshuoku

西河情缘

曹南文 著

中国文联出版社

图书在版编目（CIP）数据

西河情缘 / 曹南文著．--北京：中国文联出版社，2018.8（2023.3重印）

ISBN 978-7-5190-3851-9

Ⅰ.①西… Ⅱ.①曹… Ⅲ.①长篇小说—中国—当代 Ⅳ.①I247.5

中国版本图书馆CIP数据核字（2018）第183445号

著　　者　曹南文
责任编辑　闫　洁
责任校对　李海慧
装帧设计　中联华文

出版发行　中国文联出版社有限公司
地　　址　北京市朝阳区农展馆南里10号　　　邮编　100125
电　　话　010-85923025（发行部）　　　85923091（总编室）
经　　销　全国新华书店等
印　　刷　三河市华东印刷有限公司

开　　本　710毫米×1000毫米　1/16
印　　张　13
字　　数　220千字
版　　次　2023年3月第1版第2次印刷
定　　价　75.00元

作者简介

曹南文，男，湖南省永兴县人，1946 年农历八月生，初中肄业，后获函授本科文凭。

1968 年 2 月参军，从军十八载，历任战士、班长、排长、副指导员、指导员、教导员、团政委。1986 年转业回原籍，任郴州市民政局副局长（正处级），2001 年离岗、退休后，至今已出版《阳光》《阵痛》《戎马生涯》多部长、短篇小说、纪实文学、散文等。现为湖南省作家协会会员。

内容简介

《西河情缘》是一部纪实性长篇小说，它真实地记录了20世纪80年代我国农村体制改革、转型发展的历史片段，塑造的代表人物——曹能量，既是代表曹氏家族几代人的奋斗史，同时又是我国农村发展变化的缩影。曹能量呕心沥血，励精图治。利用党和国家改革开放的好政策，以自己的模范行为带领家乡人们发家致富，乃至改变家乡封闭、落后的面貌。作者将改革中先进与落后、人和事紧密结合，说人，真真切切；论事，实实在在。既不生搬硬套，就事论事；又不人物神化，将改革与发展生动灵活地置于社会实践中。依常理，守规矩，走正道，做善事。从文章表面看似曹能量是做房地产生意发达的。其实，却反映出曹氏家族几代人诚实守信，艰苦奋斗的精神风貌。

改革初期，农民进城务工，想法颇多，最主要的担心赚不到钱，还耽误了种田，其根源则是思想僵化，没有胆识。随着改革的深入，羞羞答答进了城，然而，农民工进城后，既是城市建设的主力军，又得到了实惠，也没有荒田。作者清晰地将这一段鲜为人知的历史记录在案，展现在世人面前，无疑是给《西河情缘》增添了乡土气息，也是我国农村改革的真实记载，使之更加让人莫拂了心意，且难以忘怀。

作者观察社会事物细腻、深邃、跌宕起伏的故事情节，既不高调，也不低俗，读后让人有一种淳朴的清香味，同时，很自然地从中得到成功的启示。的确是一部接地气，且乡土气息浓郁的好作品，值得一读。

成功，乃人生的追求，你在追求，我在追求，大家都在追求，所有活在世上的人，无时无刻不在追求各自的成功。那么，成功到底以什么为标志呢？哲人告诉我们：成功最终的体现就是快乐，而快乐又来自分享。然而，成功的最高境界，就是“受人尊重，被人需要”。

内心情缘的呼唤（序）

◎段录定

立冬刚过去几天，曹南文老战友从湘南发来短信，告知我他的长篇纪实小说《西河情缘》已脱稿，马上寄来，并嘱看后为其写序。我顿感惊喜，又诚惶诚恐。写序实在不敢当，从文学修养到与曹先生相知相交来说，非老战友李石元先生莫属。这决不是自谦，是我的心里话。

收到书稿，我急切打开看了起来，我整整一个星期没有放手，仔细品味，一番思绪涌上心头。

小说前言开头第一句，就是“立冬刚过……”。我一看到这里，心一下子提了起来，内心不由得呼唤着这是缘分啊，缘分！恰恰两年前，立冬那天收到曹南文散文随笔《阳光》，我心中窃喜。曹南文选择这个时节点将书稿寄来并嘱我写序，莫非就是冲着这个缘分来的，机缘使然。

我和曹南文是情缘相通的人，年龄相仿，出身农家子弟，有过相同的生活况景，又是一列火车拉到昆明在一个师当兵，可谓是老乡、老战友。虽然早期不在一个单位，不很熟悉，年过半百在湘南的一次聚会相识。由于共同的经历、相投的兴趣，相似的出身背景，便相知相交。后来，我读到了曹南文的长篇小说《阵痛》、散文《阳光》、纪实文学《戎马生涯》多部作品，对他有了更进一步的了解，给我留下深刻的印象。

他是一位威武刚强、经历丰富的军人，经过血与火的生死考验，有理想、有血性、有品德、有本事，从士兵走上团政治委员的岗位；他是一位爱岗敬业、乐于奉献的国家公务员，经过中国改革大潮的磨砺，有担当，有作为，

为老百姓办成了许多实事好事；他是一位好学不倦、永不懈怠的老同志，年过七旬，老有所学，老有所为，可谓老来莫急留余白，笔耕不辍写春秋，迎来创作的春天，这令我敬佩。

一个人有责任让自己过得色彩斑斓。环顾我们的周围，真正高尚而色彩斑斓者，并非很多。因为各方面的因素，尤其社会上许多不良诱因，很多人越来越丧失活力。曹南文不是这样的人，他为信仰拼搏，为理想坚持，知难而进，从不懈怠，成功地实现了走进文学创作殿堂的梦想。今天，他的长篇小说《西河情缘》已出版，就是最有说服力的例证，可喜可贺。

小说《西河情缘》是一部聚焦农村生活底层的作品，却没有流于表面的诉说和感伤，也不因同情和理解而放弃对写作对象的反思和探索。作者不止表现一个人、一个家庭、一个村子各种矛盾冲突，更多的是对世道人心，对社会深层次矛盾和农村改革路径的揭示，显示了作者的社会担当。作者以工笔画般的耐心和细致，为读者描绘出了一幅形象生动、真实可信、感动人心的农村改革精神与物理地图，有血有肉，读来满是温情。

小说《西河情缘》可视为改革开放40年来乡土变迁的一个缩影，与乡土一起开始了城镇化进程，只不过是这一时代被安放在了具体的人物身上、特定的农村而已。小说主题是写农村改革，但既写农村又写城市，既写现实观世，又写人间冷暖，把日常生活的细节勾画得很深，也把亲情之间的交会，农村和城市之间的生活环境、自由空间、乡思乡愁，表现得活灵活现。这乡村的气味和烟火味，也都成了美好的记忆和享受。作者对农村改革、乡土变迁乃至农民工的思考，正是对自己的思考，有着浓郁的怀旧色彩。也许这成了作者心底永恒的精神资源与支援意识。

小说《西河情缘》滋生了太多有故事的人。曹南文无疑是一位会讲故事的人。作者置身在当代农村改革当中，通过主人公这一家的日常生活场景，将严峻的农村生活和改革，用朴素的视听来诚实地表达，充分展示大多数普通人的生活原态，平淡的生活底色。把家乡的故事讲好，把对家乡的感情不断向外辐射，不是缓释在理论中，更彰显了生活本身富有的情节、深度和最生动的一面，体现了更强烈的生活逻辑，亲切自然，引人回味，唤起共鸣和感悟，不经意间，直达人心的最深处。小说讲的虽是别人的故事，字里行间仿佛处处都可以嗅到作者的气息，或者说就是作者内心真实的写照，是内心情缘的呼唤。

小说《西河情缘》，充分利用方言的艺术功能，充满醇厚的地域色彩和乡土气息，让故事从土里长出来，叙述不加修饰，不拘俗套，实实在在地还原生活本身，看不出斧凿的痕迹，也没有经过稀释，盈着活力，接地气，清风扑面，耳目一新，这是作者高明之处。从某种意义上讲，这部小说见证了作者思考的容量与思想的深刻，更见证了他生活的积储、知识的更新，特别是创作的成熟和创新的追求。

曹南文在小说《西河情缘》中，对农村改革表现出由衷的赞叹和丰富的诠释，充满正能量，是一篇宣讲农村改革的好读本。他用家常话讲家乡故事，宣扬中华传统文化的精华和美德，其家训就具有很强的教化作用，是一本难得的好教材。他成功地塑造曹能量这一典型，给人以启迪，是当代青年学习的励志篇。所以说，曹南文小说《西河情缘》，是一部值得一读的佳作。

我读完小说《西河情缘》，心情久久不能平静，完全被感染，被打动。让我记住了来时的路，回到了生我养我的故土，我要衷心感谢曹南文先生！

我写这些话，是读完小说《西河情缘》的真实感受，不是对作品的诠释。也许我还没有读懂作者的心理和创作意境，不当之处，请曹南文先生和广大读者指正，毕竟曹南文先生才是最有发言权的。

2017年11月26日

（序者系湖南省郴州市苏仙区人，中国人民解放军原成都军区副政委兼纪委书记、中将军衔。爱好文学，先后在军地刊物上发表各类作品百余篇。其中，诗词《想起那高原红》《我在高原》获全军文艺二等奖，《第二故乡》获全国少数民族歌舞大奖赛金奖。2008年编著出版了《高原健康养生》，出版了诗词《闲思散记》《闲拾碎语》，创作的《佤族人民的好儿子——岩龙》获全国少年文学一等奖）

前　言

立冬刚过，一些落叶后的树光秃秃、干巴巴地支撑着。你瞧，那些残存着的红枫叶，无论霜风怎样刮，披红挂彩似的赖在树枝上来回飘荡着；收割后的晚稻田里，那些橘黄色的禾蔸连接着丘岭经霜盖后的茅草，像是给整个大地铺了一层厚厚的插花地毯；古老的常青树和蓝天白云的衬托，初冬晚霞映红的湘南大地，活像一幅天然的山水画，让人心旷神怡，赞不绝口：湘南大地美极了，伍家坪塆村太美了！其实，伍家坪塆村是西河流域所有村寨中最名不见经传的小乡村，它坐落在西河的中上游，依山傍水，村后有一座十分对称的后脑山，后脑山古树成荫，飞鸟成群，冬去春来，在这里年复一年地度过自己美好的时光，真是山清水秀，鸟语花香，风景宜人。

全村只有三十多户人家，不足四百口人，小村寨坐北朝南，房屋建筑全是古式的青砖瓦房，三字墙。合作化之前，虽然是小农经营，各自忙于耕田种地。但是，日子过得舒畅，算不得小康生活，也是远近闻名的小富村，有人说是人杰地灵，全是仗着自然景地的灵气。合作化之后，自然环境遭到一些破坏，加上生产方式有所改变，变化的情况就一言难尽了。

正厅屋大门上方写着“七步第”三个大字，一看就知道，这个塆村传统文化保留完整，文化积淀深厚。这是曹府，曹操的后裔。距曹操有多少年代，又是什么时候从什么地方迁居而来，这个历史的变迁不得而知。但是，该村已有几百年的历史了，家谱有记载，生活在这个村的男女老少，对曹操儿子

曹植的《七步诗》却十分了解，“煮豆燃豆萁，豆在釜中泣。本是同根生，相煎何太急”。我们要说的故事主人公，曹能量就是那年冬出生在这个曹府的小乡村。

曹家生有六男一女，能量排行第五，后来，大家习惯地称他为“曹老五”，曹老五其实年龄并不大，四十岁出头，他至今是个非党派人士，从未在政界上干过事，是位典型的农家子弟，仅初中文化的他，早些年就事业有成。而且，在这个县城里颇有名气。名气是有了，可是人们怎么看他都不像成功人士，说他像企业家，他没有经营过大企业，连小企业的经理、厂长也没有干过；说他像工程师，他却没有亲自设计过工程和干过监理的行当。到目前为止，他的身份只是一个小小的建筑施工员。但是，他却实实在在地拥有注册资金上百万元的房地产开发公司，还管理一个三星级大酒店，手中握着上千万元的私有资产。前几天又将二儿子曹军送到国外去留学了，据说，是在英国读硕士生的大儿子曹明带过去的，兄弟俩同在一个国家，同在一座城市，读的同一所大学，就凭这一点，你得佩服曹老五。不佩服才怪呢，一般有钱人送出一个子女到国外留学就蛮了不得了，曹老五就有能力供两个小孩留学。而且，两个儿子看上去都有出息，将来学成后，不会亚于曹老五。现在就有人说，曹老五真有福气，可观的固定资产放着，无形资产又见影子了，固定资产加无形资产就是一笔了不起的资本，资本运营而生，就会财源滚滚，将来的曹老五，让人望而生畏！可是，这些都是别人的看法，别人要怎么看，怎么议论这些事，曹老五管不着，也没有心思去理会这些陈芝麻烂谷子的事儿。他，在很早以前，就确立了自己为人处世的宗旨和干事业的理念，曹老五成功的理念到底是什么？能不能通过他所走过的路，而揭密呢？作者真想费一番功夫沿路探密一试，这就是作者要写这本书的本意。

目录 

CONTENTS

一、出生艰难…… 001
二、家教育人…… 009
三、愿子成才…… 015
四、读书不易…… 024
五、卖冰棒“情”…… 029
六、拾粪遇难…… 038
七、穷则思变…… 042
八、志在选择…… 047
九、北京见闻…… 054
十、订婚人生…… 058
十一、决心改行…… 064
十二、唯一出路…… 070
十三、过年吉祥…… 079
十四、美满婚姻…… 085
十五、承包工程…… 091
十六、幸福进伙…… 095
十七、有得有失…… 098
十八、诚信做事…… 103

十九、助人为乐…………………………………………………… 110
二十、梦想成真…………………………………………………… 117
二十一、签约香港………………………………………………… 126
二十二、H 大充电………………………………………………… 135
二十三、承建大厦………………………………………………… 142
二十四、落成庆典………………………………………………… 154
二十五、急中生智………………………………………………… 160
二十六、情在意中………………………………………………… 165
二十七、西河情缘………………………………………………… 169
二十八、送子留学………………………………………………… 177
二十九、离乡进城………………………………………………… 182
三十、真情回报…………………………………………………… 186

读后感

成功源于拼搏
——读《西河情缘》有感………………………………………… 189

有志者事竟成
——有感《西河情缘》…………………………………………… 191

细心笔耕、探密成功（后记）………………………………… 194

一 出生艰难

伍家坪塆村背后，有一条河，名叫西河。小河不知有多少年岁了，像所有湘南农村的小河一样，河道不宽，流水不湍，静静地，清清地，可以照见河岸上面的树枝叶，以及枝叶上方湛蓝的天空。

西河，源于便江西部五岭山脉，有传说：西河是条小溪，因同音叫西河。古老的西河，融山之高峻，水之神韵于一体，挟南国秀色，禀历史文明于一身，历朝历代孕育着成千上万英雄豪杰，仁人志士，实乃人们的母亲河。

那年，农历十一月上旬的一个早晨，没有下霜，是个晴转阴的天气，人们还在睡梦中就被喜鹊叫醒了，老人说，喜鹊大清早报喜，这个塆里一定有喜。能量的母亲妙秀婶闻声而起床，腆着个临产的大肚子，开始她那循环而又紧张的家务活，一边煮饭，一边剁猪草煮潲。她一边做事一边想，喜鹊报喜与自家有无瓜葛？想来想去，硬是想不出与己有关的喜事。

这时，捞饭出锅了，红薯稀饭熬好了，猪潲也煮熟了，她坐下来认真地摸了摸肚子里的胎儿，离预产期还有一个多星期。如果，怀的是女孩，凭经验，延长十天之多也是常有的事。除此之外，穷人家还会有什么喜从天降啰！不想了，不想了。看来今天的喜鹊报喜与己无关。

快到9点了，出早工的人还没有回来，既然吃早饭的人未回，就先喂猪。把猪喂了之后，她又从后山厕所里挑了一担一百多斤重的大粪，将前面菜园里那块刚插下去的大蒜补浇底肥。也怪，那天急急忙忙插了两条土的大蒜，一条土浇了大粪放了底肥，几天过后就发芽长出了粗蒜苗，一条土因天黑来不及浇底肥，至今未发芽出土。所以，农夫有句俗话说得好——“种庄稼没有巧，全靠肥来浇”，千真万确。

早饭后，女工与男工们一起出工，全队的人都集合在禾场上，老K队长排工，排工前，凭着他多年观天色的经验说：“你们不要看今天早晨没有下霜，很有可能下午或晚上就会变天，不下雪也会下雨。”又说：“妇女们今天全部集中到石古冲，将鱼塘边那块红薯挖掉，并将挖回的红薯全部人窖。那块地今年不种小麦了，计划下一步种冬洋芋。”因此，今天妇女们的任务比较重，你们一定要努力完成任务。否则，变了天就会烂薯坏大事。

妙秀婶是妇女队长，二话不说，挑了一担箩筐，扛把锄头腆着个大肚子就上路了。妙秀婶走在最前面，由于是羊肠小道，只能单行。十多个人拉开距离，形成一条长龙。兰风婶是塆里出了名的热心肠，心直口快，喜欢管闲事，她走到妙秀婶的身后问：“你快要生娃儿了吗？怎么还不休息？”

“我还没有到预产期。”

“你不会犯糊涂吧？时间不会记错吧？要是把孩子生在外面麻烦就大了。”

妙秀婶很有把握地回答兰风婶：“不会，我已经生了几胎娃儿了，预产期绝对不会弄错，眼下农活儿忙，忙了这阵子再提前两天休产假，应该不会碍事。”两人你一句来她一句去，不觉地就到了目的地。十多个妇女工，排成一字形，把那块红薯地挤得满满的，大伙拼足劲地往前挖，由于红薯藤是先割好了的，所以挖起来也快，上午，一人挖了一担，挑回去人了窖，下午再努把力，估计不会等到下晚工就可以完成任务。妙秀婶说，为了赶时间，吃了午饭，大家都不休息了，下午早挖完早收工。

午饭过后，大家还是拼足力气挖呀挖，快要挖完的时候，妙秀婶前面出现一蔸很奇怪的红薯，蔸根尤其粗壮，土面全都崩开一条一条的裂缝，相隔蔸距比一般的大多了。显然，是谁在插红薯的时候做了手脚，有意把坑挖得又大又深。而且，多放了有机肥，加上又是种在火灰塘上，所以，这蔸红薯与别的相比，从外形上看就特别。她放声喊：“伙计们快来看呀！这蔸红薯好特别啊！”这时，大家都来围观，一看，的确是蔸特别大的红薯，大家齐心协力很快就把红薯挖出地面，并惊叫这是一蔸卫星红薯。

卫星红薯起源于1958年，种红薯也像种南瓜一样，把蔸坑挖得很大，放很多底肥，以一蔸的产量来估算一亩的产量，其实都是自欺欺人。这蔸红薯是水红色的，皮很光滑，而且没有开裂的迹象，底部是平坦的，随意放也不会倾倒，一个独生"儿"足有十多斤重，大家异口同声地说："真过瘾，妙秀婶抱了个金娃娃，又大又好看。"这时的妙秀婶只顾使劲刨红薯，怕将红薯底部挖烂，她双膝脆地而刨，哪里还顾得上自己是一个快临产的孕妇。这时，兰凤婶在旁边发现，她的裤子全都湿透，还见红了。"哎呀，他婶，你看你的裤子全湿透了，是怎么回事，难道你全没感觉？"

妙秀婶确实没有丝毫的感觉。但是，经兰凤婶这一提醒，问题就来了，她顿时感觉到肚子痛得相当厉害，而且是一阵一阵地痛，凭着多年生孩子的经验，她知道这是临产前的反应。她把侄媳妇灵梅喊到身边，"快，快，赶快扶我回家，不然会生在外面"。

从石古冲回家的路途并不算很远，大约一公里，由于路难行，正常人也得10—15分钟才能走回，何况已经发作的产妇，举步维艰。这时的妙秀婶心急如焚，叫侄媳妇扶着她快跑，说是快，怎么能快得起啰，根本无法跑得起。好不容易到家，前脚还没有跨进房门，又是一泼羊水，灵梅马上在厅屋里拿了一张椅子让婶坐下，裤子脱不下来了。这时，娃娃的头已经露出了，灵梅心疾手快拿把剪刀将婶的裤管拉开了一只，另一只还没有来得急拉开，"哇"的一声，娃儿落地了。灵梅诚惶诚恐的心也落地了，因为，她所做的这一切，全是迫不得已的行为，并不是有经验的所为。

有人说，农妇生孩子就像是拉大便一样轻松，这么说，有些夸张。但是，的确不像城里人生娃那么娇气，那么讲究，可能是活动量大的原因。今天生这个娃儿，最让妙秀婶纳闷，提前那么长的时间，她清楚地记得离预产期还有12天。即使提前一个星期，也不到出生之日，要么是今天的活动量太大，或者是挖那蔸大红薯太激动有关。不管什么原因，胎儿提前出生，确实带来了格外的麻烦，弄得做母亲的全乱了方寸，慌了手脚。首先，今天出生造成了混乱局面，再就是出生之后，毛毛（方言，指刚出生的婴儿）穿的一点也未准备。二伯母，是妙秀婶的二嫂子，灵梅的婆婆，她在隔壁听到婴儿的哭啼声，知道一定是他婶生娃了，闻声急忙赶过来。灵梅虽然也生过几胎娃儿，但是，对接生一点儿都不懂，因为生产时只知道疼痛，哪还顾及接生啰。出生的婴儿躺在羊水中已有两分钟了，她不知道该干什么，全傻眼了。二伯母将油灯点燃，接过剪刀，很麻利地放在灯火上来回、正反两次，就算是消毒

了。然后很熟悉地剪断脐带，用一根拉鞋底的麻线捆好剪刀口，再用锅底灰往肚脐口子抹上。你不要看二伯母操作那么简单，其实，这一道程序是整个接生中最复杂、最讲究的一道工序。清洗了婴儿，问她婶：“毛毛穿的抱的衣垫呢？”这时，婶没有直接回答二伯母，而是用一双含泪的眼睛看着二伯母，说：“没有，你就让他放在我身边躺着吧。”

二伯母嗔怪自己的弟媳说：“不是我说你，怀了十个月的胎，至今，一块包布，一件衣服都拿不出来，你是怎么搞的，也太大意了。现在怎么办？这么冷的天气，还不把毛毛冻坏。”

这时，她抬头看到墙上挂着一块洗澡帕，心想，虽然粗糙点，但还是可以保暖，比光着身子强多了。“快，”她又叫灵梅，“把那块澡帕放在灶上烤干，给毛毛包上，可以御寒。”

“二嫂你是知道的，我已经五年未生娃了，前面五个娃儿用过的衣物，包布片都已用烂，作废品卖掉了。现在，全部要制新的，新增加这笔开支，哪有着落。过穷日子，就是拆东墙补西墙，你说是不是？”

二伯母听她这么一说，用佩服的口气回应道：“她婶，过日子，精打细算，谁都不能与你比，在这个塆里，你是有口皆碑的，妯娌们都是十分佩服你会操家理事，把苦日子过好。”

二嫂接着说：“只好明天赶圩买几尺布来，先做几块包片和毛毛衣，不然的话这孩子保准冻死。好啰！”“二嫂你辛苦半天了，也该回去休息了。”二伯母回家煮了一碗热乎乎的红糖蛋汤送来给妙秀婶吃，妙秀婶边吃边热泪盈眶地说：“嫂子，你真是我的好大嫂，嫂大为母啊！”“他婶说些什么呀！这都是我应该做的。”

二伯母走后，小孩儿醒了，拱在母亲怀里要吸奶，妙秀婶刚喝了一碗红糖蛋汤，奶水已下，娃娃只需轻轻地一吸就出来了。第一次吸母奶，好像是久违了似的，轮换将两只奶水吸得空空的才罢休，吃饱了之后，又甜甜地睡着了。

这时，妙秀婶想起来做晚饭，正好，他爸收工回来了，因为是早产，又生得很急，加上他爸是到较远的下洞犁田去了，所以就没有通知他。其实，也是刚刚才弄完接生这一摊子事。

他爸一进屋看到妙秀婶头上扎了一块毛巾，俨然地问：“他妈哪里不舒服？”

妙秀婶回答说：“你没有看到我的肚子消下去了，孩子已生了。”

“啊！怎么这样快就生了，昨晚上我问你什么时候生，你还说离预产期还早着呢？说生就生了，也不通知我。”

“通知你有什么用，大男人一个，难道你还会代替我生，还是为我接生？你只会添乱。”

“嘿嘿，娃娃呢？让我看看。”他爹十分高兴而急迫地想看到毛毛，完全是一副情不自禁的样子。

“在床上睡着呢，你自己去看呗。”

他爹走进卧室，掀开被子，露出娃娃的头，高声地惊叫了，好像是他第一个发现了新大陆似的。“他妈，快来看，快来看啰，这娃儿非同一般，生来就是乌黑的头发，大大的眼，粗眉毛，圆圆的苹果脸，体重足足有七八斤，很有特点。将来，一定有出息。”

听他爸这么一说，本来就很疲惫的妙秀婶，一下愁脸变笑脸很开心地给娃儿一个亲吻，但愿将来有出息。“哎！他爸，你只顾高兴，还不给儿子取个名字？”“能量，奶名就叫小雪”，他爹脱口而出，好像是早就准备好的名字，又像触景生情取名一样。“为什么取这样俗的名字，一点儿新意也没有，而且，难听。”他爹肯定地说：“这个名字好，最适合这个孩子，你以为我是不假思索随便说的，不是的，我解释给你听。今天，是什么节令？是小雪且又下了雪，他的降生，就像是生在雪山上的雪莲，那么地纯净，那么地耐寒，那么地坚韧不拔，学名就叫曹能量。”

他爹是个文化人，越说越来劲儿……“孩儿妈，说不定将来我们就靠他吃饱饭，托他的福呢，有能量才有福哩！”

他爹把妙秀婶说得高兴得合不拢嘴了，本来多愁善感的她，这时，也是心花怒放了。联想到今天早上的喜鹊报喜和下午刨大红薯的情景，她笑哈哈地说：“也许你说得对，难怪今天喜鹊早早地在我屋前的苦楝子树上对着我们家叽叽喳喳地报喜呢。今下午在石古冲挖红薯，我又挖了一蔸大红薯。”他爹很敏感地问：“是不是鱼塘边那块土而又靠近鱼塘那头火灰塘那蔸？”

“是啊！就是那蔸。”

“哎呀！全对了，那蔸红薯就是我今年春一手种的，我还计划今秋亲自去挖呢，没想到我下的种，你来收，真是太巧合了，实在是一件千载难逢的大喜事，这个娃娃就是一个金娃娃，就是我们家的宝贝，是一个十足的聚宝盆。”

“没事吧，看把你乐的，好得真的拾到一块宝似的。”

他爹一直沉醉在兴奋之中，接着母亲的话说：“你要知道，这比宝贝还要珍贵。”

这时，妙秀婶也感染似的说了一句笑话：“我看你真是宝气，生了个崽会把你乐成这个样子，说点现实的吧，不要尽说梦话了。”

“唉！这哪里是梦话，分明是真话，是实话，你不信，那我们走着瞧吧！做母亲的最担心眼下如何越过这个坎。“名字，就按你说的叫能量，我也同意。我跟你说，现在能量还是光着身子，身上一根薄缕纱都没有，只是临时用你的澡帕包着的，明天逢圩，你快去快回，买些布和棉花，争取明天下午将能量的棉衣和包片做好，免得孩子撑不住冻，出大麻烦，那样就会一无所得，金呀宝呀福呀全落空。”

“好！好！坚决按夫人的指示办，买好东西快回。”

能量的父亲是农村中的业余演员，平时说话也难免有舞台动作，经常把妙秀婶逗得乐，刚才，他又做了一个小丑的鬼脸，使得她再次笑得合不拢嘴！真是穷人有穷人的乐趣。

那天后半夜果真下了大雪，一直到第二天中午才停，老K队长看天气看得真准，这不是瞎扯，而是凭他的经验得出来的，他当了多年的队长，有多方面的农耕经验，这也是他丰富经验之一，称得上活天气预报。

本来就没包片没穿棉衣的小生命，由于下雪气温急剧下降，做母亲的很注意用自己的体温为其取暖，也不敢睡着。不知道什么时候一下就睡着了，毕竟是挖红薯加上分娩劳累了一天，无论如何也抵挡不住睡意，再撑也是有限度的，睡着多久也不清楚，猛然从睡梦中惊醒时，天已蒙蒙亮了，她侧过头看毛毛，没有一点动静，眼睛是闭上的，只是鼻子有点微弱的气息。她把毛毛抱起使劲地喊和摇，毛毛还是无动于衷。

这时，他爸被惊醒了，看了一下危在旦夕的婴儿，翻看了毛毛的眼皮对他妈说：“不要紧，没有关系，只是冻着了，好在发现及时，再晚一点真会出问题，这个崽命大。这样，你抱着他贴近身子，再用棉衣裹着，坐一会儿。只要他体温上来了，就会转危为安。”按照他爸的交代，果真，不到十分钟，婴儿哭了，挨着母亲要吸奶了，妙秀婶笑了，“崽啊！崽！你要是冻坏了，那我就会活活急死”。

“他爸，天已经亮了，你还不赶快起床赶圩去。”

“你也太性急了，这么早走到圩上，又是下雪天气，哪来的买卖人，你也是一急就乱了方阵。”

第二天，9 点过后，虽然还下着大雪。兰凤婶风雪无阻地来到妙秀婶家，说是汇报昨天下午挖红薯的收尾工作。其实，还是想看看刚出生的娃娃，她是爱管闲事的热心人。而且，两家互相关照常有的事。她们闲聊时，妙秀婶多次流露，想生个女孩，今天来探个虚实，估计妙秀婶也不会介意。她提了一篮子的东西，走进厅屋时就高声大叫：“他婶，他婶，生了没有，生个什么？是男是女。”然后一边拍打着身上的雪花，一边自言自语地说，“这个鬼天气，下那么大的雪，会冻死人哟！”进了房门，她把竹篮子放在床头，看到妙秀婶还随娃儿躺在床上。

“你看，他婶，来就来，看就看，提那么多东西来干啥。”

“这些都是坐月子要吃的，不瞒你说，我早就做了准备，你看干腌菜、干豆角是刚刚晒干的，鸭蛋是自己的鸭生的，鸡蛋是没卖有意留的，只有红糖是刚买的。你还没吃吧？我帮你弄红糖蛋吃。”

“不要了，她二嫂给做的已经弄给我吃了。”

看看毛毛是什么样儿，她先问妙秀婶是男是女。

“又是个男孩，我前面已有四男一女，本想这胎生个闺女就不生了，哪知道又是生个男孩。”

“哎呀，都一样，这也由不得你自己，听天由命吧！”她俯下身子，小心翼翼地掀开被子露出了毛毛的头部脸部。一看就赞不绝口，“哎呀呀，你看，你看看，长得好大样，好英俊，乌黑的头发，大大的眼睛，圆圆的脸，嘴巴不大不小，看上去就是一福相，福相呀！你信不信，这小孩将来一定有大福，是个天才，是干大事的人才！”

“他婶，你也太夸张了，哪有什么天才，只要不是蠢材，我就心满意足了。”她又往下看毛毛身子个儿，“哎，看来将来个子也不会小，是棵好苗子！突然间她好像发现了什么秘密似的。她问：“他婶，怎么娃儿既没有穿衣，也没有包布片，这么冷的天气不会冻坏？你怎么会是这样带毛毛的？”

“哎呀！我有什么办法，昨夜里差一点冻坏了，好在发现及时，结果，把他暖过来了。”

“你以前用的小儿衣，一点都没有留下？”

“哪里还留得着呢，都当废品卖掉了。”

“你等着，我回家拿去，我家还留着些旧衣裤。”

不一会儿，兰凤婶就抱了一大捆棉衣、棉片、单衣、内衣、外衣过来了，还可以留着换洗。

妙秀婶含着感激的热泪，谢过兰凤婶。

“我们之间还客气啥。”她亲自帮小孩穿好，捆好，就回去了。

兰凤婶走后，妙秀婶回味她说的话，再仔细看看身边的能量，真的，能量的长相确实非同一般。既结实，又有水色，皮肤像女孩，很有特色，这大概就是福相。是什么原因使能量生下来就茁壮，又一脸的福相呢？她分析原因，与胎儿营养有关系，自己已有五年未生了，那是因为过苦日子，患了水肿病，断了经。后来，大队按照上面的精神，把全大队上百号水肿病人都集中到一齐治疗。水肿病的起因，其实很简单，就是长期没有吃饱饭，营养失调，营养跟不上身体的需要，才出现下身浮肿。治疗这种病更简单，既不要用任何药物，也不要打消炎针，只是三顿饭吃饱，就足够了。总共一个月出院，完全恢复原样，又红又白，既结实又漂亮的中年妇女。

从集中院治疗水肿病出来之后，不到一个月就有了妊娠反应，不自觉地怀了孕，实践证明，胎儿好，关键在于孕妇的营养好，体质好，体质好才会生胖娃儿，是呢，他天门高，看上去聪明过人，将来是会有出息。不管将来怎样，眼下，我一定要竭尽全力把这个孩子抚养好，让他茁壮成长。

二 家教育人

家教，其实是一门了不起的社会科学。好家教不是体现在教育者本身，而是在于接受教育人的效果。然而，实践充分证明，传承好家教，有时，不一定要正儿八经地讲许多大道理，有针对性地随时随地、一言一行施教，照样可以收到理想的效果。

能量出身曹氏大家庭，生活的艰辛，那是常人难以想象得到的。全家人吃不饱肚，穿不暖身，常常处在饥寒交迫之中。好就好在那个时期大家都一样过苦日子，谁家也好不到哪里去，因为，大集体都是在队里称口粮吃，标准差不多，要说有区别的话，那就是谁家上月不扯下月的口粮，到月底不提前开仓借粮。

塆里有几户老救济户就做不到，他们总是提前几天向队里借口粮。有缺几天的，也有缺十几天的，这样逐月累计下来，到第二年青黄不接的时节，就会出现一个多月甚至两个月断粮。每到这个时候，政府总要派人下来进行春夏荒调查，别村都要入户调查，但这个村的调查，只需几分钟，从会计的账上抄下来，就全知道缺粮的户数和人口有多少。因为，队长、会计对全队的缺粮情况了如指掌。再说，同一个塆里住着，时间长了，谁都知道谁家的根底，何况开仓借粮必须要经队长、会计批准后，才能借到。

其实，缺粮也有个惯性问题，吃救济总是那几户，大家都习以为常了。被救济的人，认为自已吃救济是应该的，因为，“政府不能让我们这些常年缺粮户饿死，那样，就不叫社会主义了，社会主义就不允许饿死人”。如果，哪一次没有救济上，倒觉得不正常了，他们会直言不讳地问大队干部，“我这次为什么没有得到救济？是不是你们干部徇私情，救济别人了？”相反，多数不吃救济的人，从不眼红，从不比较，即使自家差着一两天粮，也不向队里要救济。他们习惯了节约用粮，认为吃救济是不光彩的，吃救济的人是低级趣味的人。这就叫作说怪不怪，说不怪还真怪，这大多数不吃救济的人，正体现中华民族的美德，妙秀婶就是多数不要救济的人。

按理说，她们家有八九口人吃饭，六七个小孩都是吃长饭（长身体）的年龄时段，缺粮是很正常的事儿。但是，她们家就从来没有吃过救济。妙秀婶总是精打细算过日子，在队里乃至方圆几十里都有名气。她对自己节约用粮总结出“节”“代”“饿”三个字。节：首先是计划好每一天、每一餐用粮。全家人一个月总共多少口粮，自从仓库里称出来之时起，就要计划到每天、每餐平均吃多少，一餐也不能放开吃。如果，人均 9 两 / 天，那么有杂粮的时候就只能吃 6 两，节约的重点阶段又是冬季。因为，冬季白天时间短，活路少，可代杂粮多，把冬季节约下来的粮食用于明年的春夏荒，最管用不过了。所以，她的节约其实就是从牙缝里一点一粒抠出来的。代：就是瓜菜代。她们家，除了过年过节有几顿净大米饭吃，别的时候，就再也吃不上干饭和净大米饭了。红薯、马铃薯、萝卜、玉米、高粱、白菜、豆类拌饭，或者煮在稀饭里。饿：就是妙秀婶自己饿，宁要苦了自己，也不要饿着孩子。每到吃饭的时候，她总是有做不完的家务。其实，她是无事找事做，等大家吃完了。才把所有的汤汤水水，再加一点别人吃剩的饭，收碗时站着就吃完了。如果吃钵子饭，她的那一钵就特殊了，别人三两，她就是一两或二两。但是，多放水，蒸出来依然与其他钵一样满，要么，就是这个孩子碗里拨给一点，那个碗里拨给一口。真是可怜天下父母心，在孩子们的眼里，母亲才是真正的东方贤妻良母。

那一年，公社派来驻队的工作组，由陈书记带队，三个人，其中两个女队员，指名要住在妙秀婶家。工作组要求住你家，本来是件好事，在阶级斗争的年代里，证明你家政治清白，没有历史问题，属依靠对象，全塆几十户人家别家不去住，就是要住在妙秀婶家，全塆人都羡慕。房屋虽小，住的问题不太大，楼上楼下挤一挤可以解决。关键是吃饭的问题，那时刚刚撤掉大食堂，各家各户分灶吃，妙秀婶家那时候老老小小有九口人吃饭，加工作组的三人，一共十二口人开伙。人多，也不要紧，煮饭的时候多加一瓢水，吃饭的时候多加几双筷子就行了。只要有米下锅就好办，问题在于无米之炊。把妙秀婶平日里计划用粮全打乱了，你总不能让工作组的人与自家人一样吃瓜菜代饭嘛。再说，别人带来了一份口粮，又不是白吃。

既然来了，打着肿脸充胖子也得充呀。所以硬着头皮也吃了一段时间的净大米饭，这下可乐坏了几个不懂事的孩子。在他们认为，工作组来了，给他们带来了从没有过的好日子，不但能吃饱，而且，还净吃大米饭，餐餐有荤菜，真是工作组好，工作组要是住在他们家不走就更好。他们哪知道做母亲的苦衷，仅仅不到一个月，就将撤食堂以来，几年的节约粮全部赔进去了。眼下就没米下锅了，也要提前借口粮了，这可是过去从来没有出现过的现象。现在，工作组来了打肿脸充胖子充出了这么个状况，急得做母亲的有苦难言，真是哭笑不得。

原想，工作组驻队是一种形式，一个月难得几天，大多数时间都待在上面。如果是这样的话，挺一挺也就过去了。哪知道这个工作组，下来之后难得外出，连到别家体验生活也没有。特别两个女队员，几乎一天也没有离开过，完完全全沉在基层。时间长了，实在是难熬了，只好在饭里掺了少量的杂粮。带队的陈书记说："这样很好，要不然，净吃大米饭，谁家也承受不了。"因为，他是生在农村，长在农村，又长期做农村工作，自然很习惯吃这种杂粮拌饭。问题是那两位"三门"干部麻烦得很，她们从城里家门走进学校门，出校门就走进了机关单位的大门，哪里知道农村农民的苦，吃杂七杂八的杂粮，她们没吃过，没见过，特别是那些近似猪潲一样的东西（猪潲的用词并不是对工作队不恭的说法，而是实情），更加吃不下。那天中午只是在饭里掺了少量的红薯粒，看她俩那样子，吃得很艰难，好像毒药一样硬咽不下肚。妙秀婶看在眼里急在心上，她们不是怕吃，而是确实咽不下。因此，善良的母亲，下午就单独蒸了一碗熟米饭，开饭前叫她俩分吃那碗爱心饭。刚好陈书记不在，哪晓得这两个死丫头，死活不愿吃，把那碗饭全部倒在蒸子里拌和着，与大家同桌吃杂粮拌饭。也许是陈书记批评了她们上午吃杂粮饭的表现，也许是适应了，下午她们吃得比上午好多了，各吃了一大碗。

这样勉强吃了一段时间，在两个女队员看来，这已经是不错了。从不会吃杂粮，到会吃而且能吃饱，她们已经得到锻炼，与贫下中农同吃同住同劳

动，确实不简单，自己也满意。

可是，对于妙秀婶来说，照旧掺三分之一的杂粮吃下去，即使加到三分之二的杂粮还是不能解决当月缺粮的问题。在没有办法的情况下，她只好提前借粮。队里同意借给她。就是这样上月借下月吃了几个月，累计起来，几百斤粮债显现了。妙秀婶急啊！怎么还得起这笔粮债。而且，还没有打止。

她只好向队长反映：“三哥，你也清楚我家的情况，我请求另外安排吃户。”

老K队长确实知道弟弟家的难处，不到万不得已的情况下，弟媳是不会提出这个请求。

可是，陈书记听了老K队长的汇报后，并没有明确表态换不换吃户。有一天，他们三个人一同从公社开完会回来，正好碰上妙秀婶全家人用餐的精彩一幕。这是无意中难得一见。因为，他们去公社开会的时候，计划三天会，要明天上午才能回来。结果，今天下午散会的时候，陈书记临时改变主意，他说：“为了及时传达会议精神，我们必须连夜赶回大队召开干部会议。为此，不在公社吃晚饭了。”

一进屋，妙秀婶就觉得事情不妙，问陈书记：“你们还没有吃晚饭吧？”

“没有，你们吃剩的有什么就吃什么吧！马上要到大队开紧急会议。”

“那怎么行，我们吃的是稀饭，是稀饭。再说，也不够你们三个人吃，我重新做一点。”

“不行，不行，坚决不行。”陈书记一边说，一边从碗柜里拿起碗就在大锅里舀了一碗干腌菜加少量的大米做成的稀饭。等到两位女同志放好行李下楼时，他已经吃了一碗，准备装第二碗，两位女同志看到头儿吃得津津有味，也就二话不说，各自装了一小碗吃开了。陈书记却一边吃一边说：“咸菜下油茶粥味道好极了，你们快吃，不然，我一个人把锅子里的都会吃光。”妙秀婶在一边看着他们吃，心里很是过意不去，好像做了一件对不起他们的亏心事，尤其陈书记安个油茶粥的美名，更让她不好意思地一个劲儿解释：“我不知道你们今天下午来，说好了明上午来，所以，就没有准备你们的晚饭。要么，我到他伯伯家里借碗饭来，你们等一等。”陈书记听妙秀婶要去借米，看到两个女同志端碗粥犯愁的样子。他把正在吃着的碗放下，很严肃地教训两个女同志：“你们是城里长大的，过去没有吃过这些东西我理解。可是，你们要知道，我们是为人民服务的，是人民的公仆，人民群众能吃的，我们为什么吃不得，我们有义务让他们吃好，但是，没有权力让自己享受。他们没有过上好日子，是我们共产党人的责任，我们今天的革命，为的是什么？一切都是为人民群众过上好日子，小同志啊！”其实陈书记，也才35岁左右，比两位女同志大不了几岁。陈书记还意犹未尽，接着说，“凡事，都要替别人多想想，多想别人才是彻底的唯物主义者。革命的路程还远着呢，为着美好的明天，我们宁愿吃尽人间苦。我们今天所吃的苦无论如何也不及红军二万五千里长征的苦，想想老红军，我们又算得了什么？要向老红军学习！向眼前的妙秀婶学习！学习她勤俭治家，艰苦奋斗，再苦再累也自己扛着的精神。她总是想着别人，想着我们，为了我们吃好，她付出了多大的牺牲。快吃吧！吃完了到大队开会去。”两个女同志，听着听着，一边流眼泪，一边不知不觉把一碗近似潲水的粥吃光了。

现在仔细想一想，当初陈书记说的那些话，说是高谈阔论的政治也行，是现实主义的说教也罢。反正，在这两个女队员身上立马见了效，那碗不想吃连闻甚至都不想闻的“粥”吃下去了。同时，给在场才几岁的能量幼小心灵打下了深深的烙印。不知道陈书记现在还在不在世，但他的高大形象永远在能量的心中，包括他讲的那些革命道理，深深地印在能量的心灵里。

母亲做得到，但说不出。陈书记既做到了，也能用言语表达出。这不就是中华民族艰苦奋斗、坚韧不拔的精神吗？艰苦奋斗历来是中华民族的传统美德，这种精神、这种美德需要世世代代用鲜血乃至生命而传承，继承这种精神是我们这一代人责无旁贷的义务，是每一个炎黄子孙的责任。能量就在其中，他幼小的心灵里，被陈书记一番话深深激励着。

从那天起，陈书记没有再与妙秀婶商量，带着两个女队员到贫协主席家吃去了。这倒不是妙秀婶给他们吃了一餐不是饭的饭，让他们吃怕了或是气跑了，而确确实实考虑到她们家负担不起的欠粮债。虽然，不是他们三个人吃掉了的，直接造成的。但是，完全是因为他们来了，妙秀婶家不能计划用粮和节约用粮，这是他们目睹的和亲身体验到的。为此，在年底归队的时候，他给老K队长交代，下次来救灾款时，你千万要给妙秀婶家安排救济。我相信几个队干部也会同意的，因为，大家都知道妙秀婶缺粮的事实，是因为我们工作队员搭伙而造成的。如果她坚持不要救济的话，那你们也要做好工作，一定让她接受政府这份情意。

果不其然，第二年五月份来了一批救灾救济款，上面拨给队里的总数不算多，但是大家一致通过分给妙秀婶20元钱的配套粮指标，100斤/7元计

算就可以到粮站买回近300斤谷子，她欠队里的粮，这样就可以减少点。散会后，老K队长将这一情况通知她，她坚决不要。理由，她家从来没有吃过救济，这一次就因为工作队员搭伙，沾着工作队的光，给救济，她当然不能要啊！在这之前，虽然，没有人为她发过节约奖。但是，大家都公认她是节约能手，现在，倒要工作队的同志说情给救济，多不光彩。她宁愿饿死也不会要这份救济。“他三伯，请你救济别人吧，反正，我家是不会领这份救济款的，欠队里的粮食债，我会想办法还清的，一年还不清，两年，两年还不清，三年总会还清的，这样我会心安理得，比起要这份救济好过些，过得舒坦些。”

老K队长按照陈书记的指示给她做工作说：“我知道你顾及面子，勤俭治家有方，这是大家有目共睹的，你从来没有吃过国家的救济，这也是事实。可是，你想过没有，已经造成了粮食亏空，你再硬撑下去，苦了孩子，害了全家。你自已患过水肿病。又何苦呢？还是从实际出发，要了这份救济吧！再说，陈书记走的时候一再交代我，这是政府的情，这是党的情，这是社会主义大家庭的情，这份情你不接受，我也不好向陈书记交代。”他三伯说了那么多的好话，反反复复讲了那么多的道理。但是，妙秀婶还是没有答应接受救济。后来，队干部决定以此款顶还队里的欠嵌账粮。“纯朴、耿直、善良、贤惠都可以用到妙秀婶身上。如果哪里发明有这个奖项，由她领这个奖，才是当之无愧的。”这是陈书记事后说的。子女们有这么一位好母亲，有这么好的家教，能不成才吗？能不成大事吗？难怪能量从一走上社会，就有诚实守信的理念，他就是在这个理念下走过来的。

愿子成才

有很多人都不知道自己走的路公在慢慢塑造你的命运，我觉得这种未知性还是蛮好的，我相信命运中总会有一些奇妙的因缘，不过我更坚信，可以通过自己的努力，选择要得到的东西。读书，就是塑造命运的根本；知识，就是奇妙的因缘所在。

能量已到上学读书的年龄了，夏天一个明月晚上，母亲早早地坐在禾场上纳凉，能量正在与塆里的同龄小孩追玩，母亲突然叫住他。

母亲说："你知道今年你有多大了？"

"我6岁半了，十一月就满7岁。"他反问母亲："对不对？"

母亲又问："你想不想读书？"

能量说："想，怎么不想呢？"

母亲说："我告诉你，读书可是一件苦差事，不使劲是读不好的。"

能量说："妈，我不怕苦，我会用功读，不会让你们失望的。"

母亲说："好吧。"

然后，母亲就讲告诉能量他的外公求学的故事。

原来外公家很穷，祖祖辈辈是文盲，大字不识一个，到了外公该读书的年龄，家里还是无能力供他进学堂读书，那是有钱人的学堂，穷人哪能有这个奢望。为了生计，他 13 岁就到附近码头与大人一样去挑脚（挑煤炭上船）。有时，还到煤垅上去打小工，无论是挑脚还是打工，都必须路过马家私塾学堂，每天早晚，凡是在此路过，碰上学堂里老师在教生字的时候，外公就趴在窗台上看着黑板上的字，用自制的纸笔把生字一丝不苟地记上。他的纸就是扁担，他的笔就是木炭。到排队等装炭的时候，放下扁担就可以读字，在窗台上偷写的同时，也偷听老师的领读声。休息时就用手指或棍子在地上或沙滩上写，就这样一个学期下来，积少成多，他也学到了不少的生字。

他还有一种学习方法——多问。晚上回到家，为了巩固今天学的生字正确与否，就以考问的方式，问放学回来的在校学生。那些年龄比他小的小弟，他追着问："小弟，今天上学了没有？"

"上了啊！"

"学了生字吗？"

"学啦。"

"过来，过来，我来考考你。首先问读，他用手指蘸上口水在禾场上写'挑'，这是读什么字？"

"这个字，今天老师才教我们的，认挑字，既挑担子的挑字。挑水、挑炭、挑脚都是这个字。"

确认了之后，他又问不会写的字。"哎，小弟，我问你，'风'字你会写吗？""当然会写啰。""好，你写给我看看。"小弟很快地用干柴把"风"字写在地上。

开初一年级，二年级，这样偷读还可以对付，包括 1+1=2，一学就会。越到后来，不是认单字，而是读课文，不只是加减法，而是乘除法）包括 +、-、×、÷ 和连算法），这样的偷听方式肯定就行不通了，跟不上了，他就利用下雨天不能外出挑脚做事，背个背篓告诉母亲说是出去找猪草，一去就是大半天，下午很晚才回来。有时背篓里没有一点猪草。

母亲问他："干什么去了？"

"在学堂里读书去了。"

读书，你哪来的书读？

他只好老老实实地交代，在教室外旁听、偷读。

"老师不撵你走，不说你啊！"

"不说我，马常老师还拿个凳子让我坐在后排听。可是我一点也听不懂，尤其是算术，根本不懂老师讲些什么？云里雾里，还有什么几何、代数。但是，我喜欢听，哪怕不懂，我也进了学堂，尝试了当学生的味道。”

“你以后不能再去了，咱们没有钱，进不起学堂，不要给别人看不起，你懂吗？”

“我懂，以后不去了，穷人读不起书就连进学堂门都不让进。”从那以后，外公就再也不去了，但是他发誓，下决心读书，读成书，今后要做有文化的人。外公说到做到，从此，他利用挑脚的钱，偷着买了几本书。在外做事回来，就钻在楼上自己的小天地里读书写字。有时，还跑到堂弟那里去，请堂弟讲给自己听，真是功夫不负有心人。

老外公开了个小作坊，有一天，老外婆赶圩回到家。想把一个月的账结算一下，请二哥的崽、他们的侄儿来帮帮忙，要外公去喊一声。外公在楼上学习，听到母亲在召唤，也知道母亲要他去喊堂弟来帮忙算账。但是，就是迟迟不下楼？母亲急不可待地说：“死崽啊！你没听见我喊你，怎么还不下楼，要是你能算就好了，就不要麻烦别人了。”

外公在楼上听到母亲在灶屋里说这话时，正合心意，赶紧下楼。“妈妈，你把数字拿给我试试，看我能不能算清，要是算不清楚再找堂弟也不碍事。”

父亲听儿子说敢试一试算账，高兴得不得了。“可以，可以，他妈，你就把记账本拿给他试试吧！”母亲哪里相信自己的儿子会算数，一天学堂门也没进过，大字不识一个，何况是算这本乱如麻的账，真是天方夜谭。说他：“你不知天高地厚，开什么玩笑？”

她说：“崽娃子，你不是白日说梦话，让我高兴吧！”

“不，妈，我不是没有读过书，现在公开告诉你们，我已经读了几年书了，但是没有检验的机会。今天，就算你们给我个机会，也好向你们汇报，账做不做对了，理不理清了，到最后请堂弟来看，行吗？”

“行，行。”父亲满口答应，母亲也就顺着父亲的话，将账本交给了儿子，夫妻俩喜在心上，笑在脸上，要是他们的儿子真会算账了，那该有多好。

外公拿着记账本，一笔一笔地理清，包括那些圈圈点点，那些不是字的记号，而又是代表姓名。都一个一个问清楚，都变成文字和数字写好算清。并且，还把成本账也算出来了，赚了多少，亏了多少，明人一看就清楚。然后，请堂弟和父母亲在场，他一笔一笔，一个名字一个名字地念给他们听。父母亲听后简直高兴极了，激动得热泪盈眶，笑得合不拢嘴。然后请堂弟看，

堂弟说："字写得好，账做得好，除个别的白字错字之外，这本账让我做，肯定做不出那么好。首先，我看不懂叔叔婶婶记的那些密密麻麻的记号。所以，就理不清，还是我哥哥有办法。"外公名叫马家富，我们家富会识字了，会记账了，一传十，十传百，很快就传开了，全村人都知道了。祖祖辈辈穷得叮当响上不了学堂读不成书的穷人家，居然自学成才出了个识字人。全家人心花怒放，要有多高兴就有多高兴，好像是山坳坳里飞出只金凤凰，西河里跃出一条巨龙，稀罕，真稀罕。自己有了文化，做起事来方便，比如记账什么的，写契约，写对联，都不要求别人，也不受别人欺侮和瞧不起。

从此以后，好事接二连三地跟着来，那年春节，外公跟着父母亲到他外婆家拜年，小舅了解到同村一位小财主家，煤矿账房先生不咋的，早就想换掉，但苦于找不到合适的人选，小舅就想介绍自己的外甥。但是，小舅很不放心，决定先试试外甥，那天下午很晚了，他找来一张红纸和墨笔，摆放在四方桌上，让外甥写副对联，外甥觉得很突然。再说，毕竟是初出茅庐，哪能上阵场，推脱不写，还急得满头大汗，小舅看到外甥大冬天的却急得出汗了，知道外甥肯定学术不深，还不能干那活计，也就很自然地说了一句："不写算了，看来是虚有其名。"外甥听小舅这么一说，知道话外有音，不相信自己会识字，会做账。他叫到现场的人，"放着，让我来试试"，他提起笔在裁好的红纸上就写下一副自作的对联，上联：祖祖辈辈是光眼瞎子，下联：时时刻刻都想有文化，横批：自学成才。对联刚落笔，小舅虽然不认识字。但是，看笔锋，字写得很工整，不比读书人差，甚至还很好看，他就拍手叫好："真是太好了。快，快，赶快拿着对联跟我走，咱们见胡老板去，他肯定会满意。"胡老板是小舅本姓人，距小舅家很近，刚好胡老板在家，小舅将对联摊开让胡老板看，快言快语地介绍说："这是胡老板。这是我外甥，胡老板你看，我外甥写的，怎么样？"胡老板敏感地说："这是你写的？是什么意思？你们家祖祖辈辈没有文化，你就天天想学文化，自学成才，结果功夫不负有心人，你现在有了文化，写了这副对联让我看，是让我评价好差，还是另有所图？"外公不好意思地回答胡老板："这是我小舅的意思。"

小舅接着说："大哥你刚才也道出了我们的来意，一方面让你验证一下字写得怎么样？另外，他还会做账，如果，你煤矿上有事用得着，还请老兄关照。"

“哦，原来老弟是这个意思，我全明白了，你为什么不早说，以前也没听你说起过，你外甥有文化，会做账。既然如此，这样吧！年后，你就到矿上来上班，我会安排事给你做。”得到这句话之后，小舅、外甥两个都高兴死了。但是不好在胡老板面前表露内心的喜悦，只是把对联收好赶快往自家跑。见到自己父母亲之后，十分性急地将这一喜讯告诉父母大人，一大家子，包括外公、外婆，大舅、二舅、小舅都乐不可支，摆酒摆菜，以示祝贺。

外公家富平时不喝酒。今天，可喜可贺，一定要敬各位长辈。首先敬小舅，“外甥敬您一杯，没有您全力推荐，就没有我今天的喜事。小舅，我太感谢您了。”

“哪里，哪里，家富，这全是你自己的造化，我只是顺便引了路。”

真是人逢喜事精神爽，然后，他又满上酒从自己的外公、外婆开始到所有在桌吃饭的一人敬了一杯。喝了这么多酒，居然没有一点醉意，做父母的在旁边担心他喝醉，其实是多余的，“看来我们家富潜力还很深呢，将来会有出息。”

正月十六他背着简单的行李，先到小舅家，由小舅带着正式上班了。胡老板叫他收款，其实就是出纳，这可是他从未想过，也不想这事，煤矿上每天进出钱上百元，那个时候的钱值钱，一个月下来几千块钱。他听说之后，既高兴，又不敢相信这是真的，带着一颗忐忑不安的心上岗。

上班后才知道，原来，这份工作是胡老板小舅子在干，会计是本村堂弟，干得怎么样，胡老板心中有数，说穿了对这两人都不很满意，具体的是什么不满意他也说不清。是钱不对路，还是账目不清，或是账与钱不合。他是个明白人，没有证据的事，他不会轻易地说别人。其实让外公当出纳，也是下了决心的，从那天见着外公之后，他就很满意这小伙子，首先人的长相就吸引了胡老板，1.85 米的个子，身体要多结实就有多结实，重要的，也是令他最满意的，居然自学成才，能写得一手好字，还会管账、做账。证明小伙子能吃苦、有钻劲、有毅力，这可就是他心目中的如意女婿。但是，他对任何人都没有表露出他在为 18 岁的满女择婿。因为，有个考察期，他内心深处的小九九。

外公干了一段时间之后，胡老板很是满意。有一天，外公怀着忐忑不安的心情，给老板说：“我有要事向你单独汇报。”老板回答说：“明天，你到我家里去说，千万不要让别人知道。”第二天，外公到了胡老板家里，胡老板准备了一桌好菜，同时，叫全家人都在家里等候他。尤其，满女胡满姣也在场，外公就把自己管这几个月的钱，发现上千元的余额全部告诉胡老板了。胡老板听了很吃惊，这么大的一笔余额，那么，这笔钱到哪里去了呢？他交代外公说：“这样，你也不要声张，当作不知道，到最后，看会计与你怎么说？怎么处理这笔钱。”听了老板的交代，外公在心里想，不管会计是考验，还是设圈套，反正，我不想动这笔余额，也不敢动这笔钱，这是做人的原则。我要守住道德底线。

“现在，吃中午饭了，你吃了饭再回矿吧。”胡老板对外公说。外公只好客随主便。平时，在矿里一般人不敢与他说话。因为，胡老板管理很严，如有不满意，他就要骂人。有时，骂得让人抬不起头。今天，在他家里，换了个人似的，和蔼可亲。而且，在子女们面前也是很随和的，没有一点老板的架子。

“来，来，家富，我敬你一杯。”

“不，不，老板，我不会喝酒，在矿里我从没有喝过酒。”

“你能喝，这些你小舅都给我说了，你辛苦了，来了半年了，我还没有与你一起吃过饭喝过酒。今天，我俩放开喝一次。”

话已至此，外公也就放开了你一杯来他一杯去，满姣母亲看来也很喜欢这个小伙子，看她那笑脸，就知道她喜在心上，她把菜一次一次地加温，做其他的事去了。满姣呢，早就在自己的房里想心事去了。之前父亲从没有提起这个人，今天，突然把人叫到家里来了，今天一见到这个小伙子心里就像猫抓一样心跳，总是坐立不安，鬼打起的，是不是爱上他了，难道这就是人们说的爱情。不管是不是那回事，反正，我不会在父母亲面前提起这件事，看他们的态度，再决定自己的终身大事。

外公要走了。她走出闺房，认认真真地看了个够，确实不错，挑不出什么毛病来。

突然，有一天，会计问外公：“家富，你的余额账怎么处理的？”外公当作不知道似的回了会计：“我不知道。”“你不会是装糊涂吧？我粗模估算，累计至今有三千多元，你放在哪里去了。”“哦，大叔，你说的是每月记账的那笔余额。告诉你，我一分不留交给老板了。”会计很敏感地接上说：“那就好，那我就放心了，看来胡老板没有看错人，你还是个让人放心的人。”

然后，他自己跑到胡老板那里汇报说：“我这样做账，主要是考验家富，没有别的意思。实践证明，这个小伙子不错，为人很正直。”

“老弟，不是我说你，你怎么会用这种方式来考验人呢？傻子也知道，谁敢吃这笔钱！你们也太不像话了，到此为止。以后，谁也不要为难谁了。”

过了较长一段时间，外公正在煤堆上选 矸石，胡老板突然叫外公的名字：“家富，你到我办公室来一下，我有事与你说。”外公放下手里的活计，急匆匆去了老板房间，外公前脚刚跨进门槛，胡老板脱口就说：“小伙子，我问你，你对我家姑娘的印象如何”？老板突然问起这事，弄得家富实在难为情，他以为老板是说工作上的事，根本没想到老板会说起感情上的事。那次在老板家吃饭的时候，虽然大家都没有把话说穿，但是，外公已经觉察到了其中的意图，老板和老板娘都有这层意思在其中，只是第一次到他家做客，大家都不好意思说出口。家富在回矿的路上也在想这个姑娘，曾经有几个晚上都失眠了。但也只是想想而已。因为，自身的条件无论从哪方面都不能与人家比，悬殊太大了，姑娘长得很漂亮，如花似玉，才 18 岁，家里可以说是万贯家产，从小就没有吃过苦。自己呢？长相虽然过得去，但比别人大十来岁，家里穷得叮当响，怎么能有那份奢望呢？算了吧，不要自作多情了。今天老板突然问起这事，他停顿了一会儿说：“你家千金，大家闺秀，长得那么漂亮，聪明伶俐，确实是百里挑一的好姑娘。”老板听了眉开颜笑，进一步挑明地问：“你到底喜不喜欢？”外公确实很为难，说喜欢嘛，也不知道人家姑娘是什么态度？说不喜欢嘛，眼下根本不能说。

只能是顺从这位未来的岳父大人说实话了，他吞吞吐吐地说：“我喜欢是喜欢。但是，我不敢喜欢。”老板含笑着问为什么，“因为我们家穷，不配。”

老板接着就像是下命令似的说：“我姑娘就嫁给你了。你也不要推脱了，明天回家，与你父母亲禀报去，择个吉祥日子订婚吧。”

“不，不，老板，你不要拿我穷开心了，我不配，真的不配。”

“什么配不配的，这桩婚事我说了算，就这么定了。”

外公看到老板性急的样儿，话说得那么恳切，铁板钉钉那么强硬。反过来又觉得好笑，哪有为自己的姑娘相女婿的，自己做媒嫁姑娘的，但是，话又说回来，那个时候父母包办婚姻的事常在。只要父母亲同意的对象，你娶也得娶，不娶也得娶。你嫁也得嫁，不嫁也得嫁。不过，这桩婚事，绝对不会出现姑娘不从的问题，家富自信地想，只要我答应，准成。因为，他们全家已经见着我这个人了，再说，我在矿上工作快一年了，不用说，老板是百分之百地看中了。

因此，他笑着回答老板：“好吧，我听你的，明天回家要我父母亲择日子订婚。”真是，有心栽花花不开，无意插柳柳成荫。马家富这桩婚事，在这以前，不知有多少媒婆上门说谋？都是无缘，擦肩而过，明摆着的原因家穷。还是这个人，而且，比前几年还大了几岁，说到底还是胡老板重才重义，看中了家富这个人才。

那天回到家里，正好是逢圩，还是与以前一样赶圩卖豆腐去了，等到下午回来，外公也没有急忙谈天说事。晚饭后外公才慢慢说起这件令人高兴的事。他说："爸妈，今天是胡老板叫我回来，要你们择个黄道吉日订亲。"

"什么？什么？我没有听清楚，你再说一遍？"父亲很诧异地要儿子再说一遍，外公才又一字一句地说："老板要我娶她的满女为妻，要你们二老选个日子订婚。"

"啊！我没听错吧，你老板的满女有多大。"

"今年 18 岁。"

"是老板同意呢，还是姑娘同意呢？"

"他们全家都同意。"

"有这等好事？"

母亲也不放心地说："怕是说着玩的。你就当真了，别人家有钱有势，姑娘同意嫁给你一个穷小子，天底下哪有这等好事。有谁会相信。"

"妈，我什么时候说过假话，何况这种事，怎么能当戏言说着玩呢？"

父亲又接着说："儿子你不要急，你从头到尾地再说一遍，让我们听听。"

外公只好将事情原原本本地说了个仔细。

老外公说："既然人家胡老板有这个态度，不嫌弃我们家穷，愿意将女儿嫁给我们的穷小子，这是天大的好事，我们还能说什么？同意，择个好日子，订婚。"

"哦！爸妈，还有一件事，胡老板还说见面和订婚一齐办，省事，他还给了我这些钱。"母亲含着热泪接着钱，埋怨儿子不应该接人家的钱，"人家把个上好的姑娘许配给了你，怎么还能接人家的钱呢？浑小子。"

"妈呀，我哪里肯接。他说，接着吧，我估计你们家目前一下子拿出这笔钱也难，就算我借给你吧！""我琢磨着，老板是怕我们家穷，办不起订婚喜事，或者办得很寒酸，让他脸上无光。所以，就算我借他的，今后从工资里扣还，就接下来了。爸妈，这场订婚喜事，你们还是要办得像样点，要像有钱人家一样来操办。""你放心，一定会办得体体面面，让你岳父岳母满意。”

订婚喜事的确办得风风光光，胡老板很满意。在矿上见人就说，我家富会办事，也能办事。

那你就要以礼相待，你女儿的陪嫁肯定要大方一些，有股东老板笑他说。

自然，自然，我总不能亏待他们。果真如此，订婚不久，第二年春节过门，谁也没想到胡家给满女的嫁妆有多少，尤其是马老爷子简直不敢想。他是以简节的形式办理的，六担谷子的水田，五十亩竹林，还在煤矿划了与人两个股份，等于年利十担谷子。并对亲家说：“女儿先嫁过去，你们家目前房子住不下，加上家富又在我这边上班，为了照顾他们新婚夫妻生活，就暂时住在我家，我给他们一间新房。你们看这样办理要不要得？”

“要得，要得，这还有什么说的。”

这一来，马家就富裕了，年收人有十六担谷子，不算竹林收人，当年就盖起了新房，还生了个胖娃子。

上无一片瓦，下无插针之地的穷小子，就是因为有了文化，当上账房先生，有了家产，有了一切。中华人民共和国成立后，划了个富裕中农，当时，在马家塆传为佳话。家富，家富，真有福，娶了个富婆为妻，却富了全家。

有的大人教育孩子都以家富为例，看人家家富多有能耐，多有出息，硬是靠自学成才，发家致富的，有出息就要向家富学习。是啊！这个世上，就是要有文化，文化就是财富，就是幸福，有了文化就可以走遍天下。

能量母亲把自己父亲的故事讲完之后，语重心长地对孩子们说：要想有出息，就要像你外公一样，努力读书，学文化。你们现在的读书条件好了，可以在学堂在教室里听老师讲课，只要专心听老师讲课，一定会读得好的。有了文化，有了知识，就是发财致富本钱。否则，一事无成。能量年幼，刚记事，前面关于外公的发家之路记不得那么清楚。但是，印象最深的，是外公自学成才的精神让他十分佩服，并暗暗下定决心，好好读书。将来也像外公一样，做一个有文化有知识的人，干大事，发大财。

四

读书不易

母爱是世界上最伟大、最无私的爱，“谁言寸草心，报得三春晖”，从小到大在我们深深浅浅的成长脚印中，哪一步没有母亲的心血？世界上的爱有很多种，但没有哪一种爱能与母爱相提并论。

科学文化知识，是干事业的基础，是人类创造幸福生活的源泉。这是众所周知的道理。没有文化知识的苦头，能量祖辈是尝够了。因此而觉醒，为有文化有知识而付出艰辛。可是，处在那个黑暗的社会环境里，你想得到未必能得到，因为，外因与内因不协调。要想改变这个不协调的社会环境，还是要依靠自己的努力。常言说得好，只要有心铁杵能磨成针。

能量外公的人生经历足以证明，他为了改变一穷二白的家境，改变自己的人生，为了在世上找到属于自己的领地，处在社会底层的他，连进学堂的资格都没有，经历长期的艰苦奋斗、刻苦努力的学习，终于感动了上帝，苍天有眼，给了他赖以生存的田地、竹林，还赐给他一个美貌善良的老婆。从此，能量的外公尝到了有文化知识的甜头，他是先苦后甜，没有苦中苦，哪有甜中甜。但是，他没有陶醉，没有因此而忘记这来之不易的甜，他要把幸福延续到下一代，培养下一代，获得比自己更高的文化知识。他生有两男二女，两男不到读书之年都先后夭折。因此，他把望子成龙变为望女成凤，他冲破世俗，步人禁区，让大女儿妙秀进学堂读书，就是现在能量的母亲。妙秀聪明过人，读书很在行，两年半的时间，就读完了四年级。其间两次跳级，学习成绩一直是全班第一名。据说，后来有一位同班男同学成了远近闻名的“秀才”，在回忆儿童时的同学，没有忘记妙秀，她是班上唯一的女生，她的成绩总是第一。可是，母亲犯了一个出身的错误，她不该出身在那个重男轻女、歧视女性的社会。

马氏族长得知家富的大女儿妙秀在马家学堂读书，听说读得很不错，这还了得，家富吃了豹子胆，就不怕违犯族规受处罚。那天，他下令把远离家乡，在煤垅上做事的家富招回来，问他怎么办？轻则，把女儿从学校叫回来，不读书了，当着大伙的面认个错。重则，按族规，绕村一圈，一边打铜锣，一边叫喊“我有罪，不该让女孩进学堂读书，大家不要向我学习”。完了，还是要叫回女儿，不准和男孩子一样在学堂里读书。

外公只好选择第一条，喊回女儿认错的处罚。他知道他没有错。社会在进步，男女平等会有这一天的，到时候错的不是我，而是族规族长。只是，眼前过不了这个坎，11 岁的女儿妙秀，死活不愿回家，因为她太想读书了，她读得不比别人差。“这有什么用，错就错在你是女生，你要怨恨的是这个社会，这个世道。爸爸没有错。女儿，认命吧！咱们回家。爸是想要你成龙成凤。可是这个世道，有人无钱进不了学堂，有钱有人，只是性别的差异，也进不了学堂，还让不让人活呀！”

“对，只有认命，听父亲的话，不然，父亲就会被人侮辱。”她知道，父亲是这个世界上最好的人。他把自己送进学校读书，就是爱的表现。

看来，这一辈子别想读书了，从此，她把这份怨恨埋在心底，却暗暗下定决心，长大成人之后，嫁人，生儿育女，多生男儿，让他们个个都进学堂读书，读成书，干大事，受人尊敬，把自己失去的，在下一代补回来。她坚信，作为女性，这点权利总不会被人剥夺吧。

现在，当年的誓言她实现了。

她 18 岁经人介绍嫁给一河之隔的曹家，做了满乃儿的媳妇。曹家兄弟四个，满乃儿最小，他身高 1.8 米，长得十分英俊，且又有文化，的确是西河两岸少有的俊小伙。能量的外公外婆把女婿视为亲生儿子。

却说，满乃儿是曹氏家族唯一有文化的人，读到初二的时候，家里实在无力供他读下去了，只好停学，帮他娶媳妇成家，妙秀正是这个时候经人介绍被娶的媳妇。他们俊男美女的结合，不用说，他们是天生的一对，是幸福

的一对．在那放开肚皮准生的年代里，妙秀一口气就生了六男一女，除小四不肯读书之外，其他六个子女全都上了初中、高中。能量读到初三的最后一个学期，也算是有文化的人。

能量很聪明，上学之后，喜欢读书，爱好学习，成绩总是名列前茅，他有一个不甘落后的拼命精神。回到家里，只要有时间，就一个人关在家里看书做作业，寒冬腊月都是一样坚持，晚上，点不起油灯，就上山砍松枝代替照明，经常是看书到深夜。第二天一大早与同学们一起上学。每次考试完，只要他前面有三个名字，下一次考试他必须是前三名。这就是他学习的态度。他好强，但不张扬，考试成绩好，从不在同学面前炫耀。但是有次考试考砸了，回来之后，立即告诉母亲，原来是因为农忙，母亲没有时间去赶圩，家里又急需要用钱，就要上初中的能量顺便提着鸡蛋卖完了才去上课。结果，那天的鸡蛋很不好销售，紧赶慢赶还是误了复习关键的一课，所以，第二天考试，就考得很不理想。母亲劝导说："一次没考好没关系，你努努力准能赶上。"

他这种良好的学习精神，与他后来成就事业不无关联。任何时候他都是低调出现，现在看来，低调是体现一个人的素质，反映一个人的思想品质；低调又是事业有成的基础，由于低调，他想事、谋事、干事都会从实际出发。就是这么一个能读书，有希望读成书的人，一件突发事件使他放弃了学业，从根本上改变了他的人生。

有个星期六，也是能量初三快毕业的最后学期，与往常一样，他早早地起床，炒碗杂粮饭与六弟吃了就赶路，从家到镇上中学约 4 公里路，慢走要一小时，快走也要 40 分钟。今天是星期六，按常规，只上半天课，中午 12 点就可以放学。因此，就不带中餐了。再说，甑子里没有剩饭，也带不成了。哪知道，那天例外，他们毕业班下午加两节劳动课，推迟到 4 点放学。住校生没问题，中午，在食堂里报个餐就解决问题，通读生怎么办？能量没有带午餐来，又没有钱粮票，只好饿着肚皮干完劳动后，才往家里赶。6 月底湘南的天气，正是火热的太阳，加上肚子空空的，拖着劳动后的疲惫身子，脚像灌了铅一样，能量十分吃力地走到桥头村，离家还有三分之一的路程。这座桥是在平地上穿过一条小溪的石礅桥，大约有二十步桥梯，与能量同行的同学是旁村人，叫王大友，他是住校生，为了赶路，他吃饱了肚子，上桥梯当然不成问题。换作平时，能量也是不当回事，可是，今天的能量只上了两步台阶，就头晕目眩，倒在桥上，不醒人世。后面又没有人来，这时王大友同学已过了桥，向前走了好长一段路还不见能量从桥那边翻过来，他回头看了两次，也不见能量的人影。因为，石桥高出地面 3—4 米，所以，站在这边看不到那边。王大友有点不放心，他调转头往回走，翻过桥看到能量躺在桥上不动，他走近一看，能量一身大汗，脸色苍白，没有一点血色。他才想起从学校走到这里，看到他很吃力，问他是否不舒服，能量说没有什么。看到眼前的能量，他估计是饿坏了，王大友想给能量买点吃的解饿。可是，附近没有食品店，改革开放前哪像现在一样，到处可见食品店，他人聪明，反应快，急忙跑到附近人家，找来一碗稀饭，放到能量嘴边，能量一口一口地把这一大碗稀饭喝完了，全身舒服多了，自己起身了，又慢慢地往家走。

王大友的家还要走 30 分钟的路，能量留大友吃了饭才走。大友说："吃了晚饭天就黑了，天黑前不赶到家里我母亲会担心的，好吧，下周再见。"

晚饭后，能量洗洗澡就睡觉了，什么也没说，母亲以为他生病了，走到床前问他哪里不舒服，他只是说想早点休息。第二天本来早醒了，可是，一身疼的他不想起来，等大家出早工回来，9 点多还不见能量起床，母亲又问他哪里不舒服，能量回答说："一身疼，全身无力。"说完这句话后，他的泪水随着眼角流出来了，母亲看出儿子有难言之处，就坐在床边，用那粗糙的手去擦儿子眼角的泪水，自己也情不自禁地流泪了。因为，儿子 16 岁了，很少见像今天沮丧的模样，母亲说："是不是在外面受了委屈，别人欺负你了？"

"没有的事。"但是他说了句让母亲吃惊的话："妈，我不想读书了。"

听了儿子这句意想不到的话，她问："为什么？你不是读得好好的，而且，马上初中要毕业，进人升学考试，为什么放弃学业，我不同意你的想法。"

"妈，听我把话说完，我不是怕读书，怕考试。我想了很长时间，昨天夜里我才下定决心。"他把昨天发生的事原原本本告诉母亲，母亲听完之后说："都是妈不好，没有照顾好你的午餐，害得你饿晕倒在回家的路上，差点出大事。崽啊！不管怎么样，书还是要读下去，这是关系到你的人生，不读书哪有出路呢？"母亲的担忧，能量看在眼里一时也不知道如何劝解。母亲这样伤心的自责，能量也是少见，在他的记忆中是头一回！

能量说："说实话，我是很想读下去，读完初中读高中，将来，还想读大学，凭我的智商，我相信考大学不成问题，大学毕业后，就是另外一种生活方式了，难道我不想？我想，我很想。可是，想归想，你不看看眼前，我们家这种状况，穷得连杂粮午饭都提不出，买油买盐的钱都没有，正常生活都难以维持下去，还要硬撑着我和六弟读书，能撑得起吗？我想还是面对现实，退学，让六弟一个人读。妈，不是儿子不听话，确实是我们家太穷，我不得不辍学重新选择自己的人生。我退学了，全家人供他一个人读，这样他就可以与别的同学一样住校。即使不住校，起码也可以供得起午餐。妈妈你爱子心切，我理解，但是，我们家不是一般的穷，而是穷到极点，确实不具备再读下去的条件。”

就这样母子俩为了读不读书这个话题，一直说到深夜，结果，还是儿子说服了母亲，母亲只好忍痛妥协，同意儿子的决定。

母亲再问儿子：“对以后有什么打算？”

“反正，不读书了，至于今后做什么，现在还没有想好。但是，有一点，我不当死农民，我不想沿着农民这条日作夜休的老路过这一辈子。我要赚钱，赚大钱，在我们这一代摘掉穷困的帽子。”

母亲听了儿子信誓旦旦的话，感动得热泪盈眶，看到儿子好像突然一夜长大成人，完全不是原来的能量，让自己都不认识了，算了一下，能量今年才17岁，他成熟了，确实是大人了。平日里，他少说多做，从来没有在母亲面前说过那么多的话，今晚，他不但说的多，而且说的在理，他说的都是实话、心里话，都是为了这个家，为了家里的老小，就是不为自己着想，真是让母亲感动。母亲说：“儿子，看来你真的长大了，懂事了，你比妈站得高，看得远，今后，到底做什么？也只有顺其自然，此一时，彼一时，很晚了，好好休息吧。”

五

卖冰棒『情』

人生在世，刻意地模仿别人，只会让你失去自我。如果你的模仿没有突破自我，而跟在别人屁股后面亦步亦趋，只会如笨拙的骆驼学别人跳舞一样，招来别人的嘲笑。走自己的路，做自己想做的事，才是聪明之举。

曹能量十六七岁的小伙子，按理正是读书之年，眼下初中快毕业了，读得好好的，突然间，说不读就不读了。其实，他停学的理由，大家都清楚，家里实在太穷，不说住校，就连读通学的午餐都提不出，再坚持读，又有何意义？眼前都过不去，还谈什么今后过好日子。

不读了，他想学木匠手艺，可是找了几位师傅，都以种种理由推脱，不接纳他。后来，找到当地一位很有名气的师傅，他叫孟仔，答应半年之后再说，也就是说，今年春节过后再定。能量听后也算吃了定心丸。

既然如此，这期间他总得找点事儿做，全家人议论这件事的时候，有人提出让他到队里上工。他说："我刚从学校出来，队里肯定不会把我当男主劳力，成天跟着妇女们，叽叽喳喳一起干活，不把我给烦死才怪呢！再说，我刚停学，谁也管不了我，为此，我想自己找点事做。"

7月，正是湘南天气最热的时候，上学时候他看到校门口卖冰棒的生意

好做，就想做这桩生意，赚多赚少暂且不说，但是，本小周转快，对他来说最适合。

第二天，正好赶圩，他想趁赶圩搞市场调查，母亲也同意他的想法，顺便从地里摘点红辣椒去卖，卖掉辣椒他立马到了冰厂，了解冰棒的保存期、出厂价、零售价等，计算中间的利润有多少。按照当时市场价，卖出 100 支冰棒，少说要赚 2 元钱，在队上做工分 4 天也赚不到，10 分工 4 毛钱。说干就干，回家马上就做冰棒保温箱，第二天就可以卖冰棒了。

母亲听他一算账，当即表态同意，并说："今天卖辣椒的钱留给你做本钱，够了吗？""够了，足够了。其实只要 6 元钱，完全可以周转了，妈，你放心，我会一天一结账，交利润给你。"

"崽伢子！你先不要把事想得那么简单，钱到手了才算钱。""好吧，妈，你就等着见分晓吧！"

自制的冰箱做好了，特别精致，既美观又实用，容量不大不小，可以装 100 支左右，有人评价说，能量是个天生的小木匠，这个小木箱一般人做不出，是能量的拿手好工艺。

第二天上午，他在冰厂出了 200 支冰棒，下午 6 点就一销而光，开张红发，旗开得胜，他高兴地与母亲结了账，6 元钱还掉，还剩有明天的本钱。母亲更是高兴地说："我儿真会做生意赚钱，本小利大，回本快。好崽！好崽！"

其实，好生意只做了几天，因为学校是销售冰棒的集中市场，马上要放暑假了，放假后的销售量至少减半。即使这样，做也是不放，抓紧 7 月、8 月、9 月火热季节的销售生意。他又想到边沿山区这块市场，那些至今还没有吃过冰棒的人。让他们第一次吃上冰棒，销售量一定会看好，他这些销售思路全是对的。结果，确实赚了一笔可观的钱。在那穷得叮当响的年代里，几个月赚到 500—600 元，可想而知他有多高兴，高兴之余也让他想到做生意难啊！几个月来起早贪黑，顶着烈日，走村串寨，有时，午餐投亲靠友解决，经常吃不上喝不上过一天，人晒黑了又瘦了，暂不说，受气、受委屈的滋味常人想象不到，只有他自己默默地强忍着。这些苦涩，他从不跟家人提起。其中，有一次让他伤透了心，也是这次伤心事，让他甩掉了冰棒箱，再也不回头做卖冰棒的生意了。

9 月初，学校开学了，这就又回到 7 月初的销售情景了，开学后第三天一个中午，能量在自己毕业班的门前卖冰棒，正好碰上下课，几十个男女同学，熟人熟面的，一窝蜂将他的冰棒一抢而光，有的女同学吃了一支不过瘾，再想吃第二支，没了。

这时，一位女生叫刘玲，她看到别的同学都走了，吃中餐去了，就主动靠近能量，细声细语很直率地问："是不是家里困难，放弃学业。如果是这个原因，就太可惜了，像你这么有发展前途的同学，将来，完全可以成为名牌大学生，困难只是暂时的，为什么不给我说一声，我会尽力帮助你的。"

冰棒卖完了，人也走光了，能量提着空冰箱，又准备到冰厂进货去。他知道下午放学的时候，还会有个销售的高峰期，今天的天气确实太闷热了。

他边走边回味刘玲同学的话，她一个十六七岁的女娃要帮我，她为什么要帮我？我为什么要她帮？她是我什么人？难道这就是爱情？女孩子比男孩子要成熟早些，未必她看中了我。她说要帮能量，那可不是吹牛的，确实她有这个能力。刘玲的爸爸是供销社的主任，一家人吃国家粮，父母亲都拿国家工资，刘玲是独生女，明摆着的条件，她说的是实话、心里话。曹能量的家境与她比起来完全天壤之别，自己的心思不可能告诉她。就算，她不是可怜他，是真爱他，想与他恋爱，能量也不会答应，也不敢答应。算了吧，拉倒吧，卖你的冰棒吧。

能量因忙着卖冰棒，还没吃午餐，走到饭店里买了两个包子当午餐，边吃边走到冰厂，像往常一样，把箱子放在台子上，点了100支冰棒，交了钱又往学校赶，到了学校，开始，他在校门口卖了一会儿，最后一节课的时候，他还是移到毕业班的门口。同学们提着书包准备回家，看到能量又站在门口卖冰棒，大家还是像上午一样，争着抢着买能量的冰棒，一人一支，边交钱，边剥，当场就吃开了。

这时，有一个男同学，拿着一支冰棒走到能量跟前说："你的冰棒变质了，要退钱"，他这一说，在场的又来了几个要求退货。能量只好解释说："老同学，不好意思，我也是刚从冰厂里进的货，不知道是变了质的冰棒，反正，我没有少给冰厂钱，至于，大家都说是变了质，我只好拿货退给厂里。但是，现在你们都剥开了，我怎么退呢？退不成货也就不可能退钱，大家就原谅我这一次吧。今天这事全怪我出货时太粗心，没有认真验货。今后，再也不会出现这种情况了。"

能量这一说，多数同学都很理解地走了，唯独开始要退货的男同学不依

不饶，就是不走，坚持要退钱。他姓张，是能量隔壁村的。本来能量退给他几分钱也无所谓。但是，他很纳闷，为什么别的同学都可以说通，唯独这个老同学说不通呢？能量卵扯不赢，索性摊牌，“老同学实话告诉你，钱是不会退，如果你硬是要动蛮的我也不怕，要么你就在我冰箱里再拿一支或者两支也行，你看着办。”

这个同学听他这么说，也不说什么了，但是，还不想离开。这时刘玲在一旁把他俩争持的一切都看到了，也听到了，她冲到能量面前，拉着能量的手就向校门外走，同时丢了5角钱给那个男同学。说了声，“够了吧？”

能量被刘玲牵着手走出几十米，也不知道其中的原故，“你们俩到底演的哪出戏？为什么把我夹在中间？”能量站着不动了，刘玲怎么拉他也不走了。“刘玲，你总得说个明白，为什么不明不白拉着我走？”能量这一问，刘玲“哇”的一声哭开了。

“能量你这个木头脑袋，你全没感觉？我对你好，又不是一天两天了。”说完从口袋里掏出一把钱甩给他，哭着跑了。

能量喊也不是，追也不是。只好黯然回家了。回到家把钱一清点，刘玲甩给他的钱将近20元，能量这下慌了。这个刘玲怎么会这样呢？要说谈恋爱给见面礼，应该是男方给女方才对，哪有女方给男方的？反正，这个钱我不能要，明天叫小弟还给她。

第二天星期六，小弟能富放学回家。这学期一开学，小弟已经住校了，能量卖冰棒有钱了，让他与别的同学一样，也成为住校生了。

小弟进屋就问：“我能量哥呢？”

母亲告诉他，“在他房里睡大觉呢！今天睡了一整天了，问他是不是有病？他说没有，就是想休息。”

能量听到小弟在问母亲，急不可待地起床来找小弟。

“哥，听妈说你不舒服？没事吧？”

小弟突然想起，“你们班刘玲给了你一封信”。他从书包里取出信。

能量就是为了这件事才不舒服的，马上精神来了。他急忙将信拿过来拆开看。“小弟你忙你的去吧，我没事。”

小弟看到五哥拆信的神态，就知道这封信对他有多么重要。

五页纸的信，能量一口气看完了。看完后，他联想昨天的事才弄明白。刘玲在信中提到那个男同学，他家是“四属户”，父亲在县里一个单位工作，母亲带着四个孩子生活在农村，“四属户”的生活条件比纯农户肯定好多了。

但是，比起吃国家粮，拿国家工资的刘玲家又差远了。就凭这一条，这个男同学就想与刘玲谈恋爱，多次给刘玲递纸条，约会到校外玩。刘玲压根就不喜欢他，她已经有意中人了。所以，她总是回避，不给他机会。这个男同学比能量大一点，男女方面的事懂得早些。他对刘玲的态度十分恼火，但又不敢发作。昨天上午，刘玲在教室门口主动接近能量的一举一动，被他看得一清二楚。因为大家都去吃午饭了，就他一人躲在教室里，说是跟踪刘玲也可以，说是无意中发现也行。反正，别人对刘玲不会很关心、不在意，只有他才那么注重。刘玲的信是这么写的：

亲爱的能量同学：

昨天下午当你出现在教室门口时，他是第一个跑出教室买冰棒，目的就是想为难你，他是故意出你的洋相，找你的碴儿，只有我知道他的动机。刚好，冰棒质量确实有些问题，引起其他几位同学无意起哄。我看你们说不清，甚至要动手了，只好撇开少女的矜持，在他面前公开我的隐私，向你表白我的情感。至今，还为我的举动觉得荒唐。但也很骄傲，因为我是对心爱的人而主动，向不爱的人而宣誓。我没有一丝后悔，坚信自己的爱神之箭是射对了靶子。你说呢？曹能量，我太喜欢你了，还是在初一的时候，我就在心里暗暗地爱上你了。我不嫌你家贫，爱的是你这个人，你忠厚老实、勤奋努力，从不张扬自己，总是低调出现在别人面前。你学习成绩好的时候从不骄傲，比别人差时也不气馁，我就喜欢你的为人，你就是我要嫁的人。我说的是心里话，一想到你，我就彻夜难眠。特别是他追我的时候，更加勾起我对你的思念，你能理解我吗？如果你真能理解我，你就听我一句话，不要卖冰棒了，明天来学校完成你的学业，我供你的学费。你要知道，这是我第一次写这样的信，是我第一次向你表达我的情感。只要你依然坐在我后排上课，我就有了安全感，心里就踏实，学习成绩就不会受影响。唉，这世上的事真怪，让人无法理解，爱的人不能天天相见，不爱的人却又时时在面前出现。能量，我写了那么多，不管你喜不喜欢看，反正，我是一吐为快。现在我轻松多了。我在信里放了50元钱，希望不是你的回信，而是星期一能在课堂里见到你的人。

爱你的人：刘玲

能量看完信后，觉得太有意思了，卖冰棒竟然卖出一段爱情故事来。我真是走桃花运了。这是哪门子事嘛！在校的几年里，我从来没有认真地看过刘玲一眼，她长得怎样，人品如何？全没留意过。因为，青春末萌，压根就没有男女之间的心事，成天就是想着如何填饱肚子。可想而知，一个连肚子都填不饱的人，哪有心思谈情说爱，加上长期营养不良，身体发育晚。哪能与刘玲比，生活在幸福家庭里，吃穿不愁，发育快，加上女孩子本身就比男孩子懂事得早。你看她初一就开始观察男生了，我们这些穷孩子能比吗？虽然穷富不可能在一个人身上扎根，人生中各种因素都会产生变化。但是，对于我们这样的家庭，这样的外部环境，这样的个人条件，起点太低了，要变富太不容易了。再说，等到我们真的有一天变富了，再来娶刘玲这样的人，那是另外一个朝代了,那就不是青春的组合,而是老头老太的结合了。算了吧，天方夜谭有什么用。别人爱怎么谈就怎么谈吧，人家有人家爱的权利。反正，我是不能爱，更不能接受刘玲这份爱。

但是话又说回来，事已至此，现在不是你爱不爱的问题，而是，刘玲对我的这份爱若不理睬，或者简单草率的搪塞，怕是难了断。如果刘玲不同意放弃爱，因此而引起的麻烦，我也是脱不了干系的。怎么办？自己从来没有遇见过这类事，就看恋爱信也是第一次。更让能量头痛的是中间还夹着个第三者，刘玲清楚，这桩三角恋，已经明显摆在能量面前，他必须面对现实，拿出决策。唉，这个刘玲不知道怎么搞的，给我出了这么一道大难题，他不想接受刘玲的爱，这是铁板钉钉。要是他能接受这份爱，一切就好办多了，根本不用费脑筋。就按刘玲说的继续读书。依然坐在她后面保护着她，安心读书，直到初中毕业，读高中，再到上大学，出双入对多好啊！或者，我不读书了，用她给的这些钱买个定情物送给她，估计她一定会接受。因为，定情物首先证明能量接受了她的心意。更重要的可以就此摆脱姓张的的追求，免得他纠缠不休。看来，能量只有用这个既不费力也不费钱的好办法啰！这个在别人看来是绝妙的好办法，在能量这里却行不通。能量自己认为，对于刘玲对他的这份爱，他有三个不能：一是年龄小，不到恋爱阶段，至少自己还没有恋爱这个准备；二是自身的条件不如刘玲，将来就更加难说，眼下他已放弃了学业，明摆着就意味着靠劳动自食其力；更重要的是家境贫穷，而不是一般的穷，穷得连饭都吃不饱，他决定快刀斩乱麻，尽快了结。

他想，星期一去学校当面与她说清，立刻他又反过来问自己，这样能行吗？当面能说清楚吗？说我不想谈恋爱，说我家穷，说条件差，比不上她，请她放弃对我的爱。显然不能说服她，说不清道不明，反而会让刘玲更加爱我而不同意分手。难、难！真难死我也！就这样想来想去，能量一夜未合眼，也没有想出个最佳办法来。星期一早上，小弟问："给不给刘玲回信。"

"不回，你就说我病还未好，不便给她回信。"

小弟答应："好吧，我就这样告诉她。"

转眼他又否定刚才的说法："不，不，你还是别说我病了，说我病了弄不好她会跑到家里来看我，反而更糟。你还是告诉她，我外出了，过几天才回来。"

小弟中午在学校餐厅吃饭时见到了刘玲，按照哥哥交代的话，他如实转告了，刘玲当时没有说什么。

能量从那天以后，就再不卖冰棒了，在家静养了两天，听旁村有个专门在外跑生意的人说，现在麻纺业发展很快，需要大量麻丝做原料，我们当地有这个资源，如能收购到远阳去销售，可以赚 100% 的利润。问能量干不干，能量说："干，这么高的利润为什么不干。"于是他们跑村串户，两三天内，就收到麻丝 150 公斤，按供销社收购价，50% 的利润。做了第一批后，紧接着做第二批，第二批又收到几百斤。送供销社交货的那天，发现刘玲在收购，当他一眼看到刘玲很纳闷地想，怎么会那么巧呢？难道她也没读书了。刘玲低着头在看秤，没有发现能量，能量就主动打招呼："刘玲，你在收购？"

"是啊！怎么你在做这个生意，你不卖冰棒了？"

"早就不卖了。"

看起来刘玲十分憔悴，失恋的状态表露在脸上。一个月之内会发生那么大的变化？估计她也退学了，到这里上班了。

刘玲说："今天中午我请你吃午饭。"正好，能量也想当面与刘玲谈谈。顺便把钱还给她，就答应了。他说："吃饭可以，但是我请客。"刘玲很机灵，爽快地答应可以，只要能留住他就行，至于谁做东到时再说。过完秤结了账，刘玲就与能量出去了。她走前面带路，她说："就到供销社那个饭馆去吃吧。"选了个好座位，刚坐下，俩人都急于想知道对方的近况，刘玲显得十分大方，更像一个战场指挥员，那样自如，那样老练。加之只有他们俩人，就更放得开了。"亲爱的老同学，可想死我了，为了你，我书也不读了，在家待了一个月，前天才到这里来上班。"

"到底怎么回事，你把话说明白点。"

“我慢慢说给你听。”

能量说：“你别急，先点菜，边吃边说。”

“这你就不用管了，我都安排好了，饭店的老板是我的亲戚。”“说好了我做东，请你给我一个机会。”

“不行，今天绝对不行，等你赚了大钱再请我。”

“那么，我赚不到大钱，就不能请你吃顿饭啰？”

“那也不是，只要你请，我随请随到。但是，今天听我的，你不要管。”

“既然这么说，我遵命！”

“要是一辈子这样遵命，我会乐死的。”能量知道她这句调侃话其中的含义，但他不好戳穿。只好说：“到底是怎么回事嘛？”

“我的信你看了没有？”她反问道。

“看了。”

“那你先说说对信的看法。”

“你还不知道我，我嘴笨，不会说话，还是你先说。”

“好吧，你有难言之隐，我就不为难你了。我先说，但是把丑话说在前头，在你面前，我必须实话实说，说得有些直率，甚至难听，你也不要在乎。能量我明告诉你，从初一的下学期开始我就对你有了好感，你的为人，你的一举一动，我都在观察，只是羞于女孩的羞涩，没有向你表露。不说远的，说近一点，星期一中午，六弟转告我，你外出了。我的直觉就告诉我，没戏了，刘玲死了这条心吧！第二天我就没有上课了，你不读了，我再读有什么意思，我就很自觉地将我俩的命运捆在一起了。再说，大脑乱成一锅粥，哪还有心思读书。在家整整躺了两天不吃不喝，你不见我瘦了一圈。母亲问我是不是病了，要我看医生去，我说，没病，看什么医生，也怪，几天不吃不喝，也没事，都快成仙了。星期四一大早我跑去学校将所有学习用品都搬回家了。顺便给班主任说我不上学了。班主任说：‘见鬼了，一个一个都不读书了，你们都是中了哪门子邪？’我当没听见，就走了。

“父亲看到我成天坐在家中。不上学，不做事，闲得无聊，问我是怎么回事？想不想做点事。我说想做事啊！爸爸帮我找点事做吧。正好他们门市部收购麻丝要人，爸爸说可以先去帮帮忙，就是过过秤，我完全可以胜任。就这样，今天才是我上班的第二天。就这么简单，我说完了，现在听你的。”

能量说：“首先我要感谢你，难得你对我的真爱，我以为，这一辈子除了父母，不会再有人爱我了，没想到你在无声地爱着我。同时，我要说声对不起，我不能接受你的爱。原因很简单，我穷，因为我不能给爱我的人带来幸福，我害怕不能改变目前这个状况，给你带来伤害。所以，不能让你幸福，与其长痛不如短痛，再次请你原谅！”能量说出原谅二字已是满脸泪水了。刘玲更是泪流满面，两眼看着能量，而且看着看着脸色越来越差，整个人像要从椅子上滑下去。能量急忙过去扶住她，这样一来两颗年轻人的心就贴在了一起，都能感觉到对方的心在哭泣。为什么会是这样，为什么老天不长眼，不给我们幸福呢？能量潜意识地松开刘玲，想回到自己的座位上去，刘玲反而紧紧地抱住他不放，嘴里说着：“你不让我一辈子幸福，就连幸福一刻也不给我？”刘玲把话说到这个份儿上，能量也松了口气，证明她原谅了自己，同意就此分手，既然如此，就让她多抱一会儿，又有何妨。

过了一小会儿，送菜的来了。能量说：“你听有人来了。刘玲说我不在乎，她是我姨妈。”说完这句话她松开手，却给了能量一个甜甜的吻。并说：“再见。”

能量只好像木头人一样让她做完这一切。回到座位上，还好送菜的姨妈没有看到这一幕。

吃完饭，能量又说要去结账，刘玲很生气地说：“你怎么婆婆妈妈的，先前不是这样的。”能量见她不高兴，也就罢了。他从口袋里拿出那个早已准备好的信封递给刘玲。刘玲以为是能量给她的信，也没多想，就放到提包里了。之后，各走各的。当时，能量像放下一个千斤包袱一样轻松。后来，慢慢一想，却是自己一生中最大的遗憾！遗憾就遗憾吧，留着遗憾进棺材的事，在这个世上，不只我曹能量一个。

回到家已是吃晚饭的时候了。晚饭过后他把停学以后发生的这一切，都向母亲说了一遍，母亲也是十分庆幸地说：“做得对，处理得好，我们穷，不要连累别人。凡事，都不能让别人牵着自己的鼻子走，独立决定自己的一切，才是真正的人生。再说，婚姻爱情有姻缘的，姻缘到了自然就会走到一起，你目前还不是时候，相信你会娶到一个称心如意的好姑娘，陪伴终身。”

拾粪遇难

气候变化，任何人也难以预测，即使气象部门也不是百分之百地准确。行家解释，气候其实是时空变化而产生的，产生气候的过程又是千变万化的。比如，西伯利亚冷空气侵袭到湘南地区，必须要经过无数个高山峻岭，以及山川平原，中途的时差，使其强劲自然慢慢减弱了，甚至，可以由原来的冷空气，混合成冷热空气，湘南地区经常会出现这种情况。因为，这个地区恰恰是南北气候的交汇处。远的不说，就说今天，白天南风天气，气温20℃以上，到了下半夜，一场鹅毛大雪铺天盖地，说下就下了。而且，下得比往年早，让人无可奈何。

下雪，对于贫穷人家，的确是一场灾难，尤其是没有棉衣棉被越冬的人，可以说是冷血杀手，在湘南地区过日子，冬天如果不下雪，年轻人没有棉衣完全可以挺过去。能量不就挺过几个无雪的冬天嘛！真要下雪了，气温在零下，那么，任何英雄好汉也难熬冬。伤脑筋的是，有时冬天下雪，有时冬天不下雪。碰上没有准备的大雪冬天，穷人家就遭殃了。

能量家就处在这种状况，本来，早两年母亲就说帮他制件棉衣，他就是不要，“要制，先给兄弟们制，我没棉衣照样与大家过了几个冬天。”于是，一年拖一年，至今也没有棉衣过冬，加上，需要制棉衣的的确不是他一个。

碰到今年这场几十年难遇的大雪，没有棉衣是抵挡不住的。今天，能量早早地就起床了，别人忙着看雪景，他还是像往日里一样，衣服也没有多加一件，脚上穿着一双母亲自做的布鞋，提着粪箕，顶着凛冽的寒风，打着寒战去榨油房厕所里掏粪。这个茅厕自油房榨油以来，就成了伍家坪垮村垮里所有拾粪人关注的焦点，谁都想抢先掏着这个粪便。因为，粪交给队里，可以顶工分。他勤快，起床早，可以说，这个便池基本上由他包下的，别人要么早，要么迟，他天天照样，不早不迟，准时掏着。除非他不在家，别人才有机会掏到这里的粪。

从能量家出发，到榨油房大约 400 米。但是，必须要经过堰口。

这个堰口是村前小溪人西河的堰口，一年四季淌着水，堰口的跨度大约一米宽，没有负担的成年人，空手跨越不成问题。但是，碰上下雪天气，整个石坝结冰，一不小心就会滑倒掉进西河，虽然河水仅有一米多深，也会淹死人的。能量今天真倒霉，他是这个石坝修建以来，第一个尝到掉进河里挨冻的人。去时，是空手很顺利。返回时，由于手上提着一筐粪便，加上两边都结了冰很滑，他想小跳过去，但是，事与愿违，却连人和粪筐滑到西河里了。糟糕，河里也结了冰，能量十分敏捷地甩掉粪箕，求生的本能油然而生，他想找石坝的缺口爬上岸。结果，试了几次都失败了，因为，河底全是稀泥，能量踩着稀泥使不上劲，反而，越陷越深。刚掉下去的时候只是淹到胸口，经他几踩几抓，现在已经淹到脖子上了，再继续踩下去，随时有封头顶淹死的可能，最让他伤脑筋的是，鞋不在脚上了，只剩下光脚板，刺骨的冷气，已经慢慢地渗到体内，手脚僵硬很不听使唤了，加上力气耗尽，无力再爬了。难道就在这堰口下等死吗？不行，只要还有口气，就要争取活下去。所幸现在头脑还清醒。因此，他又试着慢慢地将身子往大柳树底下移动，柳树的树根直接延伸到河底，只要接近岸边就好办了。当他好不容易移到树下，将身子向前猛扑过去就可以抓住大树的树根时，一脚下去，整个人又掉进了深潭，全部淹没了，使得能量呛了几口冰水，所有的努力全失败了。眼看没指望了。但是，这一沉浮让他身上的衣服无形中起到了漂浮器的作用，马上将他的身子托起浮出水面，靠近了岸边，由于惊吓，能量浮出水面的手乱抓，睁开眼睛一看，伸手居然抓住了柳树的树根，太好了，太幸运了，这下有救了，死不了了，老天有眼，放过了我这个穷孩子。谢天谢地啊！可是，因为冻僵了的原因，虽然人爬上岸了，但是，手脚根本不听使唤，整个人躺在雪地上动弹不了，现在能量越来越觉得精疲力竭了，眼睛也睁不开了，神智开始消失

了，头脑一片模糊。

正在生死关头，救星来了。真是天无绝人之路，来人是塆里有名早起拾粪的文山哥。文山的年龄与能量父亲的差不多，五十岁出头，由于他与能量一个辈分，乡村重辈分，所以，能量叫文山为哥。能量还在读书的时候，这个厕所的粪便，基本上是他在掏，今天，下雪起床晚了，但是，还是想试一试看。深一脚浅一脚地踏着雪，快到堰口边时，突然发现柳树底下躺着一个人，走近一看，是能量。他急了，再俯下身子听心跳，啊！幸好心还在跳，他猜想能量一定是跨堰口的时候不小心掉进河里了，费了很大的劲才爬上岸的，眼前这个样子，全是冻的。他没有多想，时间就是生命，赶紧背回家抢救。他背着能量经过一条长长的田埂，田埂很窄，稍有倾斜，不是掉进河里就是掉到冬水田里，别无选择。五十多岁的文山哥，背着一个没有一点儿知觉的大小伙子，一百多斤的负荷，小心翼翼地走过了那段最担心、最危险的田埂。

此时，文山哥确实感觉体力不支了，很想放下能量休息一会儿再走。但是，没地方放呀！他只好咬咬牙，再坚持，快要到能量家门口的时候，后山有一个二十多米长的小斜坡，坡路没有修台阶，由于下雪结冰，文山哥上一步退两步的，眼看就要到坡头了。结果，就是这一步之遥，文山哥脚一滑整个人稳不住了，身子一歪，两人顺着坡滚到了坡底，这时，文山哥再也没有力气站起来了，索性坐在雪地上休息一会儿，能量依然如同僵尸，毫无反应。

正当文山哥急得手足无措的时候，塆里来了个小伙子，叫水古，他挑着水桶准备到河里担水。因为下雪天，牛只能在牛棚里吃干草，加温水喂。他见状，丢下水桶，先将文山哥扶起来，然后，两个人一前一后抬着能量回了家。此时已是上午 9 点了，能量失去知觉已经两个多小时了。母亲见自己的儿子，像死人似的，也不知道发生了什么事，文山哥放下能量之后，赶紧跑回自己家换衣服去了，水古哥帮着能量父母亲，将他全身湿衣脱掉，放进被窝里。

文山老哥确实是个大好人，他担心能量醒不来，所以，在家换了衣服，拿个熟红薯，一边吃，一边走着过来了，他一进门，所有在场人都将目光投向他，文山哥知道大家为什么望着他，大家都想知道能量到底发生了什么事。因此，他把今天早上发生的事细细地说给大家听。这时，躺在床上的能量，经过取暖保温后，开始有了知觉，眼睛睁开，张嘴说话了："文山老哥，多亏你救了我，捡回我一条生命，感谢你的救命之恩。”大家听到能量说话了，完全醒过来了，所有在场的人又把目光投向能量，“能量，能量，你终于醒过来了，醒来了就好，天大的好事。”“能量，你说什么？换着别人，谁碰上这样的事，都会尽力去做。”然后，文山哥侧过头问：“能量没有穿棉衣？床上也没有棉被，这样吧，棉衣我家没有适合他穿的，棉被倒是有一床多余，我现在就拿来给能量盖，这两天千万不要再冻着，注意保暖，以防带来后遗症。我建议在床底下放两盆火，保持适量温度，慢慢恢复体温，防止生冻疮。”

总之，文山老哥想得很细、很周到，又做了详细的交代，母亲在一旁听着，感动得流泪了。平时，母亲不轻易掉眼泪。这与她的生活经历有关，因为，在她的人生中，无不都是生活的艰辛伴随着，可以说，自嫁到曹家以来，她是没有过上一天的舒心日子。有人说她的眼泪早就流干了，剩下的只是女人特有的坚强，女人用艰辛换得的这种坚强，就是一种不可抗拒的力量。

这时，妙秀婶突然想起能量出生的那一幕，算了一下，正是 17 年前的今天，她自言自语地说：“怎么会这么巧合，能量出生的那一天，也是大雪天气，生下来没有衣服穿戴，是兰凤婶拿来小孩穿过的旧衣服给能量穿。冻得奄奄一息的能量，穿上衣服就哭出声了。当时，兰凤婶是能量的救命恩人，认她为干妈。今天，你文山老哥有缘救了我能量，你是他的再生父亲，能量就认你为干爹，文山你同意吗？”文山赶紧说：“可是可以。不过，我们是同辈人，当干爹不太合适，倒不如我大儿子曹炎认你为干娘，小攀大比较顺畅些，婶，你同意吗？”“好，好，反正我们两家成了亲上加亲了。”能量自从掉进河里那刻起，经过一番生死折腾，他一直没有流泪，像母亲一样坚强，从不向苦难和贫穷低头。现在，经母亲这一提示，他落泪了，认为很有必要以这种形式来表达自己对文山哥的感激之情。他不能站立，不能下跪、叩头谢恩，却放开嗓门喊了声文山老哥，并说：“长兄为父，我会像对待自己的父亲一样，终身孝敬您。”

七 穷则思变

送人玫瑰，手留余香。盲人眼虽盲，但心透明。提灯笼的盲人，为别人照路的同时，也是帮助自己。一人为大家，大家为一人，多做好事，不亦乐乎！

实事求是的思想方法，终于又回来了，又有大人物说，社会主义是什么？绝对不只是一大二公，绝对不是让人们一穷二白，它是让人民群众得实惠，过上富裕生活，以此推动社会历史向前发展。这就对了，这就符合人民群众的根本利益了。

老K麻子是能量的三伯父，从互助组开始至今，几十年一个职，组长，小队长，但是越当越穷，群众的生活越来越苦。凭他的农作经验，如果按照他的思路来耕种，肯定不是这个样，这就是问题所在的根本原因。上下没有想到一块，说到底是个农业发展体制问题。

有一年冬天，公社新来了一位许书记，听说只有二十三四岁就当上了公社“一把手”，是一位典型的“三门干部”，他自己不懂农事，倒是很虚心。上任之后，首先，就召开全公社的老农座谈会，老K麻子自然是首席代表。在许书记的主持下，会议开得很活跃，真正地充分发扬民主，各抒己见，畅所欲言。老K麻子凭着老农经验和几十年的农村基层工作实践发了言。他的发言足足讲了两个小时，虽然，他是光眼瞎子，没有发言提纲，想到哪里讲到哪里。但是，没有一丝的重复，全是经验之谈，在场的人听了个个都张嘴说好。老 K 就是老 K，人家说的都是实际经验，而又说得那么入情入理，那么在行老到。

他接着说：“这些年来的教训我就不说了，我想说点具体意见供许书记参考，不知道当讲不当讲？”许书记听他说具体意见，就将自己的座位挪近了老 K 麻子，很诚恳地说：“讲，你大胆地讲，错了，全由我负责。”有了许书记的诚恳态度，他就完全放开说自己的想法。他说：“大集体的耕作方式，从 1958 年至今已经搞了十多年了，当然，这也是古人没有过的尝试。我看，眼前这个方式不改革，怕是搞不下去了，反正，我觉得这个队长越来越难当了。说起来，在座的都不陌生，自从 1960 年以来，各人都分得了一份自留地，肥料，功夫都下到自留地里去了，集体出工磨洋工，公家的地是越种越瘦，越种越小，产量年年减少，普遍存在收多收少与己无关的思想。我这个队长，就是起到打钟的作用，有人说：‘队长打钟我出工，出工就是磨洋工，你看我我看你，到了时间就收工。’自留地却很用功的耕作，为何不可以把所有的耕地（山林、水塘）都承包给个人来经营呢？我这个队长只管两项，一是以公家的身份与承包者签合同，二是秋季收承包（粮）入库入账。我认为，作为领导，主要是把好方向政策关，具体种什么？收什么？什么时段下种？什么时段中耕？都不需要你们操心，而且，还不要现在这么多时间，农民自己就可以做好。相反，上面管得越细，下面越难做到，越难落实。”

老 K 麻子把话扯到承包到户这个敏感的话题上来了，虽然，从内心来说，在座的都认为，老 K 讲的都是实话，也是他们想说的心里话。但是在当时，谁也不敢触及这个话题，在座的听得目瞪口呆，一个个连粗气都不敢出。农村的现状，农民的期盼，农民的根本利益，都在老 K 发言中道出来了。年轻的许书记何况不是这样想呢？既然如此，为何都不敢提呢？因为，大政方针还没有达到成熟的地步啊！要不是座谈会开始时，许书记的诚恳态度，老 K 队长也不会那么犯傻，说出当时忌讳的话题，书记怕这个话题延伸到下一个发言，就此打住作了草草的小结。

他说，老 K 麻子的发言，老 K 麻子从他嘴里说出来，大家都哄堂大笑，书记马上意识到自己的称呼有误，立刻纠正为老 K 队长，并进一步解释说：“老 K，是扑克牌当中的最大数，老 K 就是老大，就是老到，老把式，老

经验，老K队长就适合这个称号，他是当之无愧的老K队长。”真正的得名，还就是这位书记纠正后的正式得名，老K队长。“总之，不管怎么称呼，从他的发言中使我很受启发，并受益匪浅。同时，也让我悟出了一条深刻的道理，凡事，必须从实际出发，从农业的实际出发，从农民的需要出发，从人民群众的根本利益出发，任何脱离实际，不实事求是的工作方法都是行不通的。”

他说了这几句冠冕堂皇的话之后，就宣布散会。

但是，他把老K队长留下了，他小声说：“老K队长，请你午饭后，到我办公室来一趟，我有要事与你商谈。”看样子，这位年轻的书记已经完全陷入到老K队长的发言之中了，他要作出一个不同反响的决策。这个举措对于他来说，本来可以排除，不管不问，但是理智告诉他，共产党人必须实事求是，要为民着想，当官不为民做主，不如回家卖红薯。清代郑板桥有一首诗说得好：“衙斋卧听萧萧竹，疑是民间疾苦声。些小吾曹州县吏，一枝一叶总关情。”他作为古代官员，都可以这样关心民生，我一个共产党的地方官员，为什么对人民群众的疾苦可以不“关情”呢？这个官做得又有什么意义呢？代表老百姓说话办事才是我应尽的职责。一个农民，一个最基层的农村干部，在他的亲身经历中，已经体会到我党在农村工作中政策的弊端，我们为何又不敢理直气壮地纠正呢？他在办公室等老K队长到来的同时，正在深思这个问题。

再说老K队长，听书记招呼，要自己去他办公室，心里很是犯嘀咕，想必是自己的发言触犯了上封，犯了大不敬之罪。此时，他好是后悔啊！唉，本来也不想在这样的会议上说这样敏感的话题。但是，看到书记那谦虚倾听基层同志的意见，鼓励他说，他就说了。现在怎么办？既然说都说了，要杀要剐随他去。他与大家一样在食堂里三下五除二解决了那三两米饭，就急匆匆地跑到书记办公室。书记还没有见着人，只是听到有脚步声，他就急忙从座椅上起身到门口迎接老K队长。老K队长前脚一跨进办公室的门，他就伸出一双热情的手，十分动情地握着老K队长的手，“老队长，来，来，请坐，请坐，我这个小字辈，应该称你老前辈。今上午，恕我没大没小的那样称呼你，请老队长原谅！嗳，我想冒昧地问你一句，你的真名。”

这时，老K告诉他：“我母亲给我取的名字，叫曹元宝，大约是我3岁那年，生了麻豆，病好之后，就在脸上留下了不可磨灭的痕迹。此后，大家就都叫我麻子，从来就没有人叫过我的奶名‘元宝’，我也不知道我还有个奶名，只知道麻子这个名字，因为我没有进学堂读过书，也就没有启用学名。所以，别人叫我麻子，就这样叫出来的。后来，又加了老K两个字，由于我当队长时间长了，社员们说我麻子点子多，当队长管理比较严，对农活要求比较高，说我蛮厉害，就这样，老K加麻子，喊出个老K麻子。”

“哦，原来是这样，证明我上午还是说对了一半。我看你今年有五十出头了吧？”

“有，我今年55岁！”

“你比我父亲大几岁，我喊你大伯好吗？”

“好！好！但是，你是书记，是我的领导，我做你的伯伯怕不合适吧？”

“哪有不合适的，我还要拜你为师呢。”

“算了，算了。那就大可不必要，公开场合，你叫我老K队长，私下里叫我大伯，这就万福了。”

“好吧，好吧，我们俩的君子协议就这样定了。大伯，你上午在会上发言提到那件事，我十分佩服你，佩服你有胆量能在这样的会议上说出来，这是一方面，确实讲得好，反映了农村的实情，也是你的真实体会。另外，更佩服你一个没有文化的农民，就凭你长期在基层当队长，体会到当前农村中深层次的问题，带方向政策性的大是大非问题。说实话，在这以前，我没有你的这些体会，即使有，也没有体会到那么深。这个事，确实是件大事，目前，我个人做不了主，要改变农村目前这种状况，要上面的大政策。但是，我们俩又可以定个君子协议，你知我知就行了。我想，明年到你大队去蹲点，你小队呢！就按照你说的搞，不要声张，也不需要向我汇报，年终看成效。你看行不行。”

老K队长十分感激地说：“太好了，有书记你的认可支持，我会比今年搞得更好。不瞒你说，书记，今年我就是这么搞的，只是没有一步到位，是分成六个组承包的。现在，合同全部兑现，实际收人比预想的好得多，平均亩产比去年高出160斤。见到成效后，社员的积极性更高涨了，一再要求明年承包到户。所以，我的发言完全是在有把握的基础上而又是代表农民兄弟共同的声音而说的。我可以向你保证，明年骑驴看唱本—走着瞧。其实，这个事，就是决策人的认识问题，只要他们深入到农民群众中了解，就会自觉地认识到，这种搞法才是实事求是，顺民意，得民心的好做法。当前，农民群众什么都不要，就是要党的好政策，从体制上帮他们解决困难。话，我只能说到这里打住，等到明年见分晓得了。”

“不过，书记请你一定放心，定不定君子协议，我也会替你保密的，真是出了问题，我会自己扛着，不会推给谁，我一个农民，有什么怕的，无非蹲几年大牢而已，蹲大牢还可以‘吃国家粮’。只要农民兄弟得了利，我心甘情愿。”

开明书记与开明农民伯伯的君子协议就这样确定了。

能量这段时间一直在思考一个问题，如何改变家乡贫穷的面貌，联想到三伯老K麻子，一生务农，而且是塆里有名的农耕老把式，最终还是没有解决全塆人的吃饱饭的问题，就连自己也是饿着肚皮离世的。话又说回来，这也不是他一个人所为的事，是大政方针的问题，党在农村的大政策造成的。到了我这一代，党在农村中的政策改变了，再像上辈人一样，死守务农是没有前途的，必须走出一条适合自己的发展之路。学手艺，依靠手艺闯荡世界，走出西河，到更广阔的天地发展，这就是能量所思考问题的结论，不是说，谋事在人，成事在天嘛。他将沿着这条路努力奋斗，带领乡亲们改变家乡一穷二白的面貌。

八

志在选择

有时候你必须知道你自己只是一粒普通的沙子，而不是价值连城的珍珠。若要使自己卓然出众，那你就要努力使自己成为一颗晶莹剔透的珍珠。这时，能量想起一句名言：“成功总是为那些勤奋、执着的人准备。真正的成功者，都是在困难和痛苦中成长起来的。”

收不收能量为徒，孟仔师傅说：“半年以后再看。”这半年，虽然，能量经历了许多烦心的事，甚至，生死抗争的事也遇上了。但是想学木匠是王八吃秤砣——铁了心。眼下就要过春节了，他想去孟仔师傅家一趟，讨个准确的说法。

母亲回答说：“你当面找他，比别人传话强多了，同时，他还可以当面考查你的智能。要去，明天上午去。”

第二天，能量手提礼物，冒着严寒十分兴奋地去了荷叶圹塆孟仔师傅家。今天师傅在家准备过小年。正忙着杀鸡杀鸭呢，见能量到，他热情地接待了能量，接下了礼品。能量立马双膝跪地拜师。孟师傅赶紧上前扶起能量，说：“我同意，我同意接受你为徒弟，并尽心教你做木工。”

能量听师傅说接受他为徒弟，真是喜出望外，高兴得热泪盈眶。

孟仔师傅说：“能量你太客气了，都是什么年代了，你还行举拜礼。再说，这半年来，我一直在思考这件事，想来想去还是决定收你为徒，计划出了节之后，再正式通知你，没想到你今天来了。”

“是啊！我今天来，就是为这事来的，既然师傅决定收我为徒，那我就万分感谢。”

“不过，能量你今天既然来了，我就给你交个底。我自己的手艺不高，是个蠢子师傅，你跟着我学艺怕是学不到什么东西，有误你的前程。”

“师傅你言重了，我可以向你表明态度，你一日为师，终身为父，世上哪有子嫌父蠢？学不成器，全在于我自己，只是师傅不要嫌我笨，你就把我当成你的亲生儿子，要打要骂随便，我都会理解师傅是为我好，是爱我疼我，我永远不会怪罪师傅。”这时，他想起一首诗：“孩儿立志出乡关，学不成名誓不还。埋骨何须桑梓地，人生无处不青山。”

“这些话你不用多说，我了解你，我完全相信你，学得好、会成名、成器，你绝对不是那种过河拆桥的人。这样吧！正月十五日出节之后，我们就在你塆里文山家做开张活，他家做春耕用的犁耙农具。十六日早上你早点过我这边来，我们俩一齐出发开始你的木匠生涯，行不行？”

“行！”

“就这么说定了。”

“谢谢师傅。”

“我告辞了。”“好吧！我不留你过小年了，你也回去过个愉快的年吧！”能量就这样成了一个乡村小木匠。

记得学艺的第二年，有家老板要做一只洗澡用的扁桶。师傅做圆桶是长项，但是从未做过扁桶，包括他的师傅也没有做过。因此，他不想接这个活计，看到师傅犯难的心思，能量靠近师傅耳语：“你把活接下来再说吧！我不相信活人会给尿憋死不成。”

“能量，你有把握吗？”

“有。”

“好吧，你有把握就接下。”

“然后，能量就与师傅商量，今晚上，我回家设计个图纸明天给你审查。”

师傅说：“要得。”

第二天徒弟带着昨晚上加班设计的扁桶图纸给师傅看后，师傅大吃一惊！“不简单，不错，长、宽、高、大尺寸都合乎规格，就按图纸下料吧，这个活就你包干做好。”能量向师傅解释说：“图纸与实际操作恐怕有一定的差距，我个人怕做不好，必须要师傅指点。”

“没关系，边做边看，错了再纠正吧！”

带着试一试的心理，能量单独将扁桶做成了。师傅很满意。老板就更不用说有多满意了，他将做好的成品故意不收捡，摆放到木工房，招引别人来参观，前来参观的人络绎不绝，倒成了个参展品。

只要是看过的人，都说做得好，做得精细，好手艺。

师傅得意地加重语气说：“这是我徒弟单独做成的。”

参观者，更加翘起大拇指称赞师傅说：“强将手下无弱兵，徒弟手艺高强，师傅自然更厉害！明儿，帮我也打一只。”

一传十，十传百，上百户的塆村，家家都做了扁桶。师傅脸上多有光啊！对徒弟更是关爱有加，见人就夸他的得意门生，弄得能量怪不好意思，说：“师傅不要这么夸，我的本事再大，都是你的教导有方。”

还有一次，西河代家塆一位老板请师徒去做家具，进场后，老板只说做一套儿子结婚的家具，其中有衣柜、梳妆台、床架、写字台等，但是，没有图纸，要求尽量按新款式做。能量当即给师傅建议，想改一改传统的做法，做成广式新款如何？

师傅当即表态，“可以，但是，我们没有模样，怎么加工啊？”

“我最近买了一本广式家具样书，明天我带来，就按图纸加工制作，怎么样？”

“行，就按你说的办。”这一套广式家具做成之后，虽然多花了点工时费，但确实既新颖，又美观，还实用，在西河流域是首家推出。老板十分满意。因为他们是做点工，并主动提出要给他们另加工钱。远近的村民都前来参观，都想请孟仔师徒前去做同样款式的家具。这一下，在西河两岸出名了，师傅走到哪里，做到哪里，就夸到哪里，“全是我徒弟设计改装做的，我也是向他学习。”

三年学徒期快满了，师傅征求能量的意见。“你的学徒期虽然未满。但是，你的实际水平已经超过我了，应该让你提前出师，我不能耽误你的发展前程。”

“师傅既然把话说到这个份上，那我只好脱师，师傅还可以另带徒弟。不过，以后只要揽到有大活计，我们还可以合作。”就这样能量结束了学徒生涯。

出师不久的能量，在姐姐巧莲的力举下，第一次走出西河进入兴城做活。第一家老板姓张，名叫光亮，也是城南小队的队长，张光亮的大儿子张保纲当兵在外多年，走南闯北，见过世面。他要做一套全新的家具，准备年底结婚，当时最为流行的是上海式家具，他在外地购了一本上海式家具图交给父亲张光亮，要他请名匠按图纸做全套新款式的上海家具。巧莲得知队长要帮儿子做家具，主动上门推荐自己弟弟能量，能量20岁出头，又是从乡下刚脱师到县城做活，哪里是什么名师。"巧莲你不要开高级玩笑，做不好我儿子不满意，还不责怪死我一辈子，使不得，使不得。"

巧莲已经听弟弟说过，在老家西河流域做过新式家具，做上海式样家具不成问题。她给队长建议："先看看人，然后，看图纸，他如果敢于承担，你就放心让他做，做出的家具你不满意，我负责全部赔偿，行不行？"张老板看巧莲这么霸蛮，话说得这么恳切。也就答应："好吧，叫你弟弟来试试。"

第二天，能量很自信地到了姐姐家里，由姐姐带着，马不停蹄地到了张家，张老板问能量："以前做过新工艺的家具吗？上海式家具能做吗？"能量回答张老板说："广式家具我与师父一起做过，上海款式家具实话告诉你，没有做过。但是，新款家具都是大同小异，我想，我能做好广式家具，上海式家具应该不成问题。请老板相信我，一定会让你们全家人满意。"

这时，姐姐倒有点不放心，当着张队长说弟弟："你既然答应做，就一定要做好。"

"姐，我不会让你为难，做不好我负责赔偿张老板一切损失。"这桩活就这样定下来了。为了加快进度，尽早完工，他把六弟带来当徒弟，也是做帮手。因为大型家具一个人不方便组合，再则因家里贫穷，六弟读到高一也辍学了，于是兄弟俩就住在姐姐家。经过近一个月的努力，一套上海款式新家具在张家摆放着。这下，张家可热闹了，前来参观的人络绎不绝，有本队的，有街上的城里人，也有本身就是做木匠的，说是前来投师的。二十来岁的小伙子有点受宠若惊。尤其张家几个女儿，都是用少女少有的佩服眼光看能量，这个小师傅，人长得帅，手艺也很高强，谁要是能嫁给他，那会是享不完的清福！为了庆祝完工，全家人设宴款待了能量兄弟俩，三杯酒下肚之后，张老板酒后吐真言了。

"小师傅，今天，当着全家人的面，我要敬你一杯酒。实话告诉你，自你进场那天起，我就一直担心你做不好。现在，我大儿子也在，家具算是验收了，我算交了差。为此，感谢你，来，干！”

“张老板，难得你们全家看得起我这个无用之辈。手工不好，让你们见笑了，还请张老板宽容包涵。我本身不会喝酒，你是知道的，但是，长辈敬的酒，我舍命也干了。”

能量确实不会喝酒，在他家做了一个多月的木工，从来未端过酒杯。你看他酒刚下肚，脸就呛得通红通红的。

张保纲也端着酒要敬能量。“能量师傅，我敬你一杯，你确实不会喝酒，就喝饮料。我要感谢你，帮我做了一套全新上海式家具。不瞒你说，下个月我结婚，我的新娘子，看到这套家具肯定会满意。干！”他将一大杯白酒一饮而尽。能量看到他那么真诚，端起小杯白酒干了。“谢谢张大哥。”

张老板确实高兴，喝了不少的酒。突然蹦出一句，让大家都震住了。

“能量，你做我的女婿行吗？我家四朵金花，任你挑选。”

“爸，你怕是酒喝多了，说酒话吧？哪有你这种择女婿的，你家的姑娘怕是嫁不出了。”二姑娘抢先说了父亲。

“父亲呢？酒是喝多了点，但还没有醉到说胡话的地步。”听到二女儿批评后，也觉得自己有点荒唐，就再也不提这个话题了。能量听了父女俩的对话，也没往心里去，就当张老板说的全是酒话。

大家都吃得差不多了，他也确实有点支撑不住了，兄弟俩道了谢，离桌回姐姐家休息了。

这时，只剩下自家人，三姑娘才走到父亲跟前耳语，告诉他木兰姐已经爱上了能量师傅。父亲大吃一惊。“啊！是吗？”三姑娘肯定地说：“千真万确，不信，你问二姐自己？”这时，木兰已经紧跟着能量师傅到他姐姐家去了，木兰是怕能量喝醉了酒，路上摔跤。

四姑娘说：“二姐不在家，三姐说的没错，我们都知道。只是爸妈还不知道。二姐要我们保密，暂时不告诉你们。”原来如此，她们几姐妹，瞒着父母亲，还做了不少的暗访工作，姑娘家，长大了，到了当嫁之年，知道自己相对象了，不是说婚姻自由嘛！

自能量到他家做木活的第一天起，她就一见钟情，小伙子个子不高不矮，身材不胖不瘦，浓眉大眼，看上去很有男子汉的阳刚气，为人忠厚老实，尤其做事稳重，他的老练程度与他的年龄完全不相称，一般二十多岁出头

的小伙子，凡事好冲动，甚至莽撞，他总是显得比别人老练些，凡事都是三思而行。

晚上，父亲一直等到木兰从能量姐姐家回来。而木兰听了父亲在饭桌上的那句话，也想向父母表个态度，免得父亲真的让能量选妻。那不成了古代唐伯虎选秋香再现，岂不是荒唐到了极点。

她一跨进家门，看到父亲一个人坐在灶边烤火，就问："爸爸您还没睡觉。"

"我在等你啦！你过来，我问你，你是不是与能量在恋爱？"

"爸，我正想跟你说这事，下午你在餐桌上说时，我打断你的话，不让你说：是不好意思当着能量和家人的面说我的想法。我真的看上了能量，并到他塆里搞了家访，塆里的人都说，'谁嫁给能量，有享不完的清福'。所以，我决定嫁给他。"

父亲慎重地说："下午在酒席上我说了糊涂话。婚姻大事一定要慎重，对于能量这个小伙子我很满意，但是，他家在乡下，而且，家里人多又很穷，这些你想过没有？我跟你说实话，在你们姊妹中你是比较娇气的，将来能吃那份苦吗？"

"这些，我都想过了，他家人多穷这是事实。但是，等过几年兄弟姐妹都长成人了，都有自己的事业，就不穷了。我看他们兄弟都很勤劳，通过他们的双手，穷是可以改变的。再说，我是嫁给能量这个人，而不是嫁给那个地方。"父亲听了女儿的真实想法，算默认了，再不说什么了。

说通了父亲，等于母亲也被说通了。至于其她姊妹就更加不用说了，肯定也会投赞成票，同意这桩婚事的。

第二天能量与六弟一同回家准备休息几天，他向母亲汇报了这一个多月以来所发生的事情，同时，把收入一分不留地交给了母亲。

他说完了之后，六弟补充说，张老板的二女儿木兰还看上能量哥哥了。母亲听了很高兴，问能量有这回事吗？能量老老实实回答母亲："有，只是我还没有表态。""为什么？因为我们家太穷了，高攀不起，怕她到我们家受不了这份苦，所以，我不敢表态娶她。"

母亲听他这么一说，好像有点道理。但是，她还是语重心长的教育了儿子："家穷就不娶媳妇过日子了？再说，穷就生根了？就不可以改变了？穷是暂时的，是谁说过一句名言：'穷不愁兮富莫夸，哪有贫穷富久家。'人穷志不能短，说不定你们这一辈碰上贵人，碰上好政策，加上你们个个都聪明能干，哪有不富的道理。我看，只要女方愿意，不管别人说什么？你就答应了，娶了这门亲吧！千万不要错过机会啊！再说，你今年22岁了，到了法定婚龄了，到明年结婚就是23岁了，该谈对象了。听话，这次去了就定下来。给，拿点钱放在身上，现在你是赚钱的人了，谈恋爱也不要太小气了，该花的钱，大方一点。哎！你也同你外公一样，外公是被老板看中了，把他的千金嫁给了他，现在，你被你的老板看上，送了一门好亲事给你，好人有好报呀！”

九 北京见闻

改革开放，的确是国情所需，人心所向。20世纪80年代初，改革开放的春风已经吹遍了祖国大地，即使落后的小乡村，也是一派生机盎然，百废待兴的景象，农村里建新房，购买时尚家具的越来越普遍。在城里，不能建新房，想方设法改造、装修旧住房，摆时尚家具也是常见的事。有的人将旧家具油漆刮掉，刷上好看的亮漆，真是变着法的“追新”。

这个时期的木工活倒是走俏，无论是在乡下，或者城里都有做不完的活计，能量已经进城做了一年多的木工活了，时尚家具和装修房屋都做过。为了应付“追新”的需要，也是缩短自己与城里人的差距，他决定到外面走一走，呼吸呼吸改革开放的新鲜空气，拓宽视野，换换脑子。这个想法，自打去年刚进城时就已经萌生，实践让他体会到，家具的更新，是随着人的思想进步而来的。思想进步又是随着社会发展进步而来的，只有社会高速发展和进步，才能有人类的进化，人类的进化反过来又推动社会向前发展。人，才是推动社会前进的动力。

他想，像这样老是跟着潮流走，绝对是跟不上的，终究会被社会进步的浪潮吞没，他想要成为新浪的弄潮儿，要走在改革浪潮的前列。所以，他需要走出去学习，见世面。基于这个想法，他决定第一站去首都北京。

首都，是全国各族人民的政治、经济、文化中心，北京是改革开放的最前沿。那里才有看头、有学头。这时，他已经与木兰确定了婚姻关系，他们一行四人，包括未婚妻木兰，一个侄儿、一个外甥女一起来到北京。到北京站接站的是大哥的战友。早上7点左右到站，能量第一眼就瞄准出站口有一个高个子打着一块牌子，上面写着曹能量，能量向前一问："你是我大哥的战友张永峰吗？"

"对，你是曹能量吗？"

"对，我就是。"

"人都到齐了吗？"

"四个人都来了。"

"好嘞，我们到火车站停车场坐车。"

"北京国际饭店，离车站很近，一溜烟的工夫就到了，你们就住在我饭店"，三十多岁的张永峰就是这个饭店的老总，能量听保安叫张总，心里不由自主地佩服这位老总。北京国际饭店是五星级饭店，张总本是上海绵江集团公司领导成员，被派到这个饭店来当老总的。不用说，规格是高规格的，标准是国际标准的，管理自然是高水平的。张总真了不起，能量从昨天开始接触张永峰，就琢磨着，他一个三十多岁的小伙子，怎么有那么大的本事。听大哥说，人家出身大上海，又是高干子弟，特别是经过部队的锻炼，见识广呗！见识很重要，见识就是社会阅历，就是事业发展的无形资本，这个无形资本一旦成为有形，事业发达就运营而生。我的差距，就在此。虽然长见识，不是一朝一夕的事，但是，自己一定要奋力补上这一课。

几天的游玩吃住都是张总安排的，侄儿和外甥女还是小孩儿，都是第一次出远门进北京，第一次坐火车住宾馆，而且还是住高级宾馆，第一次享受这么高级别的待遇，他们感觉舒服、好玩极了。能量认为，这难道就是人们常说的人间天堂，极乐世界，难怪世人都在努力奋斗，为的是什么？不就是美好幸福的生活吗？

在北京的时间过得真快，不觉五天时间过去了，吃饭进餐馆，游玩坐小车，住的是大宾馆，真是快乐极了。但是，能量品出的味道与常人不一样，张总接待的标准越高，他们的档次就显得越低，城乡差距就越大。这是从他们没有见过世面，尽出洋相体会到的。他们出洋相的事，可以说天天、时时都有发生。

首先说乘火车上厕所的事，火车厕所都是一节车厢一蹲坑，一节车厢乘客上一百人，男女老少共用这一蹲坑。能量第一次用厕所，当他小便未尽之时，一个女同志推开门见能量在里面，两个人十分尴尬地互相埋怨，你为什么不敲门就进来了？你为什么不关门就用厕所？真正错了的还是能量，因为他不知道关门后反锁。那个女的说了句，最让曹能量难受的话。“太没有素养了，连上厕所都不会。”能量听了这话气得哆嗦，真想上前揍她一顿，以此发泄内心的委屈。但是，仔细一想，确实是自己不会反锁厕所门而造成的尴尬，唉！受不了也要受，本来，你就是个没有见过世面的“土包子”。

北京国际饭店，档次相当高，无论是硬件设施还是软件设施，在同行当中都是一流的。但是，对于乡巴佬来说，越是高档次，使用就更加不方便，麻烦就更多。张总交代总台小姐登记完之后，就到餐厅吃早餐。他自己先过餐厅去了，服务小姐将两张门卡交给他们，要他们自己上楼放行李。时间过去快一个小时了，也不见人下楼来，张总等急了，从餐厅走到大堂来看，他叫服务员上楼看个究竟，服务员到8楼一看，全明白了，四个人拿着门卡和行李还在过道上等服务员开门锁，不晓得用触摸式门卡开门。弄得服务员想笑又不好意思笑，赶紧帮他们解了围，开了房门，放了行李，才一起下楼吃早餐。能量说：“哪有开房门不用钥匙的。”这就是第一次住高级宾馆尝到的苦头，这就是城乡差别，这就是见识少的原故。张总见他们下来了，再没有问什么原因了，领着他们去喝早茶。木兰一听喝茶，与能量耳语说，我们还是到街上随便吃点东西算了，哪有大清早喝茶，张总听不懂他们的土话，不知道他们说些什么？但是看出他们有难言之处。就给他们解释说：“喝早茶，这是改革开放新的说法，其实就是吃早餐。据说，还是从你们南方广东传过来的，广东人有喝早茶的习惯，即使到餐馆里吃早餐，也是先上茶，然后，才上你所要吃的点心。因此，早茶与早点统称吃早茶，改革开放这些年，去广州的人多了，都学着广东人喝早茶，北京、上海都是如此。”

经张总的解释，他们才放心地进了餐厅。果真如此，早餐相当丰富，有中餐，有西餐，而且是自助餐，任你挑选，张总在介绍如何用自助餐时，尤其要注意吃什么拿什么，吃多少拿多少，千万不要吃剩，以免浪费。还有一条，不准带走。木兰本来快吃完了，看到洋人拿着一根红彤彤的东西，吃一口面包，咬一口那玩艺。很好奇，也学着洋人要了两根，与能量一人一根，结果，她已经吃好了，再吃那玩意儿，根本吃不进。这时，大家都准备走了，她丢也不是，放也不是，就顺便拿了一张餐巾纸包好塞在自己的手提包里。走到餐厅的出口处，保安叫住她，请你把手提包里的火腿肠拿出来，我们要按规定罚款。张总赶紧拦住保安：“你们要干什么，这是我的客人。”保安立即收手，说声：“对不起，我们不知道。”这时，能量已经在钱夹子里拿出 50 元钱，往保安手里塞。张总制止说：“不要拿了，不知者无过嘛！”“不行”，能量说，“正因为我们不知道，才更要认罚呢！这是教训，罚了款教训就会更深刻。”

张总听能量把话说到这个份上，也就不再说什么了。但是，张总的脸色很难看，一副难为情的样子。因为，他的客人在大庭广众下丢了脸，他感到内疚，他没有招呼好客人，失礼了。在张总认为，责任全在于他。在以后的几天里，他确实格外注意他的乡下客人，自己不随游，也要给司机交代好，要他当好导游，安排好食宿，再也不能出现类似的洋相了。

这件事过后，能量心里一直放不下，他想，同样活在这个世上，同样都是人，为什么人与人之间差别会那么大呢。城乡之间的差距会有那么大。真是不出门不知道，出了门才知道自己的渺小，连沧海一粟都不是。在乡村乃至西河流域，人家称自己是“小鲁班”，自己认为，小鲁班算不上，但是在同行中比较，也算得一名小木匠，所做出的木器，还是可以一比，几乎是人见人夸。为什么现在走出乡村，出了西河，就显得那么的渺小？那么的无知？而且，北京一行，出的这些洋相，又是铁板钉钉的事实，不承认还不行。必须承认事实，面对现实，提升自己，缩短城乡差别，才是唯一的出路。走出西河，走出家门，走向世界，到更广阔的天地去发展，不达目的不罢休。

话又说回来，虽然，能量此行有了觉醒，拓宽了视野，增长了知识。但是，他毕竟起步低，差距大，落后一大节，国际歌唱得好，“从来就没有什么救世主，也不靠神仙皇帝……”，自己的智慧，靠自己的双手，创造一个美好的未来。这就是北京一行的真正收获。

订婚人生

北京一行，仅仅五六天时间，但是，此行所学到的东西，所见世面，那可是在伍家坪垮村一辈子也得不到的，真有大获之感。比如，什么叫改革开放？对这四个字的理解，较之原来，更深了一步。

不防简言之：改革，就是社会主义革命，以经济建设为中心，以建设中国特色社会主义“四个现代化”为主要目标，彻底改掉有碍于实现这个目标的陈规戒律。诸如：“阶级斗争为中心”“宁要资本主义的草，也不要社会主义的苗”“一大二公”等等。开放，即是打开国门搞建设，把世界各国先进的技术，先进的管理模式，先进的治国安邦经验请进来，学到手，用于我国“四个现代化”建设，再也不能闭关自守，关起国门搞建设了。借鸡下蛋，放水养鱼，有水快流，缩短建设周期，事半功倍地建设“四个现代化”。一句话，改革开放，是一条彻底的唯物主义乃至中国式的发展之路，强国富民之路，是适合中国国情，深受人民群众欢迎的好政策。能量将这些体会，像拉家常式的向母亲汇报，一直谈到深夜。母亲看似围着锅台转的家庭妇女，快60岁的人了，但是，她那开朗的性格，加上她从来都是很关心国家大事的乡村妇女，要不是儿女多，家里的拖累，她早就是吃商品粮的国家工作人员了。

听了能量的一席感慨之言，她深有感触地说：“儿啊，现在，国家的政策这么好，你们也长大成人了，应该充分利用国家的好政策，为国家复兴、民族振兴做出自己的贡献才对。”

“妈说得对，儿也是这么想的，过去，我们家穷，是因为我们年幼无知，加上政策不允许个人发家致富。现在，我们长大成人了，一定要利用党的富民政策，为国效力，为家庭致富做贡献。因此，今后我想到城里去发展，你看如何？”

“行，城里比乡村发展快些，你进城之后利用自己的一技之长，好好地干一番事业，妈举双手赞成你的想法。”

“你提到与木兰订婚的事，当然是好事，问题是，别人家的大人同意你们俩的婚事吗？”

“我这次去北京把木兰带去，她父母亲并没有反对，即使有些想法，通过木兰做工作，我估计问题不会很大。再说，上次在他家做木活时，已经提过这件事，那时，我没有表态同意。现在，我主动提出订婚，这不是皆大欢喜吗？”

“儿啊！你不要把问题想得那么简单，还是先问个明白，再择日子订婚，这样稳妥些。”

“好吧，我明天就进城问清楚。”

再说木兰。从北京回来后，母亲告诉她：“有几起来提亲的，而且，都是吃商品粮的国家干部，有的还带‘长’，因为你不在家，我们都挡回去了。”木兰一听很生气，说母亲不应该让他们来提亲说嫁的事。

“你个死女，倒怪起我们来了，你到了谈婚论嫁的年龄，别人要来提亲，我们怎么办？总不能把别人拒之门外。再说，又不是我们做父母亲的喊他们来做媒的。”

“我问你，能量那里到底怎么样了？”

“人家马上要求订婚，还能怎么样，不就是订婚吗？”

母亲听木兰说，能量马上通知订婚的日期。“那就好，那些踏破门槛再来提亲做媒的，我们就可以回绝了。”

正说到这里，木兰的老表又来了，老表是母亲的亲侄儿，在县直机关工作，前两天也为木兰的婚事来过，并把介绍对象的相片给姑妈、姑父看了，姑父的意思是等木兰从北京回来再说。男方追得很急，因此，今天他来问信，看到木兰在家，他就直接将男方的情况说了一遍，男方是某局刚刚提上来的

一位副局长，名叫李承继，全家人都是吃商品粮，父母亲都是在职的国家干部，家庭条件相当优越。据男方说，他认识木兰，都是初中同学，虽然，木兰比李承继低一个年级。但是，由于木兰长得漂亮，所以，他对木兰早有仰慕了。前不久他在街上碰着木兰，披肩头发，苹果脸，白净牙齿，不胖不瘦，杨柳腰，上着白色衬衣，下穿青色裙，亭亭玉立，少女的丰腴，真媚人，比以前更漂亮了。木兰听介绍后，笑了。

得知木兰是同事的表妹，就天天追着同事前来提亲做媒。老表告诉他："表妹是城郊的菜农，家里人口多，各方面的条件不如你优越。""这些你不用介绍，我都了解。现在，你要做的，就是问她有没有恋爱对象？把我介绍给她同意不同意。求你快去问个信。"基于男方看中木兰，加上又是自己的顶头上司，碍于面子，老表才急着来说媒的。

木兰听老表这么一说，态度有所转变，不赶他走了。

李承继追她，她感到有点奇怪，李承继我早就认识，他人长得不错，读书读得很好，后来读了农大。分配在乡里农科所。由于工作出色，又是北京农学院毕业，加上他父亲是位县领导，在乡里待了不到两年就提了副乡长，最近又调回县农业局任副局长，家庭条件确实不错。本来，他是不会回到县上来工作的，但他们那一届的毕业生，一律回原籍，一律下基层，这是上头有明文规定的。加上他有个姊妹，大学毕业后，已在外地工作成家了，父母亲身边总得有人照顾。

改革开放这些年，加快了城市化建设的步伐。城市扩建增容，必须要征地。因此，城乡结合部的城郊农民得实惠，他们把土地全部卖光了，进到一笔可观的钱，转身又全部都吃上国家粮。城里人想变乡下人，也是想到那里去买地建房，这样一来，郊区农民真正成了城市化建设的座上宾了。

所以，李承继想与木兰谈爱，在城郊找对象，实际上比在单位上找个工薪阶层强多了，划算多了。再说，对木兰，初中时就单相思了。

木兰虽然被老表说得动了心。要是没有与能量谈之前，或者说，这次不与能量北京一行，她一定会同意与小李谈，至少可以互相了解了解。现在不行了，能量说不定这两天就要来提订婚的事。

这时，父亲收工回来了，坐在一边没有搭话，听外侄和女儿两个人都把话说明了，他才说："侄儿，刚才木兰已经把话明里说了，请你回去告诉你那位副局长。不要再提此事了。人嘛，还是要守信誉，这也是命中注定的，木兰应该要嫁个农村乡巴佬。"

“好吧！我会说的。不过，小李的条件的确不错，而又是他看上了你。”

“老表，不要说了，没有一点余地，我嘛非能量不嫁，别的条件再好，我也不稀罕，这是我的命运决定的。”

能量在家休息两天，今天早早起来，准备进城。这次，能量进城一是准备与木兰订婚，二是重新找木工活做。大约上午 11 点到了姐姐家里，进门就看到木兰在，刚见面，木兰就埋怨能量说：“你再不来，我们两个就要拜拜了。”

能量很不在乎地回了一句，“现在也可以分手，反正，也没有订婚。”

姐姐巧莲在一旁听着他俩的对话，很不耐烦地说弟弟：“你说些什么？哪有拿婚姻大事开玩笑的，今天拜拜，明天分手，尽说些没头没脑的蠢话。木兰你也不要急他，我弟弟办事，从来都是有板有眼的，他会把这事办好的。”

弟弟听了姐姐这些认真的话，知道自己不知深浅的玩笑话说错了。放下行李紧挨着木兰坐在一条凳子上，问她到底出了什么事，木兰任他紧问，也不说话了，只是擦眼泪，起身想走，能量拖住她不让她出姐姐家门，才又坐下，姐姐巧莲把木兰刚才告诉她的事情说给能量听。“现在，木兰就是等你，听你的信，什么时候订婚。不然的话，她不好回别人前来提亲的话。木兰父母亲也是同样着急。”

能量这才弄明白，木兰刚才说的拜拜不是玩笑话，而是心急火燎的心里话。他才认真地说：“对不起，我刚才不应该与你开玩笑。不知情者无罪，请你原谅！”木兰这时破涕而笑，“谁怪你了”，话一出口，双拳擂鼓似的打到了能量的背上。能量一不躲让，二不还手，任她闹完了，才说：“我们订婚吧。”木兰问：“什么时候？”“就这几天，你定个日子吧。”“好，回去通知我爸妈一声，放到后天，明天怕来不及，后天是农历八月初八。”

“好，好日子，发，发。”

在巧莲姐姐家吃了中午饭的木兰高高兴兴回到了自家，把这个喜讯告诉了父母亲，父母亲也说后天是个好日子，就放到后天，第二天，在姐姐、姐夫的帮助下，在城里办齐了订婚的礼物，用箩筐挑了一担，由六弟能富送到了木兰家，总算将这桩牵挂两家人的婚事订下来了。

虽然没有结婚，能量还是想将未婚妻带回家中让父母亲看看。第二天，木兰也十分愿意与能量一起到老家去见公婆。其实，木兰已经对婆家有过私访，只是未进能量家的门。所以，坐汽车、乘机船在什么地方下车，什么地方上船，到码头，木兰不用能量指路都清楚。

家里的条件实在是太寒酸了，说句难听的话，穷得叮当响最确切不过了。在家待了两天，母亲与木兰谈了很长时间的话，问她对这个家，对能量有什么看法？木兰一言难尽，只是说了一句，“我喜欢他，愿意与他白头偕老。”母亲听了这句话，十分高兴，含着热泪用乡下最古老的亲爱法，将木兰揽在自己的怀里，“谢谢你，我的好儿媳。”此时，婆媳俩那种亲热劲无法言表。

父母亲送他俩到西河边码头乘坐机船，当他俩坐上船舱之后，先坐在能量旁边的少妇，一看这不是刘玲嘛？

“刘玲，你从哪里来？”

刘玲说：“是你，曹能量？”

然后，曹能量向木兰介绍说：“这是我的初中同学。”又向刘玲介绍：“这是我的未婚妻，我们昨天才订婚。现在，准备回兴城去，现在我在兴城做木工活，混碗饭吃。你呢？几年不见，当了妈妈了，从哪里来？到哪里去？”

“我们命苦。”接下来的，就是刘玲向能量介绍自己爱情婚姻的经过。因为，后舱发动机的声音太大，互相说话听不清，两个人就把木兰留在后舱，到船头说话去了。

她说：“自打那次餐馆分手后，在父亲的督促下，休学一个月之后，我又去上学了，一直读完高中，高中依然与张建中同班，他一直没有放弃追我，我一直不情愿与他恋爱。所以，总是冷脸相待，他这个人就不关心别人的态度是冷是热，反正，他就是死缠着我。后来，高中毕业，他考上了农大，我就在父亲单位上班，当了个柜台售货员。他在大学里也没有放弃追我，每次寒暑假都要在我家住上几天。最使我难以忍受的，父母亲对他十分热情，好像他就是当之无愧的女婿一样，把我放在火上烤，真拿他们没有办法，我只好认命。他大学毕业后我们就结了婚。小孩快一岁了，这是放到他家来断奶。今天才接回去。”

“张建中在哪里上班？”

“张建中倒霉，不能在城里机关单位分配，分到西河镇农科所。现在，还是个技术员，我们住在农科所里，有空来玩。你看，这个小杂种像不像张建中。”

“像，很像，他的种，怎么不像呢？”

“祝贺你们，我没有准备，拿 100 元钱，以表祝贺之情。”

“能量，你是怎么啦，现在发了，就那么大方地施舍我们娘俩儿。”

“刘玲，话不能这么说，我就是再穷，人情世故总得有，我这是真心祝贺你们爱情的结晶——小宝宝的降生。”

刘玲听能量把话说到这个份上，也就不好再推脱了，收下能量的心意。然后，她问能量这几年是怎么过来的。

能量从头到尾说了一遍，“现在，就是靠木工手艺在兴城挣口饭吃，这是我未婚妻，城南郊区菜农，也是农民。”

“我看她比城里人还城里人，长得比我漂亮，你是有福之人，应该得到好的回报。我们就没有这个福分，得不到你这个郎君，唉！只有认命。”

“你不是很好吗！爱情、家庭都是蛮不错的，有张建中这样好的男人陪伴着你，我认为你是幸福的，要满足了。”

“满足，满足，谢谢你与我说了那么多的话，你应该回到你的座位上去，不然，你那位会不高兴的，还以为我在夺她的爱。话说回来，我是有这个心，也没有这个胆。”

“好了，刘玲，你不要无用的感叹了，再见！”

决心改行

有人说过：“今天的生活是三年前的选择决定的，今天的抉择将会确定你三年以后的生活，好好地把握今天吧！你将拥有美好的明天。”

能量与木兰确定婚姻之后，最近，他一直在思考一个问题，就是必须想办法多赚钱，越多越好，因为，结婚要彩礼钱，还要建新房。娶木兰不回老家，不离开城南，这桩婚事，实际是自己挑战自己，也是老岳父予以加压的举措，他说：“你曹能量有本事在城南买房娶木兰，我二话不说。否则，订婚无效，娶不走我女儿。”能量越想越有意思，这桩婚事对他刺激太大了，也可以说：是改变他人生的激励机制，激活了，穷变富；激不活，一切完蛋。

所以，赚钱娶媳妇，对于能量来说别无选择，为了自己的爱情，也是为了木兰将来的幸福，更是为了体现自己的人生价值。赚钱，赚大钱必须要改行。因循守旧，不动脑筋，不冒风险，在市场经济条件下是行不通了，传统的经营方式只能是维持现状。必须从根本上改变现状，能量决心放下木匠手艺，步入市场，改行做建筑业。这是形势发展的需要。这个事关人生转折以及发展方向的确立，曹能量深深地感觉到，好似在漫长夜幕中见到了黎明，找到了人生起步的亮点，他心里舒展多了，在木兰家吃了饭后，在回姐姐家里的田埂上，自己唱着跟着感觉走“天不刮风，天不下雨，天上有太阳……”

的小调。

走进姐姐家，全家人正围着桌子吃晚饭，姐夫的妹婿邓友根也在。友根是城南村的支部书记，饭后闲聊，他说到原大队部楼房，又矮又小，很不适用，支部决定撤掉重建。“你能不能把新建房的木工活接下来。”

能量当即答应，“完全没有问题，不仅木工活，整个大楼的基建活，我也能承包。”

邓支书说：“承包基建，必须支委会讨论，我个人说不准。”

能量说：“可以，可以，反正木工活你就放心地包给我，基建活如没有人承包，我也会做好。”两天后，邓支书告诉能量说：“经支部研究决定，基建、木工活都由你一人承包，准备起七层楼，整个预算都出来了。在支部讨论时，我还是说木工活由你承包。你猜，支委们怎么说？既然木工活叫曹能量承包，还不如整个基建都让他承包算了。反正，给谁包都是一样包，免得木工活、基建活分成两摊，不便于工地管理。”

邓支书传达这个消息时，能量听了，像是做梦似的，激动得半天说不出话来。此时，他不知道说什么是好，握着邓支书的手，十分激动地说：“邓支书啊！既然你们这样信得过我。为此，我保证，一定尽全力保质保量预期完成工程，让你们满意。同时，有个请求，我是外乡人，又是第一次承包工程，对于办理一些相关的手续，处理周边关系，上下左右的协调都希望能得到村里的帮助和支持，你们不能撒手不管。”

“这些想法很好，在签合同的时候你提出来。”当天，曹主任把曹能量叫到村委会，很顺利地将合同签了。因为，曹主任懂行，合同条款早就拟好了。曹能量还是把自己的想法说给了曹主任，曹主任听了能量的要求和表态很是满意，证明能量办事认真，有责任心。他还是离开合同，认认真真地说了点个人意见。

“能量啊！你是第一次接工程，没有施工的经验，这没有关系，组织好施工，必须把好两关，一是质量关，二是安全关。这两关把好了，进度、效益都在其中，只要你能赚钱，我们就高兴。”

“是啊！”能量听了曹主任一席话，才动情地说：“曹主任啊！我能为你们做事，真是我三生有幸。我决不能让你们失望，我会以我的实际行动做出一个优质工程，让全村人满意。”

虽然能量在村支书、村主任面前表了硬态，这确实是他的真实态度。但是，话又说回来，才 23 岁的人，刚刚学会做木工活，建楼房是第一次，不要说由自己承建，以前，在乡下从没见过。现在，要施工一栋七层楼房。心里忐忑不安，对于能量来说，这个跨越实在太大，施工难度可想而知了。

怎么办？合同已经签了，硬态也表了，没有退路了，逼上梁山，背水一战，做不了也得做。被困难吓倒，这不是曹能量的性格，机会难得，抓住这个千载难逢的机遇，挑战自己的人生。不是说要敢想、敢干、敢试嘛！曹能量就是我们曹家第一个敢试、敢干的人，第一个敢吃螃蟹的人。

他想到了母亲，这件事必须向母亲汇报，征得母亲的同意。他赶回乡下老家，把这件喜讯向母亲作了详细汇报。母亲听后，感到十分震惊，好像是天方夜谭，好像在云里雾里一样，不知所措。她说："这么大的事，你居然揽下了，你进城才两年时间。你不仔细想想，我们是什么人？是乡巴佬，城里的高楼大厦我们见过多少。你倒好，要亲自去建造，我们祖祖辈辈以什么为生？靠种田为生，都是在乡下滚打，城里的活是我们干的？趁早，现在还没有开工，只是签了合同，将合同转让出去。免得今后搞个半拉子工程，让人笑话。"

能量长这么大了，从来都是大、小事与母亲汇报后才干。而且多数时候是以能量的意见为准，母亲只是支持，很少有不同意见。这一次，为什么母亲一听说建高楼大厦，开始是吓得目瞪口呆，然后，说了这么一大通苦口婆心的话。能量听后，母亲说的话并不无道理，而且，完全是说的实情。按照母亲的说法，我们只有继续过苦日子的命，那些赚大钱的事，不是我们能做的，有多大的脚穿多大的鞋。

要是曹能量不到北京走一趟，或者不到城里做事，按照原来的思想观念、思维方式。意识形态没有产生飞跃，绝对被母亲这一席教训的话打动，而放弃这桩建筑工程，会把合同转交出去。问题是曹能量已经不是过去的曹能量了，思想完全解放出来了，完全是一种改革创新的新观念了。所以，他此时并没有因母亲的话而动摇。这一次，他没有听母亲的话，丝毫没有动摇决心，大有背水一战，不获全胜不罢休的坚定信心。

能量是个孝子。无论如何也不能让母亲为此事担心。他要说服母亲，统一全家人的思想，走发家致富的道路。他挪近椅子坐在母亲跟前说："妈啊！我们家穷嘛！穷，穷得没有再穷的了。记得有一次弟弟到鸡窝里去捡老母鸡刚刚下的蛋，不小心将蛋壳弄烂了，你急得没法，你当时在炒菜，用手上的锅铲把打了弟弟。你数落弟弟说，'刚刚筹齐 20 个蛋，3 分钱一个，20 个等于 6 角钱，明天赶圩将蛋卖掉，可以买回 2 斤盐，买一斤煤油夜间点灯，还可以买块毛巾洗脸，全家8口人用一块毛巾，而这块毛巾已烂得不能再用了。你倒好，打烂一个，就不能按计划买卖了。你这个不懂事的死崽，哪个像你一样，做事毛手毛脚。’弟弟开始挨了母亲一锅铲把，还不知为什么挨打，经你这一数落，才知道自己挨打的原因。”

“妈！不是弟弟打烂的，你看，我指着蛋壳给母亲看，因为是软壳，加上刚落地他就伸手去捡，也可能蛋还是热的，手一触到软壳就烂了。哪能怪他，要怪只能怪生蛋的鸡婆，生了个软蛋。”母亲听能量的解释，又看到地上的软蛋壳，全明白了。再看弟弟头上打成一大个包，赶紧放下炒菜，拿把剪刀将弟弟头上的头发剪掉，然后，滴两滴生茶油放在肿包上，一边擦，一边心痛得哭了，哭得十分伤心。“这个日子咋过啰，为什么我们就这么穷。”爸爸也责怪母亲说：“哪有一个鸡蛋比人还重要，把人打成这样，太不像话了。”“其实六弟仅5岁，还不懂事。你还记得吗？我那时也才7岁，刚记事的时候，我就把这件事记住了，而且，永远也不会忘记。”

还有一件事，那年大嫂刚刚结婚，她在外乡教书，很少回家，有个礼拜天，她回家来看大家。全家人十分高兴，大嫂平易近人，也不嫌家里穷，而且，对父母很孝敬，对弟妹们特别关心。每次回家，还带回自己节约的粮票。哪怕几斤也是贵如金。在20世纪70年代中期，有些人的家里生活开始有些好转了，吃碾过的熟米饭了。家里仍然是糙米饭，只是不在饭里掺红薯了，算是进了一大步。因为，家里人口多，劳动少，日子还是过得不宽裕。大嫂来了，无论如何也要让她吃几餐熟米饭，沾大嫂的光，大家都可以享受享受。不懂事的六弟吃熟米饭尤其高兴。他问母亲：“别人家净吃熟米饭，我们为什么糙米饭里还掺红薯？”母亲无言可答，只是含着辛酸的泪水看着自己不懂事的儿子说：“我们家人多，家底薄，所以穷呗！”小弟又问：“为什么不知道富？富了也可以餐餐吃熟米饭嘛……”那天下午，仅9岁的四哥能煅从山上采来松枝，准备夜间下田照泥蛙。结果，那天抓着几个很大的泥蛙。第二天早餐，收工回来的父亲，很想亲自动手炒泥蛙，过去父亲炒这道菜，确实炒得好。那天，母亲不要父亲炒。她要自己亲手炒这碗菜，还将父亲支走，要他到菜园里去采葱蒜苗，等到大家都围着餐桌吃这道难得的荤菜时。首先，父亲尝了一口，说不好吃，吃不得。问母亲：“他妈，你怎么没有放茶油炒？”大家不相信，每人都夹了块泥蛙肉尝了，都不敢说实话，一怕母亲骂，二怕嫂子也不吃这道菜。但是，有一点可以判断出，大家饭都快吃完了，那碗泥蛙仍然未动。这时，大嫂试着夹了块放到嘴里尝了，哎呀！实在难吃，她不

会当着大家的面说，心里却很纳闷，平时，母亲煮菜的手艺很不错，有的菜比学校里的大师傅还炒得好吃，今天这道菜，为什么那么难吃，闻着还有尿腥味。饭后，小弟问大嫂：“你说泥蛙肉好吃不好吃？”大嫂说“好吃啊！”小弟说大嫂说假话，明明不好吃也说好吃。小弟这一说，大嫂也不反对，也不解释。母亲听到弟嫂的对话后，自己好像有愧于大家似的。”

对儿媳说，“华儿啊！今天这道菜的确难吃，主要是因为没有茶油了。炒的时候茶油放少了，再加上起锅时又没有放生茶油，所以味道不好，家里实再是没有茶油了。”

母亲又说，“平时，你不来，尽吃小菜，小菜少放油，或者不放油可以对付吃。像这种用油多的荤菜几乎就不煮。”

难怪，母亲把父亲支走，不让父亲炒菜，其中的原因就是怕父亲一开始炒菜，就识破家里没有油了，马上会叫孩子们到别人家去借。因为，借油要还，所以，母亲就自己炒，心想少放点油可以对付过去，哪知道这道菜绝对是糊弄不了的。

大嫂当时的心情十分凝重，她只29元的月工资，一个人在学校生活，花费也不小，刚刚结婚，也不好向自己的老公开口要钱。话又说回来，能刚有钱也会往家里寄。她下午回学校之前，把身上仅有的5元钱留给了母亲，自己坐车坐船没有钱了，只好走小路回学校。母亲含着热泪不接儿媳的钱。“你有孕在身，你要买点营养品吃，不要光是吃食堂里的钵子饭，那没什么营养，会影响胎儿生长，你自己要关心自己，能刚不在你身边，我们也关照不到你。这个钱我无论如何不能要。明天逢圩，我晒了一点新上市的干辣椒，肯定卖得起价。然后，买点茶油对付到接新，华儿你听妈的话，把钱拿去，不要走小路，走大路，坐汽车，坐机船回学校。”

大嫂硬是把5元钱塞给母亲，含着辛酸的泪水，头也不回的走了。走到桥上了，母亲还在举目送自己的好儿媳。

“那时穷啊！穷得无法形容。”

“妈，这些烂事穷事，我一提你准能想起，这是为什么？为什么我们家那么穷。因为，我们兄妹多，我们年幼不会赚钱，不会减轻父母亲的负担。现在，我们兄妹都长成人了，大哥在外当兵，姐姐也出嫁了，二哥、三哥都成家了，家庭条件大不一样了，最主要的是现在有上面的好政策，让大家致富。听说今年过年，县上的领导还到万元户家里拜年，这就表明政府鼓励人们发家致富，政策允许发家致富。所以，妈唉！你就放心大胆地让我们干吧，让我们到外面去闯，到县城去发展。老待在西河流域，就那么大的空间，自然条件又差，想发展也发展不了。再说，国家的政策对每个人都一样，就看你能不能抓住机遇。当然，无论到哪里发展，都不能忘记老祖宗，都要诚实守信，走正道。不然的话，那是寸步难行，不但不能发家，还会败家，坏了门户。”母亲则流着眼泪一直听儿子的叙说。

真的，能量很少见母亲流泪，更没有见她号啕大哭过。这也许是她长期过苦日子的艰苦磨炼和不断坚强的结果。也许是她作为女强人坚忍不拔的象征，或许是她做给孩子们看的，再苦再累也不要流泪，流眼泪不是女人的强项，而是女人软弱无能的表现。

这时，母亲只是说了两句话。她说：“你们真的长大了，懂事了，而且比我懂事得多，我可以不用为你们操心了。在这之前，我总是把你们当小孩看待，这也怕那也怕，生怕你们不懂事，在外惹事。现在，我才真正认识到，你们成熟了，完全可以闯荡社会，完全可以干大事了。不过，你有什么想法，事前还是多与你大哥商量沟通。他毕竟比你们见识广些。还有一句话，无论你走到哪里必须记住，不能忘本。别的，我就不多说了，你自己看着办吧！母亲最终希望你有出息，事业有成，日后发达。”

听了母亲十分开明的话语。能量此时的心情，倒觉得不是轻松而是有压力，母亲虽然没有明说，“自己翅膀硬了，想远走高飞了，让自己展翅飞翔。自己能不能飞得起，能不能飞出个样儿呢？能不能干出一番事业呢？既然如此，就不能让母亲更多牵挂，不能让父母亲失望。一定要筹划好有生以来这第一项工程。这是改行后的标志工程，这是我人生转折的里程碑，让后人见证我的成败与否”，能量想。能量第二天在家待了一天，其实，也不是无事待在家里，他是找堂兄大能商量如何组织工程队的事。大能与二哥能坚同岁，会做建筑泥水工，当然是西河流域搞土建筑的水平。尽管如此，他毕竟是涉足了这个行业。而且，他有一支做泥水工的队伍，求助于他，负责泥水工这一摊子事。大能兄听能量说了工程情况后，满口答应，十分乐意助他一把。况且，他也想到县城去发展。第二天天一亮，他告别父母亲，走出古老的西河去兴城。准备他的第一个工程上马。

唯一出路

我们有时常会自命清高，或者认为别人的存在对自己一点益处也没有，其实，我们每个人都有需要别人的地方。

正值深秋八月，天高气爽，西河碧波荡漾，“两面青山如幔，苍松翠竹，绿荫似染；轻风徐来，蜂蝶曼舞；空气清新，如处天然氧吧间，令人神清气爽”。好一派南国风光。能量喜气洋洋坐在小机船上，欣赏西河风光，同时，想着心事，想着想着一种得意心境油然而生，他开心地笑了。因为，他此行要走出西河，做他改行后的第一个工程——盖城南村办公大楼。

进人20世纪80年代初期，农民工进城务工，已经不是新鲜事儿了，一些开放的乡村农民，成群结队进城包工程。但是，对于曹能量来说，却是开天辟地第一回，由乡村小木匠改行做建筑是初试。他看中这个第一回，经过近一个月的准备，基本就绪，开工仪式就放在明天。明天，正好是曹能量去年从西河乡下进城做木活的日子，其实，这完全是巧合，不是有意择的日子。

今天下午，堂兄大能就会从塆里带一支施工队伍进场，这支队伍有大工，有小工，共有50人左右。其中，绝大部分人是第一次出远门而又是第一次进城打工。在封闭的年代里，这些人都是守本分的老实农民，面朝黄土背朝天种地的农民，哪敢越雷池。现在，改革开放了，打工比种田划得来，他们算了一笔账，一担谷子的时价是 38 元。当时，农民工的工资是 5 元 / 天，一个月下来 150 元（不算加班工资），用一月工资就可以买回 4 担谷子，这是普通小工。大工、技术工的工钱就更多一些。再说，像伍家坪塆村离县城不算太远，会骑单车的一个小时就可以回家，加上工地老板又是本村人一能量，不怕少工钱。所以，有的夫妻双双进城。家里只剩下老人和小孩互相照应着生活。但是，也有相当一部分保守派，思想僵化，墨守成规，宁愿饿死也不出门。他们最担心的是，赚不到钱，还误了种地。出门打工等于叫花子一样贱。只不过换了一个说法而已一农民工。祖祖辈辈遗传的旧观念，也难怪这一辈人守旧。对于这一部分守旧农民，想在短期内转变，恐怕很难！能量对大能拉起这支队伍，打心眼里佩服。在这个落后的小乡村，一次能动员那么多人出来，可想而知，他费了多少心思做动员工作。换作别人甭想有这个结果，大能还就是大能。

能量想，既然大能把塆里的男女劳动力动员到我工地打工，我一定要善待这些农民工。因为，这些人能迈出这一步，实为不易。再说，他们都是自己的兄弟，有个别的还是长辈，首先，要让他们放心做工，没有后顾之忧，不拖欠工资，如有急用，还可以预支。他是这么想的，结果也确实是这么做的。当天下午，他安排好了民工们的住宿。当即又找到城南村曹主任，商量明天开工仪式。主任说："城关镇的领导，对这个工程十分重视，书记、镇长都来参加剪彩仪式。时间放在 9 点整，横幅、现场布置，包括鞭炮，都由村委会准备，参加人员的通知也由我们下请帖。你们负责叫民工到现场捧捧场就是了。"

第二天，开工仪式搞得很隆重，也很成功。村里领导很满意，算是开门红。由于设计图纸没有出来，暂时不能放线施工。但是，可以拆旧房，这样不碍施工的事。旧房子一个星期之内就落地了，拆旧房的全过程，也很顺利，很安全。问题出在进人实质性的施工阶段，麻烦接二连三地出来了。

那天早晨阳光明媚，秋高气爽，无雨无霜无雪的天气是搞基建、挖基脚的最佳时节。曹能量先天就将放线的准备工作做好了，今天，他早早地来到工地等工程师测量放线。工程师李有成是县内小有名气的建筑老把式，曹能量用高薪聘请他。他说，放线是整个建筑的关键，线放得好坏，直接关系到这个工程的成败。因此，它有相当重的含金量，是个技术活，又是一个十分

讲究的细活，来不得一丝一毫的差错，行话说得好“图纸好改线难描，砖墙好砌线难挂”“三天学徒可以砌墙，三年师父不一定会放线”。再说，曹能量也想趁这个机会，向李有成师傅学习放线的技术。全部人都到齐了，8点准时放线。

当皮尺拉到东面角上时。放不下了，有人阻工，阻工的人就是旁边的住户。为什么阻工？理由是：原办公楼三层。与我们的楼层一样高，现在，新楼房设计七层，加高了四层，这样，就会直接影响我们的房屋采光，大家都不好住，弄不好白天也要开灯照明。其实，周边住户找麻烦，是曹能量早就预料之中的事。况且，像这类双方为了占地，以采光为由故意刁难的事，是任何一个建筑工地难免会遇见的。即使新开的宅基地，也会出现地下多一寸，天上多一丈的争议事端。关键在于人，如何认识和处理好争地事宜。

出事之后，现任的村干部，找到原大队干部，把当时的红线图拿来现场对照，从图纸上看，并没有越界放线，完全是在原基脚内放的线，而且，已经缩回了3米。周边住户无话可说的情况下，又生出一计。“我们并不是指你们越界放线，而是因为你们的设计加高了，由三层加到七层，明显直接影响我们周边几户的采光。你们是公房，我们是私房，公房总不能让私房吃亏吧！再说，你们的公房建好后，我们就世世代代吃亏。现在明摆着的问题，现任干部不解决，留着下届解决岂不是马后炮。”邓支书觉得这几家说得在理。但是，如果再缩回2米，加起来就是5米，这样反过来公家亏大了。虽然是一面挡头墙，宽有7米，7米 ×5米，这就意味着少了一大间房屋，7层，就少了7间35平方米的房屋，确实是亏大了。但是，公家不吃亏，私家就要承受无光住宅的亏，而且，这栋楼房就会因为这几米地建不成。为了这个很具体的几米地，邓支书召集村干部开会，讨论如何是好。

当时，他想到清代宰相张英让地三尺的曲故说给大家听：“千里家书只为墙，让他三尺又何妨；万里长城今犹在，不见当年秦始皇。”家人收书羞愧并按相爷之意退让三尺。邻家人见相爷家人如此胸怀，亦退让三尺，遂成六尺巷。听了这段佳话后，大家一致同意让出3米放线。周边几家村民得知村里这个决定后，羞愧难言，提出他们让出两米，互相谦让，从表面上看，双方都吃了亏。其实，让出了中华民族的美德，却是“双赢”。这个问题就这么很顺利地解决了。从此，工程顺顺利利地起到二层，正准备安窗架的当儿。

突然，来了十几个人，气势汹汹地把临街的那面墙彻底推倒了。让能量没想到的事发生了，真是一波未平一波再起。

能量问他们，“为什么推墙？”

那些人没搭理能量，照样推，并说：“要问为什么？你问村干部去，与你无话可说。”

能量只好找邓支书，邓支书一到。首先，还是好意问为什么推墙，看了一下这些人，全是城南组的人。而且，其中还有曹能量未来的老丈人。他联想到建房基地，原来是城南组的，转念一想，也不对啊！要说是，也是大集体的时候。1958 年刚盖大队部的时候，就划归大队了，现在，再提房地的事，已经是水过三秋，还有这个必要吗？他批评说：“曹能量在这里搞基建，是经村委会集体研究决定的，不是哪一个人的意见，你们如果是对承包工程有意见，也不能把墙推倒。”支书又把组长张大友叫到一边说：“你作为一个老党员、老同志，为什么不制止他们？还随声附和着前来推墙。”

“支书哎，我也是有苦难言呀，我是不情愿来，等你把情况弄清楚了，你就会知道，他们的行动是有所指的，看起来是对着村委会，对着能量来的，其实，是对着我而来的。他们想承包这个工程，又不直接找村领导反映，要我代表他们去找，我不愿去。因为这事我认为村领导完全有权做主包给谁。再说，我们组又没有这个施资力量承包，何苦呢？即使包到了，以后工程质量也很难保证。而且，村里又将工程给我未来的女婿承包了。所以，他们今天要求我一起找村干部，走到工地上没有见到村干部。不知道是谁先动手，大伙儿就从上到下，把那一堵墙推倒了。”

邓支书听完张大友的汇报，说：“原来如此，岂不是大水冲了龙王庙，自家人打自家人。”

正在这时，曹立明村主任也闻讯赶到现场，还没有与邓支书招呼，站在人群中就说开了。“你们为什么推墙？你们怎么能做出这么不讲道理的下等事呢？谁给你们的权力，你们这几个人倒是无法无天了。”一听就知道主任发火了，而且，火气还不小呢？邓支书也就没有再说什么了。如果再说，无疑是火上浇油。

这时，有位姓邓的村民站出来说：“我们也是不得已而为之，你们村干部偏心，为什么把工程包给一个外地人，不包给我们组上的人做？”

村主任一听这话更火了。说:“亏你白活了几十岁,我问你,村里的工程,村委会集体研究决定让谁承包,难道还要争求你组上的意见不成。如果是这样的话,你们当初为什么要选我当村主任?我认为,村委会有权决定这件事,不需要开村民大会讨论,更不需要争求你们组上的意见。当然啰!如果我们决定错了,你们有权提出意见,甚至罢免我们。但是,不能蛮干,你们采取野蛮的行动,推墙是违法的。你们不知道吗?”

“再说,你们说曹能量是外地人,我认为此话差矣。我问你们,你们中间有几个真正的本地人?再扩大一点说,这个县城里的居民,又有多少是本地人?我看绝大多数是从外地迁过来的居民,只是时间长短而已,我看你姓邓的就是外地人。不错,曹能量是外地人,你们知道嘛,要不了多久,他就是你组上的上门女婿了。你们说他是外地人,岂不是与你们一样,大家都是外地人,话可不能这么说。那么,我又问你们,外地人,本地人,以什么界定,是以先来后到排列,还是以居住时间长短来确定。既然都不是,而且,又没有法律为依据。以你们说的为准,谁是外地人,谁是本地人,我就可以否定你们这个不合理不合法的用词。如果,有人出于本位主义、个人利益,那就更不应该,更没有道理了。特别在改革之年,随着城市化的进程,外地农村进城安家落户的人会成倍的增加,我们这些所谓的本地人,倒成了城里的‘少数民族’。到那时,谁是本地人,谁是外地人,谁也说不清。这个明摆着的事实,你们信不信?反正我信。我劝你们不要在这里胡闹了,都回去吧!这事,到此为止。墙推倒了,我们也不追究你们的责任了,算村里倒霉。真正要追究你们的个人责任,倒霉的不知道是谁。行不行,请大家听我一句劝,不要再闹下去了。”

大家听了曹主任依理依法的劝说,也就无话可说了。“人总得讲道理,无理取闹,那自然是天理不容。闹出这么大的事,村里并不追究责任,难道还不够,硬是要等公安局来抓人才罢休?”张大友站在组长的角度,也是以长者的身份补充说了这几句真情话,大家也就各自回家了。幸好支书、主任来得及时,而且处事果断得力,免遭更大的损失。否则,后果不堪设想。事后,村里在预算之外,将推倒的损失补给了曹能量。这样一来,曹能量没有吃亏,村里倒霉地亏损了1万多元。邓支书事后说:“值得,花1万多元钱买回人心。人心所向的事,亏多少也值得。”

明天是小年,民工们都回家过年了。腊月二十三日,是能量永世难忘的日子。能量还在姐姐家睡觉,西河镇来了两个人,一个是乡镇企业办的主任,一个是分管企业的副镇长。叫能量到西河镇政府去一趟，说是有要事。当时能量感到十分纳闷，我这几年都是在外面发展，有什么事要到镇里去说明呢？他问二位领导："什么事不能在这里说？非要到镇政府去说。""你去了就知道。"

能量知道来者不善，但是自己十分清楚，这一年多时间里，没有干过违法的事，也就不慌不忙地起床，在姐姐家吃了早餐，并要姐夫姐姐不要告诉爸妈了。大过年的，害怕他们二老担惊受怕，跟着来人坐他们的车到了西河镇。到了镇里，他们把能量关到警备室，交给公安派出所的值班员，就一走了之。等到中午 12 点的时候，才有人送了一碗饭来。

能量问："为什么关我的禁闭？"送饭的人说："我也不知道，我只是奉命送饭。"能量不管他三七二十一吃饱饭再说。问题是，明天要过小年了，如果，今天不解决好，回不了家，事情就会暴露，母亲肯定会着急。最好要求他们今天解决，他还是自信有余，不会有大问题。吃完中午饭之后，还是那两位领导来问话。

首先问："能量你有没有施工证件？你有没有施资力量？你什么都没有，连介绍信都没有到镇里开一个，怎么就包工程做呢？是通过什么关系？承包这么大的一项工程。至今，没有向镇上缴一分钱的管理费，今天我们找你来的主要意思，就是补交工程管理费和管理费滞纳金。两项共计上交镇里企业办 2 万元，否则，你年过不成。"

听了镇企业办领导摊牌的说法，乍一听吓了一大跳。关禁闭，镇领导找谈话，罚款，这些都是能量有生以来第一次经历，这类事都不是良民所能涉足的。改革开放之前，谁要是关禁闭，谁要是被镇领导单独问话，哪怕是大队民兵营长喊你问话，那也要吓出一身冷汗，罚款就更不是好事了。能量，包括能量的兄弟姐妹在父母亲的教育下，从来不做违纪违法的事，用他母亲的话来说：出门在外说话办事胆小一点好，宁愿自己吃亏，也不要沾公家的光和沾别人的便利。弱，弱不死人，相反，逞强倒会害死人。因为逞强的人总会招来不择。

但是，冷静一想，觉得这件事并不那么简单，因此，他心平气和地问："二位领导，我有没有营业执照？我交没交管理费？你们是从哪里得到的消息？请你们相信，我没有违章，进一步说：我没有违反任何法纪法规。现在，我全部向你们交代，营业执照是城关基建队的，我是挂靠这个基建队。上缴管理费自然交城关基建队，我还从县建筑公司请了一位工程师，他是

有名的建筑工程师，情况就这些。证件、委托书都在这里，请看。”此时副镇长看了企业办主任一眼，意思是你收集的全是假情报，这下看你怎么收场？

企业办主任顺势说了一句无奈的话，“你们在外地承包工程，应该报告我们企业办，缴点管理费也是应该的。”

能量接着这位主任的话说了句以理力争的重话：“我说邓主任唉！（主任是西河村的人，能量以前就认识）你要钱，也该要到理上，要个明处，见钱就想要，哪有那么容易的事。再说，我这是在县城包工，不算太远，要是我到广州、北京包工程，难道也要向你交管理费？可能吗？那么属地我怎么向别人交代呢！主任呀，这些明摆着的道理，你想过没有？”

副镇长眼看再这样无聊地僵持下去，更不好收场。因此对能量说：“我看这件事全是误会，今天把你从兴城叫到镇上来，实在是委屈你了。明天，就是小年了，你嘛，回去过个好年，我们之间就算两清，怎么样？”

能量听了副镇长圆场的话，心想，算了就算了，确实想回家过年了。他顺势问企业办邓主任：“邓主任您还有什么指示。”邓说：“就按镇长的意思办。既然二位领导都是一致的意见，我也同意。但是，口说无凭，请给个文字的东西，以此为证。事后，再有人胡说八道，我可以拿字据给他们看，这就是镇里的结论。你们认为如何？”

副镇长说可以，以企业办的名义写个东西。

邓主任说：“你们两个人都同意，我还能说什么？就这么办。”当即他拿出笔纸，准备写。但是，迟迟不落笔，不知道写什么好。

写证明？证明什么？

写函文，函介什么？

写通知，通知什么？

反正写什么？他都不好落笔，副镇长看出他的为难处，就问：“是不是不好写？”

“是的，镇长你说怎么写，以什么格式写？我看还是请小曹自己出个题目。”

能量当然知道他们的难处，他说：“其实，说难不难，关键在于邓主任能不能放下架子，向我这个平民百姓说句道歉的话，如果能放下主任的架子，也就不难了，你说是不是。”

邓主任听了能量直白的话，脸红到脖子根上了。马上接着能量的话说：

“不行，不行，道歉写检讨，哪有企业办向个人检讨的。”他一边说不行，一边用眼睛转向副镇长，意思是要他出个良策，为他解难。这时，能量当作什么也没有看见，把脸朝着窗外。此时，副镇长只顾自己低着头抽烟，并没有看到邓主任求援的眼神，三个人都不吭气了，过了一小会儿，副镇长坐正身子抬起头说道：“为什么不行，错了就错了，错了还不认错，我看不以你企业办的名义写，就以你邓主任个人向小曹认错，作检讨。”

副镇长说这话时是用生气的口气说的，也是指示。邓主任见势没有辩解的余地了，是默认了，还是被副镇长叫他认错，委屈他了，我看都有。

能量也不再说什么了，只是静静地听着副镇长批评企业办主任。其实，这就是能量要他们写东西的本意。

副镇长见邓主任还是没有开口说话，又没有动手写，估计他内心还是不服气。毕竟是官向民作检讨，一下子转那么大的弯是很难的。反过来，他又十分理解的把语气放得很和蔼地说：“老邓啊！我们当领导的不一定每件事每句话都是正确的，也有说错话做错事的时候，这是符合客观规律的，要不然，为什么出台了行政诉讼法呢？行政诉讼法就是平民百姓也可以起诉官老爷。这才是市场经济，这才是真正的民主法制。”

“其实这件事，我也有错，如果我制止你们到城南把能量请来，先把事情搞准之后再作处理，就不会出现眼前这个尴尬的局面了，要你邓主任道歉也包括我在内，代表我作检讨。”邓主任听了副镇长这一席入情入理的话之后，脸上露出了笑容。

“唉！事到如今，错了就错了，要你当镇长的检讨，那万万不行，错就错在我不该听别人胡说八道。说他‘三无’经营，当时，我就没有深思，急忙向镇长汇报，结果出现今天的难看局面，搞得小曹受委屈，甚至受惊吓，确实不应该，几十岁的人了轻信别人，是我错了，错误我一人承担，小曹要怨就怨我，与镇长没有一点关系，我写检讨，我一定认真地向你道歉。”

小曹听了，镇长、主任真诚的认错，当着他的面道歉检讨。而且，各自都往自己身上挪，他感动了，情不自禁地流泪了。他十分激动地向两位镇领导说：“今天，你们两位领导给我上了一堂法制课，还给了我为人处世的启示。如何做事？如何做人？如何对待错误。我学到了在书本上学不到的东西。其实，这件事我也有不对的地方，最起码事前没有向镇里报告。即使在外地做工程，口头报告也是应该的。”

“现在，镇长、主任已经把话说到这个份上，高姿态的当着我的面作检讨，我曹能量也不是完全不近人情的人，我不会为难你们了，你们什么也不要写了。今后出现什么麻烦事都由我自己担着。谢谢你们，说委屈我，开始是有一点，现在，我一点也不觉得委屈了，再次谢谢二位领导，我告辞了。”

镇长、主任同时站起身来，握着能量的手说：“真对不起，难得你海涵。我们一起到外面吃晚饭，反正也到吃晚饭的时间了。”“不，我要赶回家过小年去，一个小时就走到家了，不然，我妈会着急的。”

“好吧，就不留你了，走好。”

实践证明，人们在实际生活中，有意无意做错事，经常会有的，无论有意或无意，结果都一样，性质一样。曹大能无意中给镇里领导提供假信息，副镇长、企业办主任把曹能量弄回来审查、关禁闭。让能量虚惊一场，好在他有准备，而又没有违法经营，查无差错，要不然就回不了家，过不好年。通过这件事情过后，能量总结一条深刻的教训。凡事都必须三思而后行，包括说话、办事情，都必须实事求是，来不得半点马虎，除非你不想在社会上混，世面上有句俗语说得好：“做人难、难做人，做好人更难”，难就难在清清白白做人、做事。他要永远吸取这次教训，防微杜渐。做好人、行善事。曹能量聪明之处，就是他能把坏事变好事。也许，这就是曹能量成功的秘诀之一。

十三

过年吉祥

腊月二十四，从西河镇有惊无险解脱出来，能量赶紧跑到市场上买了猪肉，还买了些过年用的食品。急急忙忙沿西河往家赶，一路上感觉到乡下过年的气氛越来越浓，放鞭炮、贴对联、杀猪声到处所见、所闻。能量满头大汗赶到家，正好母亲还在做菜。刚好能量买的这些食品赶上年饭的需要。当母亲把墨鱼泡好准备炒墨鱼丝、肉丝、干笋丝这道“三丝菜”的时候。她高兴地把能量叫到跟前问：“儿啊！你买这么多贵重东西，哪来这么多钱？”“妈！你就放心吃吧，放心用吧，今年我们要过一个丰盛祥和的年，比以往要过得好些。听说，大哥、大嫂今年也要回来过年，那就更热闹了。至于钱嘛！妈你就放心用吧。”他从口袋里抓出一大把钱交给母亲。

母亲高兴地说：“够了，够了，以前哪有这么多钱过年。”

母亲完全是一副乐滋滋的模样。“啊”的一声说：“鸡炖烂了，可以起锅吃饭了，儿子，吃了饭再说。”

二哥、三哥虽然分灶吃饭了，每到过年过节时都在一起。一共有十多口人围在一起吃年饭。大家吃到过去没有吃过的新鲜菜，都说“好吃，好吃，是不是老五买回来的”，老五说“从今往后，日子会越来越好。”

“我还在镇上扛了个大西瓜回来了”。二哥、三哥的小孩，听说有西瓜吃，饭也不吃了，把碗里的剩饭搁到桌上，拉着五叔闹着，要吃西瓜。老五从里屋扛出个大西瓜，准备破开让大家尝鲜。

这时，父亲看着儿孙们吃着西瓜，十分感慨地说：“改革开放的政策好哇！我们南方人也像新疆吐鲁番人一样，冬天里围着火坑吃西瓜。现在，物质丰富了，流通便捷，南方与北方区别不大，南方人随时可以吃上北方的水果，北方人随时可以吃上南方的蔬菜。过去的地主老财哪能比。”

这时，六弟准备把侄儿们的剩饭倒掉，母亲接过六弟要倒的碗一一倒在自己碗里，边倒边说：“日子过好了，也不能忘记过苦日子。你们一定要记住，并教育好自己的子女，勤俭节约，艰苦奋斗，这是我们家的传家宝，千万不要好了伤疤忘了痛，千万不要日子越往好里过，人就越往坏里变，那就是忘本。”

吃剩饭剩菜是母亲的习惯。现在，又开始吃孙儿们的吃剩了，是她喜欢吃吗，是故意放着好的不吃专吃剩的吗？不是，本意就是“谁知盘中餐，粒粒皆辛苦”的思想在她身上根深蒂固。她不舍得浪费，她是从苦中走出来的，她要以自己的模范行动教育下一代。从来，母亲的一举一动，一言一行在这个家庭里是有权威的，至高无上的，影响力很大的。正是因为她的教育，至今，这个大家庭培养出对社会有用的一代人。

父亲继续在讲故事，他说：“你妈说得很有道理。现在，改革开放的步子迈得这么快，一不小心就会使自己步入误区。想富裕，想发财，这是人人有之，但是君子爱财，取之有道，走正道，遵纪守法，是当今公民的守则。”

能量的父母亲教子有方，就体现他们能够有针对性的现身说教，在过年吃着大肉大鱼时，自己捡剩饭吃，要求大家不要忘记过去的苦日子，提醒大家不要浪费，这个时候父母亲的话，子女们无疑都能记在心上，永世难忘。

年饭后，母亲赶紧将碗筷收拾好，擦干手就拉着能量继续说饭前未尽的话题。母亲说：“你准备什么时候去木兰家辞年？送什么礼物？顺便提一下结婚的事。”

能量回答母亲的问话说：“礼嘛，我有准备。”

“崽啊，第一年，大方一点，多封一点钱是对的，不要让别人说我们乡下人小气，不会做事，看不起咱们。”

“结婚的事，我现在还不想提，因为，我说过，不会把木兰娶到西河老家来，决心在城南结婚。现在，没有房子，所以，我不会自己打自己的嘴巴，一定要等到城南有了房子，才结婚。”“崽儿，你是那么不理解父母的心，哪个父母亲不疼爱自己的儿女，希望他们早结婚早成家。木兰她父母还不是与我们同样的心情。所以，你要不首先提，让女方先提，别人好开口吗？你快娶我过门。哪个女方的大人又会说，你们结婚算了。不会的，百分之百不会。自古以来提亲，都是男方先提。所以，你不要犯傻了，必须你先提。”

“好吧，我想后天就去城南姐姐家，请姐姐做介绍人。”

“母亲说，也行，先让你姐去说，比你自己好开口些。”

腊月二十五。天刚亮，能量起床洗刷后准备到县城去，出门，在鱼塘边碰上大能兄去西河镇赶圩。

能量先开口问：“大能，一大早到哪里去？”

“赶圩去，还有些过年的东西没办齐。”

“正好我去县城，咱俩同路走吧。”这时，能量见没旁人，就单刀直人地问大能：“大能哥，是不是你向镇企业办邓主任汇报？”能量没有用检举这个词，只用了汇报两个字，“说我在城南搞建筑，无经营执照，无挂靠单位，没有向任何单位交管理费？”

大能被能量这一突如其来的问话，问蒙了，半天才回过神来。

“其实，我也不是有意告状。你知道，我与邓主任有过交往，也算是熟人了。那天，也就是我从城南回来的第二天在圩场上碰着他。他问我，现在在哪里发财，我告诉他，在城南工地上做事，去半年了，他一听我在你工地上做事，顺着我的话问我，你塆里的能量就是曹能坚的老五弟弟，在城南包了工程，为什么没有到我们这里登记？他没有经营执照？没有挂靠建筑单位，又不向我们交管理费。”

“我说我也不完全清楚，你们自己问他去吧！”

“老兄，你这一随便说说，可把我整惨了，害得我差点在镇上禁闭室里过年了。离开工地那天，你问我办了施工手续吧，我觉得你搞过工程，有这方面的经历，所以，我就随便说了句，这是城南村委会的事。好在那天，我把全套手续都带去了。他们看到手续齐全，管理费按规定向挂靠单位交了。反过来，他们还向我作了检讨，赔了不是，放我回家过年了。”

“老兄，今后我希望你与领导谈天、说事时要注意方式方法，千万不要口无遮拦，脱口而出，再让我蹲回禁闭，就划不来了。”

“老弟，纯属误会，我绝对不是有意害你。”

“你说对了，以后与领导说话，一定要多个心眼，防止他们误会，造成麻烦，真是罪过也。”

“老哥对不住你。”

说着说着到了圩场，大能与能量分道走了。

能量由于没有赶上马——末班车，决定步行，只需一小时就到城南。有幸的是天气比较好，阴天最好步行。他一边走，一边想，人生难啊！做好人更难。人活在世上，需经历多少事，凡事，要三思而后行，在我认为，三思即，一思事前因，二思事后果，三思别人的想法。天时，地利，人和，才会顺势而成。再难，也要去做。有句俗话说的好：人生最宝贵的财富，乃是属于自己的思考。

这样，能量中午 12 点就到了姐姐家，正好木兰也在姐姐家，不知道木兰是有意等他，还是正巧碰上能量，等能量将行李放好落座后，木兰就迫不急待地问能量那件事处理得怎么样？

能量说：“不知道你问的哪件事。”

“急死我了，西河镇喊你去，没有把你怎么样吧？”

“哦，你说的是那事。他们能把我怎么样？你可想而知，我现在会安然无恙地坐在你面前。”

“你这个死鬼，都什么时候了，还有心思开玩笑，人家都快急死了，你倒好，一点事都没有。”

“你希望我有什么事？我要你急吗？你自己要急，怪谁。”

木兰起身，当着姐姐的面就是双拳捶打能量，撒娇地说：“你想气死我，我偏不，我才舍不得让别人夺走你呢？”

姐姐说：“大过年的，不要乱说，说点吉利话。好了，好了，别闹了，坐下来说点正事。”姐姐一本正经地问弟弟：“那天西河镇把你喊去，后来，一直也没有你的消息，结果，怎么样了？”

能量才一五一十地将情况说了一遍。“开始，他们怀疑我没有经营执照，没有正规的挂靠单位，想从我这个工程上搞点管理费。所以气势汹汹地，说我是违法经营，还要进行罚款。后来，我把执照、委托书、交管理费的收据，全部拿给他们看了。弄得镇长和企业办的邓主任瞠目结舌，他们说误会我了，并向我作检讨，当天就把我放回家了。这不，我在家过了小年就过来了。”

姐姐听弟弟说没事，高兴地说："没事就好，没事大家都放心了。"

木兰说："我爸妈喊你去吃饭。刚过来，听姐姐说起这件事，好在这两天没有过来，姐姐也没有告诉我，如果当时告诉我了，我会立即追去，问个究竟。"能量接着木兰的话说："幸好姐姐没有告诉你，如果你追过去了，至少，要给我加一条妨碍公务罪，本来没事，由于你帮倒忙帮出个事来，那才真的不划算了。"

听了能量这话，三人都逗乐。"哈哈哈！走，到我家吃中饭去。我爸妈特别要我过来喊你。""就是喊吃饭？没有别的好事，比如，同意我们结婚。"

"你想得美，留着你自己臭美去吧！快走吧，全家人都等着你开餐啦！"

"急什么？第一次见老岳父母，总不能空手吧！买点礼品带去，是必要的。另外，我们是自由恋爱，按照习俗总得请个介绍人，请姐姐做介绍人如何？"

"要得，你说的我都同意。"

就这样与姐姐同行到木兰家送节、提亲。

一走进木兰家，全家人满满的围坐两席，正准备开餐，不用说，桌上的菜都是过年吃的好菜，吃饭的时候，大家都把眼光投向能量这边。今天是怎么啦，包括木兰都觉得有些怪怪的，尤其是杏花妹坐在木兰的旁边，时不时向准姐夫挤眉弄眼的，又小声对木兰说："爸爸同意春节让你们结婚，姐啊，你嫁给我姐夫好幸福！"

能量不喝酒，很快就吃完饭了，跑到里间坐着。木兰因为杏花告诉她的好消息，哪里还吃得进饭，吃了两口菜就进卧室在哭。能量推门进屋，看到木兰倒在床上哭，刚才还好好的，他不知道发生什么事，他扶她坐起，问她："哪里不舒服，告诉我，我们到医院看病去。"

"你才有病呢，这下高兴了，达到你的目的了，你不花一分钱就娶到我了。反正，我不同意，等你赚了钱，在城南买房子娶我，我不会到伍家坪塆村去。"

她这一说，能量全明白了，木兰的哭诉让他高兴，又不敢相信，真是喜从天降，做梦娶媳妇。他乐滋滋地对木兰说："你哭什么，是不是高兴要当新娘子了？"

"不，我什么都不是，就是想到要离开这个家一时转不过弯来，舍不得。"

"这么说你是犯傻，男大当婚，女大当嫁，天经地义，总有一天要离家出嫁，这是天大的好事，父母亲成全了我们，我们要万分感谢！"

外面客厅里在喊，这时，杏花推门进来传达父亲的指示，让他们到客厅里坐着听父亲说事。

本来能量姐姐吃完饭后，想插空与木兰父母亲传个话。但是，木兰父亲说："我知道你想要说什么。你坐在这里听我说了，你再说吧！"木兰妈也坐在父亲一条凳子上。木兰父亲首先宣布："我跟木兰妈商量好了，春节让木兰与能量完婚，新房暂时放在木兰奶奶住的外间。这样安排行不行？"大家都一声喊："行。"这下能量的姐姐流着眼泪当着大家的面，说了几句感谢的话，告辞回家了。

木兰的父亲从来都是说话算数的，而且是快言快语的，你不要看他没有文化，大道理讲不出多少，可是他在队里威信特别高，社员们没有不服他的，家里就更不用说了。凡事，只要他表态，就算到了圣旨，别人说什么都没有用了。

这一决定全家老小皆大欢喜，再说，这个决定也不是全部推翻原来的想法，原来说的不准娶回西河乡下。现在，还是没有变，反过来说：现在的决定与原来的决定，倒成了激励能量成家立业，促使他创业。他意识到："岳父给你创造了好条件，解除你的后顾之忧，你再赚不到钱，发不了家，那就是你们小两口自己的事，与我这个做父母亲的就没有任何关系了。"是不是这个理？能量悟出这个被岳父深藏的道理，这就是望子成龙。

此时，让他更悟出个深刻的道理。"人生优劣，不是先天决定的，而是后天创造的。你比别人差，不是本质差、生来差，而是后天懈怠、懒惰、不想付出更多努力的结果。"

十四 美满婚姻

古往今来，婚姻是男女双方的终身大事。虽然，改革开放这些年，有西方不健康文化的侵袭，使得文明古国或多或少受到冲击。有的年轻人，在婚姻家庭问题上，染上不道德的行为，朝三暮四，视婚姻为儿戏，走马灯似的结婚离婚，认识三天就上床，不到半年就离婚。问起他们为什么结婚，因为，相亲相爱，而且，是爱得死去活来，非他不嫁，非她不娶。又问，你们为什么离婚？因为，认识时间太短，感情不合，性格合不来，非离不可。这就是践踏婚姻家庭不道德的行为。但是，这些个别现象一点都不影响我中华民族文明美德。

曹能量的恋爱观，应该说是守旧的，沿着西河传统习俗来的。自与木兰相恋以来，他十分珍惜这份恋情，看重木兰这个人和这个家庭。他一个乡村小木匠，与木兰恋爱后，使得他的人生已经产生了质的变化，结婚以后，他自然而然地成了城里人。昨天，当听到老岳父同意他们马上结婚，而且，新房就放在她家，酒由她家办，让他高兴得不知所措。小两口为了结婚仪式，一直商量到深夜，离开她家，到姐姐家去，躺在床上却一点儿睡意也没有。

昨晚上商量的结果，腊月二十八回西河老家，办结婚手续，腊月二十九

过城南来，腊月三十举行结婚仪式。

小两口听了岳父母的交代，高高兴兴地往老家赶。父亲正在写对联，厅屋的长对联已写好。上联：翻身全靠毛泽东，下联：致富全靠邓小平，横批：共产党好。堂屋的对联正在写，上联：吃饱饭多谢袁隆平，下联：好日子搭帮邓小平，横批：社会主义好。这些对联是能量父亲发自内心写的，它是农民内心世界的展示，代表着农民的心声，具有很强的针对性以及时代感。父亲毛笔字写得好，又有文化底蕴，塆里请他写对联的不少。每到过年，要写一二天才能写完。而且，上百副对联内容各异。

父亲是他们兄弟中的老满，人们就习惯地叫他满乃儿。在祖祖辈辈光眼瞎子的家里，他却读了初中，虽然，初中未毕业，但也算是知识分子，过去读书扎实，初中生的水平比起现在的高中生不会差到哪里去。有文化知识，本身是件好事，尤其对于人生的发展来说是好的基础，可以干一番有声有色的事业。可是，满乃儿的人生，而是路子走对了，门入错了，结果是遗憾人生。中华人民共和国成立前，由于家里贫穷，供不起他初中毕业，停学之后，才 17 岁，就跟着塆里的老兄做土产生意，从本地收购土特产到广州韶关去做销售，做了不到一年，倒也好，不亏不赚走人。时间到了 1949 年春季，解放军即将过长江南下，解放全中国，他想弃生意不做，当兵，为解放全中国贡献自己的青春年华。与本塆里的同学细乃儿一齐出发找解放军，实现自己的理想。步行到株洲、长沙四处打听，结果无望。这时，身上的盘缠所剩无几，再找下去，就必须沿路当叫花子讨饭吃了。细乃儿就出主意，到湘潭找他伯父去。他伯父当时是国民党的一位师长，名叫曹凡判，在当地算得上大官，很有名气。对于这一点，出发前他们就知道的，本来，就是想避开国民党找共产党，这样一来，不又是投向国民党了吗？早知道是这个结局，还不如不出来。但是，事到如今，也是无奈之举，在长沙举目无亲，不要说找共产党的军队，眼下生存都成问题。细乃儿说：“我们不是找他当国民党兵，而是通过他了解解放军的去向，求得他的帮助，搞点钱，再去找解放军，不就顺势而成了吗？话虽是这么说，成不成？倒也是这个理。两个人就从长沙又转到湘潭，首先，打听某师师部驻地在哪里？当地老百姓都清楚，顺着他们手指方向，很容易就找到了曹师长府上。曹师长当时不在家，他的大老婆认识细乃儿，就让侍卫安排他俩的食宿。第二天晚上师长召见他俩，他们把来意向师长伯伯汇报之后。师长并没有表达意思，既不给钱粮，让他们继续找解放军，也不让他们走或是留。后来，听大老婆伯母说：现在，他们自己都不清楚自己的去向，听说解放军要打过长江了，他们师是南方的主力部队，不但既要坚守长沙，还要担负阻击解放军渡长江。

“既然，你伯父没有说什么，你们就暂时留在我家。现在，兵荒马乱的，到哪里去找解放军。再说，你伯父即使知道解放军在哪里，你们已经到我家，他也不会指示你们去找解放军，这个道理，你们都是读书之人，不会不清楚吧！”满乃儿还是坚持要回家，他向这位伯母要求说：“找不到解放军，我就回家，实话告诉你，我是刚刚结婚，我要回家陪老婆。”伯母看似也很理解满乃儿，同意他回去。但是，她又说：“还是等我问了你伯父再说。”就这样一直等曹师长的回话，等了一个多月，未果。突然，一天早上，他俩与侍卫吃早饭的时候，说是师长召见，他们立即放下饭碗，跑到师长家。师长坐在客厅等他们，一位军官模样的军人，一共拿出二套军装递给他俩各人一套。然后，师长说：“你们俩换上军装，就是我的侍卫兵，也不到军营里去参加其他的军事活动，就在我家随侍卫做点打杂的事。”

换上军装，不到一个星期，师长又单独召见他们俩。这一次，满乃儿认真地打量了师长，前两次一是召见时间短，没有机会看，二是胆小不敢抬头久看。师长果然一表人才，大将风度，身高 1.8 米左右，粗眉毛底下那双眼睛特别大，炯炯有神，看人时咄咄逼人，那威严真是盛气凌人，让人可怕。因此，本来他是个书生，却成了一个武官，师长说：“细乃儿从今天起，就跟随我当贴身侍卫，满乃儿不是想回老家嘛？明天，你就可以走。但是，随我的小老婆一起回老家，就这么说定了。”说完之后，他起身就走，细乃儿也就随他而去了。满乃儿就帮着他小老婆收拾东西，晚上，细乃儿回到住处，与满乃儿说：“这个师可能要调防，到哪里去不知道，肯定不是在湖南境内，你就好好地回家啰，我明天没有时间送你了。”第二天，曹师长的小老婆是从湘潭坐轿子往株洲、攸县、安仁回老家的。当然，抬轿的有另外几个人，满乃儿作随身人员跟在轿子后面走，第三天才回到家。一到家，家人就告诉小姨太太，他飞到台湾去了，你怎么不去台湾而回老家来了呢？姨太太听到这个消息后，哭得死去活来，边哭边数落凡判师长，不得好死，打靶鬼，把我放在家里，你们就逃到孤岛上去了，看你们死无葬身之地，哭得十分伤心。也难怪她哭，出发的时候，师长只是说让她回老家看看，并没有说他们要出逃海岛，早知道是这样，打死她也不会回来，一定会跟着师长和大老婆全家人一起跑。也许是曹师长不知情，完全是上

面掌握他们的命运，临时通知出逃的。后来听说，就是她们出发的当天晚上，连夜坐飞机逃走的，真是，一去不复返了。小姨太伤心，满乃儿高兴，他要搭帮小姨太，不是她要回老家，他也走不了，一同飞台湾，那不是一辈子再也回不了家，见不到自己的亲人，尤其是刚结婚的老婆嘛，谢谢，太谢谢曹师长和小姨太了。

后来，解放军渡江成功，国民党南方部队无力抵抗，就此全国解放了。

满乃儿从湘潭回家后，俨然赤心不改，一心想报效祖国，为解放军南下做贡献。这时，时局相当混乱，解放军过江后，国民党一败涂地。当地的保长、甲长跑的跑，藏的藏，解放军的供给一时处于瘫痪。满乃儿就自告奋勇地当起了保长、为解放军南下筹集军粮，接待工作队。前后工作不到半年，正式的农会成立了，保长自然取消。由新政府产生的村长和贫协主席取而代之。这时，他当起村小教师，兼扫盲工作队队员。他一直追随共产党，推进合作化道路，直到公社化，他虽然没有入党，没有当上乡、村干部，却一直以自己的文化知识为党为人民做事情。扫盲工作积极，被评为湖南省扫盲积极分子，参加长沙的颁奖大会。后来又组建农村业余宣传队，宣传共产党的集体化，和社会主义好的公社化道路，村里业余宣传队是他一手拉起的，他当宣传队队长。成立大公社后，他又组建公社文工团任团长，都是自编、自导、自演。记得模仿湖南花鼓戏《打铜锣》，饰蔡九癞子，演得像绝了“蔡九癞子”。后来，有人不叫他的名字，叫“蔡九”了。他和他的宣传队排练节目直接参加县、地、省的农村文艺调演，过三关、斩六将，受到省文艺调演大会表彰，他个人获得创作奖和表演奖，其奖牌和奖状一直收藏到20世纪60年代。记得大儿子能刚刚记事时，在母亲的贵重物品箱里还见到过，拿来当玩具。“蔡九”一直为理想而奋斗。

倒过来看，他并不遗憾，他有什么遗憾的，他的儿孙们还了他的心愿，他们可以组建一个党小组，大儿子和大孙子不但当了兵，而且，都是部队里的军官转业的。二儿子也当了村里的支书。老五，凭着自己的艰苦努力，成了这个县城里小有名气的人物，他的两个儿子曹明、曹军留学英国。老四曹能煅的大儿子曹广州才三十岁出头在福城建筑行业也有了自己的公司，有了立足之地。父亲晚年生活真幸福，党内有人做官，党外有人经商，不吃商品粮，比吃商品粮的更自在，在他这一辈人中，塆里算他年龄最长，80岁才去世。有人说：“蔡九”还确实是有福之人。

还是把话说回来，就说能量，进城打工不到两年，赚了钱，娶了城郊漂亮的媳妇，还在城里安家落户。从今往后就是吃商品粮的城里人了。祖辈、父辈没有了却的心愿，他还了几代人的愿。

在饭桌上，能量把木兰父亲同意他们马上结婚，而且，一切婚事都由她家操办。木兰听了这句马上结婚的话之后，饭也不吃了。不好意思地进了里屋，把房门反锁。母亲做完最后一道菜之后，准备坐下来一起吃饭时，发现木兰离桌进里屋了，还听到哭声，他敲门进了里屋，问木兰哭什么？是哪里不舒服，是能量说错了话，引起你不愉快，还是想家。

“都不是，妈，你吃饭去吧！我想一个人待一会儿。”妈说：“一大家子人都在吃饭，你一个人在一边哭，我怎么能吃得下，还是一起吃去吧。”

这时，能量进来了，让母亲去吃饭。

能量问木兰：“为什么不吃饭？”

“我吃不下。”

“是菜不合口味，还是人不舒服？”

“都不是，我是看到这个家太寒酸了，今后的日子怎么过噢？”是的，木兰说的全是实情。在这之前，她没有进过家门，她后悔那次微服私访，为什么不进屋实地考察呢？只是听塆里人说：人多，家底薄，比较穷。哪知道穷得这个样子，真是穷得叮当响，除了桌上的菜有过年的气氛，饭仍然是糙米饭，家里的摆设，没有一样新家具，全是老掉牙的破旧家具，身上穿的，没有一件像样的衣裤，都是补巴叠补巴；可想而知，要想致富，谈何容易啊！

母亲在外面听到木兰一边哭一边诉苦的话。她推门进来，好言相劝儿媳妇。

“木兰啊！我知道你的心事，你嫌弃这个穷家，而且人多家底薄，致富难。今天，你亲眼看到了，如果你认为嫁给能量吃亏了的话，现在还来得及，下午就不到镇上扯结婚证了，可以让能量送你回家。我相信，能量找不到你这样漂亮的城里姑娘，找个乡下能过日子的姑娘还是找得着的。话又说回来，你可要想清楚，你是嫁人，不是嫁地方，嫁这个家。嫁汉嫁汉，穿衣吃饭，不是我自吹，你嫁给能量，会有好日子过，会幸福的，你要相信能量有这个能力，让你幸福的。当然，我敢肯定地说，你如果不是看中能量，也不会跟着他来。既然如此，还有什么后悔的，想开一点，看远一点，吃饭去吧！听话，吃完饭就到镇上去扯结婚证，今晚上就让你们完婚。”

说得木兰破涕而笑，顺从母亲的话，吃饭。

结婚证领来了。有了结婚证，就是合法夫妻，晚上同房，母亲都准备好了。新房就设在堂屋的对面，这是当年大哥大嫂结婚用过的房子和卧具。还是因为穷，新房也像接力一样，一个传递一个的用。小两口就在这个接力床上，开始了他们人生的新篇章。

小两口说了许多床头细语，同时，播下了他们美好人生的爱情种子。什么是真正的爱情？哪怕身不由己，哪怕生活颠沛流离，既然许下诺言，我愿一生不负你。

“我爱你，是忠于自己忠于爱情的信仰；我爱你，是来自灵魂、来自生命的力量。爱是一种信仰……”

是的，爱是一种信仰。

我们有什么资格，不相信爱情的力量呢？

承包工程

县农业机械厂，简称“农机厂”，虽然，仅几百人的集体企业，曾一度给县里创造出可观的经济效益。在20世纪70年代，可是远近闻名！他们生产的小型插秧机、耕地犁耙机、收割机等，畅销省内外。但是，近期以来，经营管理不善，加上体制落后，使得这个曾经风光一时的厂面临倒闭。为了盘活资源，整活企业，县里决定采取“三条”强硬措施，拯救这个老企业。第一，派个会管理，懂经营的好厂长，重新组建厂领导班子，不是说，一个好厂长搞活一个企业嘛；第二，在县财政调度几百万元资金，作为改造启动资金，重振雄风，整活企业；第三，更新设备，使老企业焕发青春，李昌发就是这个时候，被县委书记点将去这个厂当厂长的。

然而，对这个在全县出了名的厂长，曹能量并不了解，也不认识李厂长，其实，这也不奇怪，因为他只是一个个体户，没有在局内混过事。一个偶尔的机会，他认识厂长，那是能量大儿子曹明考上一中读高中，李厂长的爱人就是曹明的班主任。许志英老师住在山头上她爱人的住房。能量想去拜访许老师，请求她对自己儿子的学习抓紧一点。刚开学的一个晚上，能量去了他家，正好碰着厂长在家，他们两口子见客人来了都十分热忱。你泡茶，他削梨，弄得能量很不自在。然后，坐在沙发上闲聊时，厂长知道能量是搞建筑的。

他说："我们厂目前计划建两栋职工住宅楼，大约设计56套，有6000多平方米，如果你有施资力量承包的话，可以到厂里找刘副厂长。"

"可以，可以，我完全有能力承包，我的队伍，在这个县城里已经做过几宗大工程，不信你们可以考察城南村办公楼，县正街的医药大厦，人民路小区。我还可以垫资二层楼，并保质、保量做好工程。"

"是吗？你明天就可以找刘副厂长谈合同协议。这真是太好了。"

第二天，刚上班，曹能量就找到刘副厂长，能量还没有开口讲包工程的事，刘副厂长就说："你的情况李厂长都给我说了。有关签合同的文书证件带来了吗？""带来了。""这样吧，你放一套给我们，我们研究定了后再通知你。"那个时候，还没有招标这个程序，只要单位集体研究决定了，你就取到了施工权。因为有厂长的力举，讨论时，一致通过由曹能量承包工程。能量接到刘副厂长的通知之后，马上就带着工程师到厂办谈合同。刘副厂长说："签合同后，你就可以进施工工地，虽然图纸还未出来，但是，可以先拆旧房子和平地。合同写的是包工包料，建设周期是一年，提前完工有奖，推迟完工要罚。"

五天之后，能量带着50人的施工队伍进场了，两栋楼房同时开工。整个工地，白天，晚上，加班加点，只听到施工的撞击声，好像一曲有声有色的交响曲。特别是夜间，灯火辉煌，热闹非凡，人们走过路过，总要在工地旁停留几分钟，观看热闹场面，有的机关干部下班后带着家人绕道来农机厂看热闹。因为那个时候住房改革还没有放开，还没有进人住房商品化，农机厂建职工住宅楼，在这个县城争相传播，人人皆知，他们能拿出这么一大笔资金来建房，解决职工的住房困难是首例，真是稀罕事。有的就说，还是李昌发有办法，同样一个厂子，他来了不到半年，一个濒临倒闭的老大难厂子，在他手上搞活了。全县有几个李昌发，恐怕找不出第二个。

再说，那年正好干冬，一直到腊月三十都是大太阳，气温都在10℃—18℃，在工地上做工的人，穿一件单衣足够了，连早上下霜的时间都很少，正是建筑施工的好季节。能量是4月中旬进场的，到12月底。主体工程基本完工，整个工地开工以来，就是一片繁忙的景象，但是忙而不乱，井井有序。外行看热闹，内行看门道，有的偷偷地前来看工地管理，学施工经验。其实也不必偷着看，因为，这么大一个工地摆着，谁人都可以参观，曹能量不是那种小气人，你公开来参观，他还会不保守地向你介绍经验。其实，工地管理没有固定的标准，各人有各人的管理办法，同行都清楚，忙而不乱，人人有事做，事事有人做，大工小工配合得天衣无缝，搭架的与砌墙的互相不影响，拌水泥的与运送砖块的互相不冲突，安全有效，到期交付使用。这就是工地管理标准。

近一百人的工地，看上去，大家都忙得不亦乐乎。而且，没有事故苗头，工地上清清爽爽，一颗钉，一根铁丝，一节破砖都见不着，就连水泥包装纸，也叠得整整齐齐地堆放在一块。曹能量的建筑实践，使他体会到，工地管理是门科学，管理出效益，管理促节资，管理促安全。否则，就是瞎子转圆圈，瞎忙乎。

那么，能量是如何管理工地的？他有什么秘诀呢？他说：他没有秘诀。一句话可以概括：就是以人为本，管理到人，责任到人，奖罚分明。

他是这样分工的，二哥能坚分管砌墙，大工落实到每一面墙，小工跟着大工走，墙面有“三个”验收标准：一是墙面光滑，看不到鸡屎堆；二是纸浆泥使用适中，墙脚跟见不到掉下的纸泥堆；三是墙线直，砌得又好又快。二哥就是根据这些验收标准来管理大工们的，三哥能炼分管工地和材料的发放。任何工地都会有掉落的钉子、断节铁丝、木料、水泥包装纸、断砖块，三哥管理的工地上，就见不着这些杂物，都是他一点一滴地收拾捡好放好，废料该启用的启用，该翻新的翻新，该当废品卖掉的卖掉，一点都不浪费，他白天晚上二十四小时都在工地上转,小偷想在工地上偷走半点东西也没门,有了他的精细，“苍蝇也别想粘半粒米走”。四哥能煅专管搭架，你不要以为搭架是个最简单的活，那可是建筑行业的技术活，有制式的钢管架还好，把螺丝扭紧，长短搭配即可。最难搭的架，就是临时性楠竹或木料架，因为搭架不牢固，造成安全事故，在建筑工地上经常发生，可以说是屡见不鲜。但是，能量工地上就从来没有发生过。老四，与别人不一样，别人把架子搭好之后，就万事大吉。他每天都要上架检查接口松紧情况，发现有松动的马上加固，及时排除事故苗头。你说四哥，本来是没有文化的粗人，但是，干起活来，尤其这种过细的技术活，他一点都不粗，过细得很。有一次，房子起到第四层，架子也随着到四层，他是刚刚从四层检查巡逻下来，正好这时上了一车砖块，全部卸在了东面墙，由于砖多压力大，放砖的踏脚板快承受不了的时候，他二话没说，赶紧上到东面墙，赶走站在踏板上的几个大、小工。大声地喊，你们几个赶快跑，架子要垮了，话音刚落，啪一声，竹子爆破声响了，其中承受压力最大的那根架子竹断了，好在三个人眼捷手快，趴在墙上，没有随砖块掉下去，所有踏脚板的砖块，全部落地，好危险啊！要不是老四发现及时，要不是他跑上去喊，那几个人连同砖块落地，不死也会伤。一场重大事故就是在这个没有文化的粗人眼里，给避免了。还有六弟能富负责采购进材料，还有姐夫打杂观阵，做安全哨，还请了俩工程师，都是行家里手等等。能量的工地就是这么天衣无缝地配合着，就是

这么天天、时时精心施工，细心地管理，任何人也看不出其中有什么秘诀。有人说，他有几个好兄弟，好帮手，这倒是实话，说到点子上的大实话，一点不假。

原计划，腊月十五日停工，放假让大家回家过年。但是，停不下，都不愿意走，大家说，这么好的天气，干到大年三十再放假不算迟，工作单位上的人还不都是那个时候才放假。能量听了大家一致的意见，结果，延续工期到腊月二十七日才放假，民工们为什么不愿提早放假过年呢？不光是天气好，好施工，更主要的原因，还是多干一天，多一天的收人。而且，能量又不拖欠工资，有了钱回家过年比什么都好。虽然，主体工程还有最后一层未起好，但是，厂领导提出进行全面质量检查，对于能量来说，这当然是好事，准备腊月二十九日请质监站领导，和厂里的领导一齐参检。

能量想，检查完了搞不搞表示！吃餐饭，吃饭后，还要不要封红包，封多少。这些事他很吃不准。因此，他想今晚上抽空到李厂长家去一趟，一方面感谢许老师对自己儿子教育辅导，另外，征求李厂长的意见，明天如何应付检查的事。质量问题好办，不需要与李厂长打招呼，说高抬贵手之类的话。因为，他对自己的施工质量心里很有底，他们谁也挑不出什么毛病。关键的问题，是检查以外的支付问题。晚饭后，能量一个人提了一些过年的小礼品到了厂长家，因为与许老师有预约。所以，与前次去他家一样，两口子都在客厅里接待能量。能量落座后，就先开口说了感谢许老师的话："儿子曹明在一中读了一个学期，多谢你关照，考试成绩还不错，要不是你关心，我们哪有精力来管他的学习。"

"能量师傅，你太客气了。"

当能量与李厂长说明天检查的事，李厂长说："我都安排好了，明天一大早你就在工地上等我们。"

我要问的是："检查完了吃不吃饭，封不封红包，封红包封多少合适？"

厂长接着说："吃饭就不吃了吧，过年了，大家都比较忙，吃饭耽误时间。红包也不封了。"他说了句很实在的话。现在，做事难，有些事怎么做，也不会说你做得好、做对了。实践证明：凡事，让百分之百的人满意是不可能的。其实厂长的一习话，倒击了时下一种社会现象，腐败也！

"厂长说得太对了，完全是站在我们的角度说话，为了方便我们做事，我由衷地感谢你！你也不要感谢我，其实，我这样做，不完全是为了你，也是为我自己。"哈哈……俩人都大笑了，因为，双方都心照不宣。他们的心像十五的月亮，正大光明。

十六 幸福进伙

人世间，人与人都是互相依赖并存的，你中有我，我中有你。为了生存，有时候必须克制自己的一时冲动，并伸出热忱的双手去帮助别人，因为，帮助别人的同时，也是为自己。如果有人妄想，不帮助别人，自己也不求别人帮助，这是绝对不可能的。因为世上没有真空。同样道理，凡事不能冲动，留住善意，为别人吧。

湘南人过日子，有许许多多的热闹场面。其中，搬家进伙就弄得十分热闹。他们认为，一个人的一生中有几次搬家进伙的？不就是次把两次。所以，对这次把两次就特别珍惜，特别看重。必须要请人择个黄道吉日，像过年一样，整酒办菜，通知所有的亲朋好友，前来祝贺。吃吃喝喝玩上一天，表示热热闹闹进伙，红红火火过一辈子好日子。

曹能量的进伙，更是非同一般，他是从乡下进城安家的，又是从岳父家分伙而进住自己亲手起的新房。他的新房与常人家的不一样，是三层楼房的小洋楼，在当时的城南街上也是数一数二。所以，更值得庆贺。那天，他把乡下的父母亲早早地接来了，完全按照西河乡下进伙的习俗进行。

天大亮了，前来贺新的亲朋好友陆陆续续都到了，加上两边的兄弟姊妹叔叔伯伯们，楼上楼下挤得满满一屋人。快开餐时，组里来了一伙不请自到的客人，

他们不是别人，就是前不久推倒村委会大楼一堵墙的那一伙人。曹能量一看，赶紧笑脸相迎，并递烟、上茶，嘴里一个劲地说："谢谢各位光临，感谢大家看得起。"这时，一位姓邓的说："那次，我们推墙多有得罪，也怪我们有眼无珠，还请能量原谅。现在，我们成一家人了。今后，有用得着的地方，请不要讲客气，只要你吱一声，有言助言、有力出力，我们在所不辞。"这一伙人前来为能量进伙贺新，让他感到十分意外，尤其刚才姓邓的讲的一席话，更让他不知所措。因此，他接着说："邓兄，你的话言重了，过去的事已经过去，不要再提了。"

这时，岳母在一旁说他爸："你高兴就高兴呗！高兴干吗还要流泪，哭什么？这时哭不吉利的，快不要哭了啊！"

老岳父因为中风说话不方便，吐字不清。他说："我，我是高兴流泪，我不是哭，你不知道，我心里要多高兴就有多高兴。当时，还有人反对木兰嫁给这个乡下小木匠，我什么都没说。但是，我内心是同意这门亲事的，实践证明，我没有看错，难道你不高兴？"

"高兴，我十分高兴，也为我二女儿木兰能嫁给这样一个有出息的女婿而高兴。"这下老两口都笑着说高兴。

其实，高兴的何止他们二老呢，能量的父母不是一样高兴。他们的儿子进了城，在这里安营扎寨，生儿育女，又起了一栋那么大的住房。父亲知道，这叫别墅，过去，我们想都不敢想的事，儿子做到了，儿子真有出息。

能量端起酒杯首先走到自己的父母面前，说："爸、妈，首先感谢二老养育之恩，同时，祝你们身体健康，永远健康，我干了这杯孝敬酒。"然后紧接着倒了一杯敬岳父母，祝岳父母大人身体健康，万事顺意。""爸、妈，我能有今天，全在于你们的帮助和支持，你们不但把你们的宝贝女儿许配给我。而且，为我安家建房提供了大量的方便，我会永远地感谢你们，我要服侍你们二老终生。"最后，他一一地敬了各位来宾，自己也喝得差不多了，其他的客人也不再回敬他的酒了，各自回家了。

忙了整整的一天，昨天又是3点多钟起床的，确实感觉有点困了，很想睡觉了。可是，当自己倒在妻子身边，就有了不安分的想法，激情使他不得不俯下身子看着自己的爱妻熟睡的样子。看得那么认真，看得那么仔细，久看不厌，好似第一次见到这么好看的美人，眼睛紧闭，睫毛上下合在一起，就像胶粘住了眼睛，上下嘴唇合在一起就像红链条锁住了嘴，两个小酒窝镶在白净的脸上，那么适中，那么让人心醉，她像小熊猫，那么纯洁，那么漂亮，不，她实实在在像西施，在能量心目中，木兰比西施还漂亮，他太爱她了，他很想把她搂在怀里全身上下看个够、亲个够，可是，因为她睡得太香了。此时，他不忍心把她吵醒，算了吧，让她睡个够，其实自己也想睡了，留着今后再看、再亲吧，正在能量关灯轻轻地拉被子往自己身上盖的一瞬间，木兰醒了。“现在几点了，你怎么才睡？”

“现在才 12 点，还不很晚，不好意思把你吵醒了。”

“我今天太困了，所以，提前睡了。”

“客人们都走了吗？”

“早就走完了。父母亲他们也睡了，两个孩子跟你一样早就睡了”

“木兰我问你，今天高兴不高兴？开心不开心？”

“高兴，开心，今天，在我们自己建的新房生活、请客，做酒，吃饭，睡觉，怎么会不高兴呢。全托你的福，我好幸福啊，要多幸福就有多幸福。”

“是的，我也是一样的感觉，就像是大海航船，泊进了港湾，那样平静，那样安全，有了依靠，这就是我们自己亲手打造的家呀！我们一定要珍惜这个来之不易的家。在这里，我要高兴地说一句：谢谢你，谢谢你们全家。给了我一个好老婆，给了我房地，给了我一个在城里立足的家，给了我一切，真的，我太感谢你们全家了。”

“能量，到现在你还有必要说这些话吗？我是你的妻子，我们早已成了一根藤上的瓜，我们互相之间，不是客和主的关系，都是主人，既然都是主人，那么主人与主人之间还讲客气，还把谢谢二字挂在嘴上。再说，我父母亲也是你的父母亲，他们心疼我还不心疼你？一样是关心自己的儿女，我们同样是父母亲的心肝宝贝，不存在谢我的问题。要谢，就是双方大人，感谢父母的养育之恩，感谢党的好政策，没有改革开放的好政策，哪有我们今天的好日子。”

“你说得对，简直是对极了，但是，我要补充一点，而且是发自内心的一点，那就是你永远是我心目中的宾客，在结婚的时候就有人那么祝贺我们：你们要永远相敬如宾。相敬如宾，这是更亲近的形容，夫妻之间相敬如宾，就是久处不怨，心心相印，互相尊重，互相关爱，终身相伴，你说对不对。”

“你比我说得好。有你这一片真情，我还有什么说的。只晓得跟着你享一辈子清福啰。”

“我也是一样，跟着你享一辈子福了。”

这时两人都兴奋地把对方搂在怀里，相拥着……两人都沉醉在幸福之中。幸福是什么？幸福是被人享受，只有享受才觉得幸福，幸福对每一个人来说，都是均衡的，只是各人享受幸福的方式不等而已。

有得有失

自知是一种能力，人贵有自知之明，成功源于自知。但当你面临这种情形时，你是否会慎独？将制度关在笼子里，过好人生关呢？

市场经济体制建立健全过程中，其货币交易为核心运转显得尤为活跃，引来交易中的机遇频繁出现。其实机遇本身就是市场经济特征的显现。然而，机遇对于活跃在经济社会中的每个人来说，都是均衡的，谁抓住了机遇谁就既得利益。那年，西河镇煤矿由原来的集体承包制改为私营制，说白了，就是卖给私人经营。西河镇为发包人，上千万元的固定资产，要求买主必须缴现款 50%，剩下 50% 年底缴清，另外，每年上缴营业额的 30%，这可是人人都想吃到的一块蛋糕，不可多得的发财机会。但是，好机遇也是要有相应的实力才能抓住。实力，就这个煤矿而言，就是人民币，谁有钱就可以得到。然而，这个机遇却被一个在外地打工的本镇村民杨有为抓住了。按照合同要求，交接手续完毕的第二天，整个煤炭大提价，由原来的 80 元 / 吨，提高一倍多，而且，煤坪囤放几百吨未销出去的煤，一星期内抢购而空。再加上井下蓄藏的煤，杨接手后采取放空式的挖法，哪里煤层厚就往哪里挖，不到一个月，表层煤挖光了，本钱也捞回来了，一年下来赚了上千万元，聪明的杨有为，赚了钱就丢手不干了，转让给别人了，自己拿着钱到县城炒房地产，建私房养老去了。

正在兴县县城大提升、大改造的当儿，县政府推出了十大工程。其中，便江附堤坝工程给杨有为承包了一小段，恰恰这一段就是他看好的用来建住宅房的地段。杨有为真走运，要风得风，要雨得雨，不到两年工夫，戏剧性地成了远近闻名的大红人。乡下有句土话：“人走运时门板挡不住，倒霉时城墙阻不着。”不管怎么说，杨有为有钱了，发大财了，这是任何人也否定不了的事实。这个世道就那么势力。开始他想用这块风水宝地建别墅，报城建局审批不同意，只能建七层楼的住宅房。附堤坝包给别人早已完工，在施工过程中他特意留了一个口子，修了一个小码头伸到河面，方便取水用水，走过路过的人不注意看不出这个小口子、小码头，仔细看小码头还为整个附河堤坝添加了亮点，像是艺术打造的江边景点。唉，杨有为聪明，表现在他赚钱的办法多、点子多，一点儿不错，其实他的名字就是聪明的“聪”。

房屋设计图出来那天，他早就打听到，当年西河初中老同学在县城搞房地产开发，而且，还是小有名气的老板，有注册公司。他带着图纸预约来找曹能量。能量那天早早地在公司办公室等这位老同学，但是，他把全班几十个男女同学在脑海里放了一次电影，怎么也想不起有个叫杨有为的同学。正在他冥思苦想没有结果时，有人敲门，他当时忙于看电脑查资料，没有抬头，应声说：“请进。”来人让他一眼认出是初中同学杨聪，他急忙招呼杨聪：“来来坐，什么风把你吹来了。”他又泡茶，又是让座，嘴里一边念着我们有二十多年未见面了吧。

杨说：“有了，自你初中未毕业停学至今，有二十几年了。”

“是啊！我停学后，你读高中，又读大学，自然就没有见面的机会了，因为是两条不同道上营生的人。”

“老同学，话不能这么说，我告诉你，读了高中，我没有考上大学，就到深圳打工去了，一去就是十多年。开始在一家儿童玩具厂当采购员，经常到法国采购零配件，以及销售产品。后来这几年总厂在法国一个中等城市设了一个销售店，由我当经理，全权负责法国营销业务，经营效益蛮可观，深圳总厂看到我为他们创造出那么好的效益，更重要的是在法国站稳了脚跟，有了一定的市场，加上我诚信经营，做到日清月结，紧接着我当上了副厂长，兼法国店的总经理，年薪几十万元。由于生意做得活又好，他们很满意，把我调回深圳当专职副厂长。虽然年薪提高了，工作比起法国经营店子轻松许

多，但是，我自己觉得不自在了，日子过得不充实了。实践证明我是做死事的命，不适合做领导工作，更不是指手画脚当干部的料。不说别的，就凭我这胖短子相貌，最适合做生意的店主。那天，弟弟到深圳传递了信息，西河镇煤矿要重新招标承包，我一听，就来精神了，当即与弟弟回家，揭了西河镇煤矿的标。就这样我成了西河镇的大红人、大款的来龙去脉就是这么来的。你看我像大款吗？真实的我就是一个十足的短胖子、丑八怪。对不对！我倒看你才是名副其实的大老板，从人的长相到内涵，从派头到实际拥有，无疑不是老板形象。”

“老同学，不管你怎么说，老板就是老板，如果你嘴里能吹出个老板、大款，我看你什么也不要做了，到处游说大款从中收取专利费、创新奖就足够了。”“哈、哈、哈……”“两个老同学开心地笑了，能量笑出了眼泪，擦掉眼泪问：“笑归笑，老同学你今天找我到底有什么事，不会是单独搞笑我吧！”

“老同学今天我是无事不登三宝殿，我还没告诉你，我改名了，不叫杨聪，叫杨有为了。”“什么？什么？没搞错吧，你就是承包西河镇煤矿的杨有为，就是西河镇人人皆知的大红人，就是今天预约找我帮忙的老同学。”“你说的都没错，只是大红人不敢当，本人还是你初中时认识的杨聪。”

“今天，找我有什么好事？”

“不瞒你说，还真有事找你帮忙。”

“我一个穷光蛋，打工仔能帮你什么忙。”

“你先不要挡门，这事我是赖上你了，你帮得了也要帮，帮不了也得帮，谁叫你是我的老同学。”

“好吧！好吧！我先答应你还不行么，你坐下慢慢说。”然后，顺便将泡好的龙井茶递给他。

“首先，告诉你，我在南大桥桥头承包一段附河堤坝工程，现在堤坝已预期完工，验收合格，这是包给我妻弟做好的。因为，他只能筑堤坝，对于建房他是外行，隔行如隔山，是他建议我来找你。你看，图纸我也带来了，就是这个事找你帮忙！”

“老同学，找我建房，算你找对了，本人搞房地产开发好几年了，在这个县城建了多栋房。”杨插话说：“而且很有名气，这些我都打听到了。”

“有名气谈不上，但是我一定帮你做好这件事。”

“我就知道老同学一定会给我面子，这事就这么说定了。你看还要不要签合同。”

“合同肯定要签，不签合同我不好做事，达到什么标准，你也不放心。”

“签不签合同我都是百分之百地放心。”

“老同学，我就不谦虚地先说个粗线条的意见，详细合同等我拟好后送给你看。”

（一）建房价，现在市面上超过1000元/平方米，根据你所提供的图纸要求，在1800—2000元/平方米以内，因为是别墅式的建筑，这个价还是只限包工，不包料，如果包料须随市场价再定。

（二）工期，我会以最快的时间开工，最快的速度做好，保质保量安全无误地交付使用。定到明年国庆节交房。

（三）安全由我全权负责。

“你看，我就想到这几点，你还有什么要补充的吗？”

“补充一点，结账方式，开工时首付50%，其余一手交房一手交钱，一分钱不拖欠。其他就按你说的办，还是开始说的，全权拜托老同学。”

“好吧！客气话不多说了，我会竭尽全力做好。”“走，吃大坝鱼去，大老板请吃，我一定带张嘴跟着你走。”

正在杨有为的公寓房顺利施工，还有一层就要封顶了，县委雷书记鬼打起他，那天没事站在县委办公楼顶来回散步时，顺便看看全城的工程，突然发现对面河边建了一栋别致一格的公寓房似的，虽然还没有粉刷，但是已经清楚地看得出不是一般的住宅房。当即，他打通了分管城建的副县长，副县长姓张，35岁，看得出雷书记很器重他，把城建这么重要的工作让他唱主角、挑大梁。张副县长干事的确很干练，将来前途无量。其实，张副县长正在各工地检查质量、进度，刚刚转到曹能量的工地，手机响了，显示的号码是书记召见，他停止检查急忙往山头上赶，上气不接下气地赶到书记办公楼楼顶，见到书记一人在四处张望。“书记您找我。”“嗯。”他开门见山地问张副县长：“你知道那栋房子是哪家建的吗？那么高档次，是谁批准的？”张副县长随着书记手指方向看去，正是他刚检查那个工地，回答书记：“不知道，不过我可以查到是哪家建的，通过什么渠道批的。”雷书记说：“你不要用电话了解，还是到现场了解，主要弄清楚是公建还是私建，如果是公务员建的就要纠正，公务员哪有这么多钱建豪宅呢？假如是私人建房，大小、档次高低我们不必过问。因为，符合拉动内需的政策。”听了书记的交代，张副

县长又赶到刚才检查到的那个工地，正好包工头曹能量在。他问：“你这个工地是哪家建的房？”

“是我自己买的地，自己建的商品房。”

“你建这么高档能卖出吗？”

“问题不大。能卖出。”

“好，我只是随便问问，没有别的意思。”

张副县长要离开工地时说了句，“你要办好房产证才能出售，免得购房户出钱买个不放心。”

“是，是，我一定按县长指示，办好一切住房手续。”

张副县长回到县委雷书记办公室，如实将了解到的情况汇报了，然后，他说：“这是预料之中的事，也是政策允许的事，我们不必过问。”

就这样，从开工到竣工，将近一年的时间，杨有为作为房主，中途仅去过一两次，全是老同学曹能量按合同要求施工。最后，他说了句让能量哭不得笑不起的话，“谁叫你是我的老同学，既然是老同学就必须要有这个担当。”

事后，能量仔细想了想，原想从此转向自建自售。结果，还是没有脱离承建这个圈，只不过是承包私人住宅而已，也算是微转。但是，其中有失有得，从这个意义上来说，还是划得来。人世间的事，都不是孤立存在，而是千丝万缕相互依恋着的，凡事，必须依常理、按常规办，倘若违背自然规律，企图得到你想得的东西，绝对是得不到的。有句俗话说得好：“该拿的拿，不该拿的不拿，拿了不该拿的，该拿的你就拿不上。”千真万确，常理在也。

诚信做事

有句老话说的好，人生最难最重要的，是做人，是在世界上做一个真正的人，这种人，活着给人们带来财富和幸福，死了也令人追思和怀念。好话之所以有生命力，这是穿越时空，人们在实践中体会到的真理。中国共产党全心全意为人民服务，就是世界上真正的好人。能量虽然不是共产党员，但他一直是按照党员的标准严格要求自己，做有益于人们的事。

江边公寓国庆节前已交付使用。由于杨有为高度信任能量这位老同学，工程款按合同一手交房，一手交钱，一分不少，全部兑现。西河镇有几位煤老板，手头有钱，很想在城里投资建房。但是，苦于对做房地产陌生，又找不到合作伙伴。杨有为了解他们的苦衷，将能量介绍给他们，并说这个人完全可以信赖，讲义气、守信誉，他们得知后，一个一个都找上门要能量合作做房地产。能量当然是求之不得的好事。

这时，他了解到人民公园旁有块黄金宝地，二十多亩，让他喜出望外，就像是瞌睡碰上枕头——舒服。有资金有地盘，对于房产开发来说那是再好不过的事了。能量挑选两位有实力的老板，一位叫许满昌，一位叫仇老大，为什么选中这两位，他们除了资金，更为重要的是，他们每人需要10套新建房，这一来，新房建好后，剩下的能量不费吹灰之力，就可以销售完，做

房地产生意，关键是销售，房子在短期之内销售了，资金流动了，生意就做活了。能量的房子为什么销得快，做得活，这又要回到乡下人这个话题上来说：乡下人有乡下人的好处，西河乡下手头有钱的人，都想进城购房子。曹能量是西河人，从小就是一起长大，一起读书。现在，他们做煤炭生意赚了钱，找能量买房子，说不定还会给优惠价。所以，曹能量乡下人的劣势，一下就变成了优势，他确实沾了乡里乡亲的光，乡亲们也沾了他的光。没有乡亲们的看中，自己还不是与别的开发商一样。房子起好了，卖不出去，资金积压不能流动，自然就搞不活了。

话说到这里，有件事必须一提。村里老支书曹碧顺。曹能量未出生之前就是大队支书、村支书。大集体时，他当支书像模像样，用村民们的话说，这个大队的支书只有他能当得好。这说明曹碧顺有驾驭全局的能力。这碗饭吃了几十年，离开了大集体，搞责任制，觉得越干越没有劲，越干越吃力，他只干了一届，坚决不干了，交给一位退伍军人干。当时也才 50 岁人，身体又好，总不能老待在家里种那点田地。他想进城找点事做。农民工刚进城打工那会儿，机构很不健全，没有劳务市场，也没有招工广告，全靠自己碰运气，曹碧顺听说本家族有个曹能量在县城搞基建，而且，还小有名气。那天碰巧，刚一下车，就打听到了能量的工地，能量正好在新建房顶层检查工程质量。他走进工棚，掏出一根纸烟边抽边等曹能量从顶层下来。看材料的二哥曹能坚告诉曹碧顺：“这就是我五弟曹能量。”他自我介绍：“我叫曹碧顺，想到你工地上找点事儿做。你看方便不方便？”

“可以是可以，最好过几天才来。因为，这个工程快要完工了。而且，这些员工都是一开始就在这里做，不可能赶别人走，等到下个工程我安排你一个好工种做，看材料。像我二哥这样，看管、发料都由你干。”

“可以，可以，这件事你能交给我做，当然是求之不得，证明你太看重我了，我一定尽力做好。”

“就这么定了，你先回家听通知吧，这个工地也有你村上的民工，到时候，他们会通知你。”

“行，我有事，你与我二哥聊着吧！”

几天后，本村一打工的年轻人，回家拿换洗衣服，先到支书家里，告诉支书：“曹老板要你明天去上班，新工地在北大桥的西头，距现在的工地只有一百多米远，就在人民大道旁边。曹老板说，要你自带铺盖，洗刷工具，别的都不要带了，因为，你吃住都在工地上。”

“好，好，明天，我们俩一块坐公交车去，如何？”

“要得。”

第二天，曹碧顺老支书背着简单的行李在能量的新工地正式上班了，新工地刚开工的时候，材料早先进场，放材料的工棚早已搭好，老支书在搭好的材料棚里铺好床铺，就开始他新的工作。保管材料，发放材料，包括工地上失落的砖块呀，抓钉、铁丝、捆丝等等，他收检得有序不乱，发放材料也是一清二楚，做的一切都让能量满意。他还从本村叫了七八个人，在工地做小工，其中有个叫石头，石头爱人是哑巴，带着一儿一女在家，这是他第一次离家出远门打工，让他很不放心家里。

那天，哑婆早早的起床，弄好饭让儿子吃完上学去了，自己带着不满6岁的小女孩，在石古冲鱼塘边那块地里种小麦，这块地就是当年曹能量母亲挖大红薯抱金娃娃那块地。也可以说是曹能量的出生地。哑婆虽然不会说话，但是人很聪明，做事也在行，她那天想把这块麦地种完，所以十分使劲。地，是刚挖完红薯的地，只需稍微整理即可。只是抽行下麦种，加盖土木灰，这个活要是有三个人就好干多了，一人打行，一人播种，一人盖土木灰，很快就可以干完。她一个人干三个人的活，轮番操作。小孩在鱼塘边玩水，塘坝高于地面有2米多，她不准女儿到塘坝上去玩，小孩也十分听妈妈的，始终在下水道渗水口玩，玩了一会就觉得不过瘾，不知不觉就上了塘坝，到塘坝上一看，哇！一塘那么大的水，她手上刚才玩水时沾了不少泥巴，想顺着坝堤阶梯洗干净手之后就不玩了，帮母亲放麦种，做点自己该做的事。哪知道一迈腿就踩滑了，女孩一失足就掉进鱼塘，鱼塘有一米多深，小女孩刚踩滑就喊叫“妈妈，妈妈呀，妈妈呀！我掉进水里了，我掉进水里了，快来救我呀！”沉到水底后又浮上来两次，还喊了两次，整过石古冲没有其他任何人，当时，如果有人听到喊声，马上抢救，女孩完全可以得救。由于哑婆天聋地哑，又埋头干活，在女儿刚掉进水塘里的时候，她要是抬头看一眼孩子也好了。听不到孩子的呼救声，又不抬头看孩子还在不在原来的地方玩。

等到哑婆发现女儿不见了，是两小时之后的事。她抬头没看见女孩，知道出事了，丢下手上的活，跑到塘坝上，还是没有看到人，但是，看到塘里的水浑浊，知道是掉进水塘里了。哑婆救女心切，不管水塘有多深，顾不得那么多，连衣裤一齐下到水塘里，她这一下不但没有救上女孩，自己不声不响地再也没有露出水面了，可怜娘俩儿就这样淹死在这个鱼

塘里。

中午，读书的儿子回来吃午饭，家里没有人，又不知道母亲和妹妹到哪里去了，他把书包放在家里，在厅屋里玩了一会儿打纸板。肚子饿了，打不动了，又不见母亲回家，他想了一下，早上母亲用哑语告诉他。今天要下地干活，种小麦，他又不知道麦地在哪里，为了寻找母亲，从东找到西，方岭上，大岭上，高桃凹、短挑凹，石古冲，黄泥沟，凡是塆里有旱土的地方，全部走了一遍，足足走了两个小时，有气无力地回到家，还是不见母亲和妹妹。快到上学的时间，他就跑到善良伯母家说："我母亲不在家，肚子饿了，还没有吃中饭，又急着上学去。"善良伯母也没有多问，更没有多想，就叫他："你自己拿碗筷吃呗，菜饭都是热的，你快吃了上学去。"虎子肚子实在是饿了，吃了两大碗饭，赶着上学去了。

石头进城打工十多天了，他是第一次出远门打工，对哑婆妻子带着两个小孩在家，实在是放心不下，那天，他请了假，提前下班，赶4点钟的班车回家。快6点了不见娘仁儿，就自己动手做晚饭，心想，他把饭弄好，估计做事的和读书的全都会回来。哪知道饭菜都弄好了，一个也不见回来。此时，他觉得不大对劲，就关门往石古冲麦地去看，快到麦地的当儿，正面碰上儿子一边哭一边跑。同时喊叫，"快来人，快来人，我母亲和我妹妹淹死了，快救人了"。石头把儿子拉到身边，叫他别哭了，爸爸来了，别害怕，他飞快地跑到塘坝上，见着娘俩儿一大一小尸体浮在水面上，他奋不顾身地下到水塘里，将尸体拉上塘坝。然后，抱着虎子死去活来地哭叫，怎么得了啊！这个家完了，宁可要我死，也不能死哑巴。脑子一片空白，不知道接下来要干什么？虎子真是个懂事的孩子。在放学回来的路上，不，应该说，他下午在上课的时候就一直在想，母亲和妹妹到哪里去了呢？不可能走亲戚，因为，爸爸不在家，我要上学，丢下我走亲戚，肯定是下地干活，出了什么事或迷了路。因此，他怀疑自己中午没有看仔细。虽然，走了一遍，但是，山里，水里没认真的寻找。下午，第二节课一下课，不等放学，他背起书包，直奔石古冲水塘，果不其然，发现了两具尸体。他认准是母亲、妹妹的尸体浮在水面上，他并没有下水去打捞，而是跑回家去报信。要是他也像哑婆母亲救妹妹一样，那肯定下去上不来，搭上他一家三口人全淹死在这个鱼塘里。石头想到这里，对儿子的表现所感动，所疼爱，他把儿子拉到身边，紧紧地抱住，害怕他跑了似的，儿子被抱得透不过气来，也不理解父亲这一举动是什么意思，还以为父亲气疯了，他反过来劝父亲说："爸爸，人都死了，再哭也没有用了，还是喊人来处理后事吧。"你看看，多聪明的儿子，真是穷人的儿子早当家。

"对，对，"父亲停止哭，吩咐儿子："你赶快到家吃饭，吃了饭就尽快通知头生、文生、秋生几个伯伯们，把你妈和妹妹的尸体弄回家去，我在这里守着。""爸，中午，我在善良伯母家吃饱了，现在不想吃，我这就去通知伯伯们来帮忙。"因为，年轻人都外出打工了，几个伯伯又喊了塆里几个早出晚归的兄弟叔侄，把一大一小两具尸体弄回家时，已是午夜了，怎么办？怎么安葬？石头在想，女儿用席子卷起，挖个坑埋掉，按照乡里习俗，这样做不会引起非议，也不会花费多少钱就可以处理。问题在于四十多岁的哑婆妻子，虽然，娘家门下没有人，怎么安埋不会有人前来找麻烦、闹事。可是按照乡里习俗，必须正埋，不能草埋，必须上祖神堂。这些，石头都想到了。只是，有一点想到了，但是做不到。钱，从哪里来，正埋、草埋身边一分钱也没有。石头一直想到天亮，最终，还是没有想出个安埋的办法，说穿了，就是没有想出钱来。第二天，一大早，村里几个早出晚归的后生仔，骑着单车到工地上，首先，就将这则不幸的消息告诉曹老支书，曹老支书一听，先是感到内疚，不该把石头叫来打工，这一来，害得他家破人亡。

这事不多想了，眼前最重要的问题是如何安埋哑婆，依靠石头自身的力量，根本不可能处理好哑婆的后事。不要说别的，就连请兄弟叔侄吃顿饭也请不起，这个家底，大家十分清楚，不是我瞎说的。怎么办？正在他一筹莫展的时候，能量老板来了，他无所顾忌地将石头的不幸告诉了曹老板，没有等曹老支书提钱的问题。

能量主动说："根据你说的情况，我分析靠石头自身的能力，安葬妻、女肯定有困难，恐怕最大的问题还是钱。你今天就回去，处理好他家的后事才来，走时，记得到财务室借钱，借条落名石头。"

"好，这样太好了，我代表石头感谢你，你真是大恩人啦！我马上就走。按照你的意思处理好赶来上班。"

行，就这么办，支书带着借的钱，急急忙忙赶到石头家，上午10点。石头正在愁眉苦脸的时候，见老支书给他带来了大恩人的钱和从工地上叫来的几个年轻人。不知道说什么是好，痛哭流涕地说："感谢曹老板，在我最困难的时候给予帮助，同时感谢曹老支书真诚相助。"

当天，按照乡里习俗，穿好寿衣，入了棺，同时，看了坟山，挖好坑。

第二天正好赶圩，一大早，派人赶圩买回菜，村里老老少少勉强筹起一班夫子（抬棺椁的人），12 点之前，就将哑婆的棺灵送上山安葬好了。

整个丧事办得既节俭，又体面，石头相当满意。

第三天，老支书和几个年轻人出现在工地上。不可思议的是石头也一同来上班，因为他是坐公交车，晚 10 多分钟到，大家把眼光投向他，意思是他不在家为逝去的妻子悼哀敬孝，也来上班？太反常了。但是，他的想法超出常规，人都死了，何必在家哀伤怄气呢？当然，一下子死两个亲人，特别像石头这样的家，简直是灭顶之灾，这个家再想找个女人顶起半边天，难啊！因为，家底实在是太穷了，哪个女人会来找苦吃！活受罪啰！唉！这个世道就是那么不公平，就是那么残忍。像这样的家庭，为什么还要降这么大的灾呢？能量想：借给他的钱，如果，石头不来打工了，或者还不起也就算了。但是，我做了好事，他石头总会认账的。

支书有支书的想法，人是我叫来的，他家里遭灾难，与我有直接的关系，如果，石头不来打工了，这个账就由我来还。所以，他在借条上直接落了自己的名字，并没有按曹老板的旨意落石头的名字。在石头眼里，能量是大恩人，老支书也是大好人啊！这个世道，虽然不公平，但是，话又说回来，好人还是多。所以，他要下决心多赚钱，要致富，哪怕捡破烂也比待在乡下强。因此，他带着中年折妻、亡女的悲丧，把儿子寄养在别人家里，自己强忍悲痛，依然与大家一齐出来打工还债。就凭这一点，曹能量感动了，打心眼里佩服石头这种坚忍不拔，泰山压顶不低头的精神。“欢迎！欢迎！我们都要向石头学习，困难面前不低头。这样吧，这 1000 元账你不要急着还，等到你有了一定的积蓄，再还也不迟。”石头感动得流泪了，发誓要靠自己的双手赚钱还债，把小孩培养成人，让小孩多读书，将来也成为城里人。

在旁的老支书听了曹老板这番话，也动情地说：“曹老板，我当了那么久的基层干部，毛主席教导我们要为人民服务，我们只是多做事，干好工作，不计报酬，以此为人民服务。在新的历史时期，为人民服务怎样体现，我还没有真正体会到。我想，你的行为，助人为乐，帮人解困才是新时期为人民服务的体现，你虽然不是共产党员，你的行为超过了党员的标准，我要向你学习，学习你致富不忘本，致富不忘老百姓，而带领大家致富，难得，真是难得。”曹老支书确实从内心里佩服曹能量的为人，佩服他真诚为人民服务。后来，他教育儿女们说：要说有钱，比曹老板有钱的人多的是，但是，像他那样把钱花在刀刃上的人难得，一个人会赚钱固然重要，更重要的是会花钱，假如，你赚得的钱，花天酒地，嫖赌样样得行。那么，钱再多也白费，相反，钱越多，人变得越坏。他要求自己的女儿们，都要购曹老板的房，住到兴城向曹老板学习。

实践证明，曹能量的购房户，就是来源于诚信，相互信任，互相体谅，将心比心，是诚信的根基。他出身穷苦，来自农村，知道乡下人进城心切，一时半会儿筹不齐购房的钱，差几千万把，借给他或延期付款，先让他进了城，他一定会省吃俭用，拼命赚钱还账。这就是曹能量本质的体现，一个人只要本质好，一事当前，首先为别人着想，别人得了你的好处，一定会感恩的，不是说，人之初，性本善吗？

十九 助人为乐

时下，地方官员碰面，尤其是单位一把手互相问候，用的一句时尚话："你那里怎么样了？"换言之，你那里搞了基建吗？单位面貌有改变吗？一句话，就是问对方的政绩。不是说，"在职一任，造福一方"嘛。这些，就是为民造福的好事，而且是一目了然的好事。

然而，用公款做好事，成绩挂在有权人的脸上，大家心知肚明。说句天理良心的话，包工头是最怕承包这样的工程，因为，这些创政绩的人，最难满足他们的胃口，呷得太咸了（太狠，要得太多的意思）。

那一年，曹能量大哥曹能刚的战友，名叫王群益，转业分配到县工矿局当一把手，这个工矿局也确实太破败了，没有像样的办公楼。职工住房，仅仅几间破烂不堪的平房，根本不够局内人住，大部分职工在外面租房住。王群益在部队是副处，下到地方当局长后面带了个拖，也就是说，他是副处级正科级局长。他不管这些，职务高低，反正保持副处级待遇就行。一到任，他就大刀阔斧地又是建办公楼，又是起职工宿舍楼，拆旧房建新房，在原本地盘就不很大的基地上，全部推倒重建。二十多人的小局，一下子搞那么多的建设，资金从哪里来，而且，摊子已全部铺开了，停工是停不下了，只能硬着头皮上。于是，他想出了"四条"筹资的办法。第一条，找县领导批贷款指标，争取从银行多贷些款。贷款搞基建，用国家的钱创政绩，何乐而不为呢？第二条，收农机上路费，拖拉机（包括手扶式拖拉机）只能下地干活，不能上路搞运输，违者征收上路费，与公路交警部门联手，具体实施由各乡镇农机站。第三条，控制全县的柴油指标。他的理由里为保证农业用油，其实就是高价卖柴油。第四条，办理农机执照，与交警部门合作办理，这些筹资的办法，名曰，全是为农民着想，其实就是乱收费，不管怎么说，经他精心策划，巧立名目，又经各相关部门通力协作，尤其各农机站霸蛮收取。到年底，上百万元的筹资款进了工矿局的账户。有了钱，局里的改建项目就好办多了。这应该肯定地说：是王局长的功劳。

问题在于他后来决策失误，不应该将所有的改建项目全部给他亲表弟做，他表弟刘干根本不是做工程的料，无法做动，只会三天两头要求财务拨款，工程进度始终上不去。

有一天，王局长出差了，他说，进装修材料急用钱，十万火急，不拨款就会影响工程进度。他逼得很急，会计没有办法，只好请示在家负责工作的梁三仔副局长。副局长一听，不拨款会直接影响工期，那还了得，到时候追查责任，追到我头上，我可负不起这个责。他把包头刘干叫到办公室，问明情况，当即，要他写个报告，报告说：进钢材和磁砖，还有内粉刷材料，合计需拨款 50 万元，梁副局长在报告上批示："因王局长出差在外，工程上急需进材料，故同意拨款 50 万元，梁三仔"。会计接到这个报告就有些为难，局长出发前再三交代，工程拨款必须等他回来再说，而且，当时，已拨了 5 万元给刘干急用。但是，又是梁副局长批的，也是她自己向梁副局长报告的，没想到这个刘干写那么大的数额，她也只好按报告批示到银行办理。会计跑到开户银行办理取款手续时，银行一位负责人，把会计叫到营业厅里间，告诉她："你们王局长有交代，没有他的亲笔批示，其他任何人，无权拨款即到银行取走款。所以，今天这个款不能取，还是等他回来再说。"会计说："既然局长有交代，那也只好照办。但是，我怎么向梁副局长和包工头回答呢？总不能说，局长有交代，银行不放款吧？也不能说账上没有钱，拨不出款吧？"

"你就说，这笔业务额度大，银行必须请示上级领导，批准后再执行。同时，本行必须有两位领导审批，今天，取不出，行长不在家，只有等明天再办。""好"。会计按照与银行这位好心人统一的口径，回答了梁副局长和刘干包头。其实，刘干心中有数，明天就取不到款了，因为，王局长明天回，本来他是想趁王局长回来之前，骗取50万元，一走了之。刘干为什么要这样做，这不是违约了嘛，违约就违约，反正他是不想做了，说实话，做不下去了，他压根就不是搞基建的料，这还要回到开初签合同时说起。

王局长刚从部队转业回原籍工作，对地方上的事了解甚少。但是，他有一股热忱，想为家乡干点实实在在的事，为家乡经济建设做贡献。作为内亲老表，刘干本身就是一个十足的乡下农民，想进城赚钱无路，一没技术，二没有本钱，更重要的一条是为人虚假不实在。但是，他看中了老表这棵充满生机和活力的大树，在这棵大树底下乘凉应该会称心如意，特别老表讲感情又讲义气，他们从小在一起长大，虽然，他当兵在外二十多年，但是，两家来往一直很密切，所以，刘干放下农活不干，三天两头往县城跑，给王局长的耳朵里灌蜜汤。他说："老表啊，你现在是一局之长，而且还是带掩的局长，说句不好听的话，总是与别人有所不一样，别人才会尊重你这位副处级局长。现在，官场上最时尚的就是改变单位的面貌，建办公楼，改善办公条件；建宿舍解决职工们的住房困难和改善福利。这是领导和群众看得见又感受得着的大好事，不是说'在职一任、造福一方'嘛！"王局长听了老表这些谏言，打内心里感谢老表，到底还是自己的老表好。但是，他虽然动了心，这是观看了一段时间，看到别的科（局）级单位确实有动作，大动土木，大搞基建。而且，本局职工有强烈的需求，为职工们解决住房困难，才有了王局长三年内全面改变工矿局面貌的决心。随后，又搞了一些筹集资金的办法，他的做法，当时确实起到了实质性的作用，缓解了基建资金不足的问题，而且，有的单位还主动上门取经。

收费的问题暂且不说。现在，还是说刘干这档子事，刘干自知偷鸡不成蚀把米。只要王局长回到家，就什么都清楚了，当天夜里他带着剩余的钱一走了之。这一走，别的都不影响，关键的关键是基建这一摊子事怎么办，谁来擦屁股，由谁来收场。

还会有谁，最终还是他的老表。王群益感到十分恼火，这个刘干，怎么会是这样呢？怎么只认钱不认人了呢？前段时间去看姑妈，她说："你要看管好你表弟啊！他不像你这么诚实，对他做事不要太放心了，以后做出什么不道德的事，你不要怪罪姑妈。我自己的崽，我知道他的德行。"当时，基建正搞得热火朝天，还看不出表弟不诚实，挖坑埋表哥的迹象。所以，王局长对姑妈的话没有引起重视，放在心上，事情出来之后，证明姑妈说的话没有错，完全验证了。此时，他感谢姑妈，却特别恨刘干，他想，这个世界上除了钱，应该还有比钱更重要的人情，人活在世上，没有人情味，你赚钱为什么？我们是嫡亲老表你都要陷害、要欺骗，你活着还有什么意义，没有人情味的空壳躯体，不如死了好。有人说过：“最可悲的人生是，他不知道自己为什么活着。”刘干啊你太可悲了。

刘干的做法气得他差点要晕过去了。但是，看到眼前这一残局，事业性本能的反应，使他不得不振作起来，十分理智地召集会议，研究如何收拾残局。在会上他说：“事已至此，不能等死，只有面对现实。首先起诉法院，终止合同，重新物色施工队伍，找新的承包人，重新签合同。再就是清账。因为，只有通过清账，才能知道刘干贪污了多少，我们损失有多大，然后，采取补救措施。至于，我个人该负什么责任，或者说，其中受贿，接受什么样处分，吸取什么教训，都是在依法、依纪之列，我只有配合调查。”大家一致同意王局长的意见。只是梁副局长说了点不同意见，他说：“要尽快找到刘干，洗清他的批条，我完全是为了工程进度，要不，打死我也不会批50万元的报告，我没有半点私心，反正，大家都知道我的为人。这个刘干骗到我头上来了。”大家都认为刘干行骗这是无疑的，这个教训大家来吸取。但是，不能放下补救措施找刘干。找刘干是司法部门的事，眼前，我们必须重新启动工程，不然的话，损失更大。对、对，还是以大局为重，尽快启动工程，减少损失。就按王局长的意见办。

会议决定由梁副局长牵头，组成六人清账组，经过清账组几天的工作，现查明按工程进度拨款，其中只有5万元不对数，也就是王局长出差前拨的那5万元，要是这5万元开了民工工资的话，那资金上就没多大问题。再就是半拉子工程收尾的问题，现班人马因工头跑了，不可能再做下去了。找别的工程队，谁最合适呢？这支队伍的工钱又怎么办？王局长多次召开会议研究，处理这些擦屁股的事，真让他头痛。仅几天，他人都瘦了一大圈，络腮胡也懒得刮，长得不照镜子，用自己的眼睛都可以看得到，足有一公分厚。有什么办法，别人可以甩手不管，甚至还可以说几句火上浇油的话，责怪他一把手当晕了。他里外不是人，在家老婆说他：“要你不要把工程包给他，你不听，偏要包给亲老表，这下你清醒了吗？把你害得够苦的嘛！连姑妈都在为你惋惜，说你太单纯了，不该让个骗子骗了。”

姑妈听了后气病了，卧床不起，做侄儿的，本来想去看看气病了的姑妈，安慰安慰姑妈，实在是抽不出身。同时，他埋怨了老婆几句：“你不要再添

乱了好不好，现在说当初的话有什么用，早知今日就不会有当初，这只能作为教训，现在看来，这个世道，只能相信自己，亲兄弟也要打问号。”

局外说好说坏的人就更多了，说局长开初就不该相信他的老表，也不知道他从中得了多少好处。现在，工程搞成这个样子，有谁愿意吃夹生饭。真正让王局长着急的不只是这些。因为，这个问题，通过司法部门会搞清楚的，最让他担心的是，后续工程有谁愿意来搞，有谁在这个时候会伸手帮他，他这几天着急，就是这个关键的问题困扰了他，这几天放着别的事不管，抓紧时间找人帮刘干擦屁股。

前几天接着一个吃酒的请帖，是司法局一个战友的小孩考取了大学，差点忙昏了头，忘记这件事了，那天，正好翻开台历，看到记事栏的记录，中午在江边宾馆二楼餐厅。他有个规矩，战友的事，不管自己再忙，只要有招就得去，哪怕确实抽不开身，也要打个电话把红包礼品托人带到。那天，他确实蛮多事，想托其他战友搭个礼，坐在办公室的皮椅上转了一个圈，准备打电话的时候，突然想到，不托人了，还是自己去吃酒。一来想趁此机会放松放松，二来战友在一齐叙叙旧。中午 11 点赶到江边酒店，这时，才去了几个战友，医药局局长王大友战友到了，他俩当兵在一个团，现在都是副处级一把手，都在做政绩，改变单位的面貌。不过，医药局的王大友老战友动手早，职工宿舍已建成，12 月底就可以住了，对老战友目前的处境，有所闻，但是没有机会坐在一起聊天。今天，恰巧两个人都来得早，就说开了。说到找个人帮他收拾残局的事，王大友战友说：“我给你介绍一个人，这个人就是现在承包我局工程的包头叫曹能量，他的大哥就是我们的战友曹能刚，在地区某局当副局长，你想找曹能量帮忙，先要找能刚老战友介绍，他们兄弟最团结。”

“好，好，老战友你不早说、早介绍这个人、这层关系。你可为我解了泰山压顶的困难，我到了山穷水尽的地步了。”

“我不是刚听你说，才知道这码事嘛，再说，这个人愿不愿意帮你擦屁股，还是个未知数。不过据我了解，能刚战友也是肯帮忙的，能量也是好商量的，我想问题不会很大。”

“好，行，我呷完酒就到福城去找能刚战友。”

大约下午 2 点酒席散了，他没有回局，叫司机直接送他去福城，找能刚战友，能刚正好在上班，老战友见面就没有那么多的客套话了。王群益直言相求地说：“老战友，我最近碰到点麻烦事，想请老战友帮帮忙。”

“什么事，你说。”

“是这么回事，承包我局基建的人跑掉了，把办公楼、宿舍楼一大摊子甩在那里。损失暂且不说，关键是要尽快找人帮助我收拾残局，听说你五弟是搞工程的，而且，又做得很出色，在县城小有名气，想请他帮助我。还听旁人说，你弟弟最听你的话。”

能刚听了王群益战友急事相求，如果不帮助他收拾残局，王群益有可能因此引起更大的麻烦。能刚满口答应，“没有问题，我给五弟打个招呼，但是有个问题，他一定会提出来。”

“什么问题？”

“前面必须割断，后面重新签合同，否则，他不会干的。”

“这是，这是，肯定要割断前面的账。”

“我这就打电话，具体事，你们当面协商处理。”

能量接到大哥的电话，第二天，一大早就赶到了工矿局工地，在这之前他已经听人说过这一档子事，所以，他走进王群益办公室就直奔主题。看合同，合同标价是150元/平方米的造价。这一看能量就全知道刘干逃走的原因。刘干从来没有搞过工程，他不了解市场行情，造价是多少？什么价才能做得下？才有赚，赚多少？都是两眼摸黑。只想包到这个工程，只要工程到手，这个老板就当定了，他就可以不费任何力气从中得利，这就是他作为外行人做外行事，所以，采取低价揽包。当时，市场承包工程造价为160—180元，他比别人少了10—20元/平方米，用这个价承包，老表局长为他揽工程好说话，其他局领导也无话可说：人家刘干的承包价比别人就是低，难道不给低价的承包，还要包给高价的去做，其实这是一种不负责任的做法。于是，刘干顺利得手承包，工程揽到手后，不懂行的刘干，请了一个懂行的工程技术员，与他签了合同。这个技术员没有见到大合同，大合同刘干是不会让他看的，给他看了就会漏底。因此，技术员只能按市场价与他签小合同，小合同是小包头签的，5个小合同签完之后，合计的总造价就是148元/平方米，签合同的时候是4月份，到7月份，钢材、水泥全都涨价，包括汽油、煤炭也涨价，汽油、煤炭涨价就意味着砖要提价。显然，小合同必须按照市场上浮的价格结账，其实，这个涨价因素，内行都懂得。刘干哪里知道这些，他只知道40万元没了，赔进了老本。什么是老本？凡是承包单位的工程，第一层都是乙方（承包方）垫资，等到第二层倒了板，才能按进度拨第一层的款，工程竣工后，还要扣5%的质量保证金，这些花出的费用，刘干得不到。

能量说："问题在于你老表刘干不懂，不会做基建预算，所以，也不会签合同。现在，王局长你想要我来做这个收尾工作。我本来早就下决心不再做单位上的工程。但是，今天我大哥打电话要我来帮帮你，既然我来了，有些话我必须说在前头，一、重新签合同，造价按市价，材料上涨因素随市上浮。二、现在的施工队全部结账走人，由我的施工队来接手。这一点请你们理解，再好的包头也不可能指挥别人的施工队，实践证明也指挥不动。三、工期按原合同推迟两个月，因为，我接手之后对前面的工程质量，必须要认真地清理测试，通过技术鉴定，才能再加层，这是向工程负责，也是向我自己负责，这几点请王局长考虑。""可以，可以，小曹，你真是行家里手，当初，就没有碰上你这个行家，弄得我吃那么大的亏。"

"王局长，你也不要自责了，要说教训，我看就是你太性急了，好事做不好，也会坏事，好心人办坏事多的是。让我们一齐来吸取这个教训，把这件坏事变好事，如何？"

"说得好，说得好！能量，你不但是个建筑行家，也是个政治工作里手。"

两天之后，经局领导研究决定，通知能量重新签了合同，能量听了他大哥的话，帮助王群益同志把这个烂尾工程处理了。使坏事变成了好事，全局人都感谢能量。能量呢？完全是为了王局长，自己没有从中得到任何好处，王局长按照自己的计划，化险为夷地出了政绩，得到县里的表扬，并推广了他的经验，让各委、局、办向工矿局学习，改变单位的面貌。

梦想成真

用辩证喂物主义观点看待世界上的事情，既然有心想事成，那就有心想事不成存在。实践证明的确存在，算时间，能量走出西河进县城已经八个年头了，八年打游击，打一枪换一个地方。当初，他是乡村小木匠，连换洗衣服也没有的穷光蛋。现在，他在城里找了对象结了婚，生有两个儿子，还有宽宽敞敞的小洋楼。最有代表性的，还是注册资金 800 万元的昌兴房地产置业开发有限责任公司。虽然，800 万元的注册资金是以房产和其他物质作抵押的空头数。但是，注册后的公司存在，有了公司这块牌子，曹能量就可以扬长避短地干上一番房产开发事业。牌子就是基础，有了这个基础，他可以在兴县县城，乃至福城市内的任何一个地方搞房产开发。本来，早两年就可以大显身手，干他的开发事业了。由于自己仗义，帮单位垫资建房，结果，房子起好了，也交付使用了，拿不到钱，结不了账。把老本全赔进去了。导致曹能量又回到八年前的境地。当然，比那时好就好在有了注册公司。另外，在城里站稳了脚跟。现在，可以利用公司这块牌子，重打锣鼓另开张，而今迈步从头越啰。

这些年，创业的艰辛，让曹能量从中得到了启示，珍惜这块牌子，珍惜这块领地，坚守这个阵地，相信，胜利的曙光就在眼前。

总结这几年自己所走过的路程，有成功的经验，也有失败的教训。其中，使曹能量最满意的还是悟出了生意理念。那么，曹能量的生意理念是什么？“诚实守信，艰苦创业。”这是他付出了艰辛而总结出来的，准确地说，应该是他从众多的经验教训中得到的人生精华。曹能量之所以能得到业主的认同和客户的赞同，就是秉持真诚做人、踏实做事、诚心帮人、乐于助人的信念。在这个世上所有活着的人，都不是孤立的。互相依赖，你为人人，人人为你。如果，你只想索取，不想付出，其结果，必然是一事无成，一无所获。人，到了无人求，别人不需要你，而你又得不到别人帮助的时候，也就是你人生的尽头。然而，你即使活着，也是白活。因为，你已经失去活着的意义。有人问能量，你认为到底什么算成功，能量深有感触地说：成功就是受人尊重，被人需要。虽然，曹能量目前还不能说事业有成，但是，他已经悟出了人生成功之道，这就意味着成功，成功在即。

昨天，偶然在兴城街上碰到刘鹏，他认识刘鹏的时间不长，刘鹏原先是县经委的一位正科级干部，现在，被香港老板任聘在一家冶炼厂当副厂长，厂长是香港老板的堂兄。首先，刘鹏问曹能量：“好久不见你了，在哪里发财？是不是到外地发展去了。”

能量笑嘻嘻地回答刘鹏：“我哪里也没有去，天天待在家里，你还不知道吗？我去年做环保局的工程，有几十万元的工程款没结到。现在，已经到了山穷水尽、揭不开锅的时候了，还谈什么发展，你老兄还有心思给我开玩笑。”

“对不起，对不起，你有这么一桩麻烦事，我确实不知道。因为，我也一直待在冶炼厂那个山沟里，很少出来，成天围着冶炼厂转，人都转晕了，外面的事我一概不知道，也不想多打听。环保局的情况，我真的不知道。不过，如果真是像你所说的，我倒是可以帮你找个老板。”“那好，我求之不得，快说来听听。”

“有这么回事，前两年一位香港老板在开发区买了一块地，大约十余亩，由于找不到合作伙伴，至今，还搁在那里长草。县里国土局几次催他动工，再不动工要收回，他正急得像热锅上的蚂蚁。如果你愿意做，我可以引荐你们见面谈。刚好这几天他过来参加县政协会议。”他继续介绍说，“这个香港老板从我接触这几年来看，人品很不错，而且，有实力，又真心想为家乡做点实事，回报父老乡亲，我看你正好是他意中的合伙人。”

曹能量听刘鹏说有这等好事，当时人全蒙了，一下没反应，接着他说：

“可以，可以，有这种好事，我为什么不干，你老兄为什么不早说，现在才说呢？”

“早说，不是见不着你嘛，现在说并不迟，他住在兴城宾馆，要不，下午我就约他与你见面，好吗？”

“我求之不得，那么，我就等候你的通知啦！不过，老兄，关于我的情况，你可以先与他通个气，现在，我有了正式开发公司的牌子，可以名正言顺搞房地产开发了。”

“我知道，这不用你提醒，我肯定要将你的情况向他推荐。我还可以给你透露一点内部情况，资金问题，你不要太操心，他如果同意与你合作，可以不要你一分钱，完全由他独资，老板说，他在内地搞事业，什么都不缺，就是缺诚心诚意做事的合作伙伴，尤其搞基建这一块，确实需要你这样的人才。”

“一言为定，明天见。”能量告别刘鹏之后，直奔香港老板圈的地，看个虚实。其实，能量早就听说，香港老板利用政府的优惠政策圈的这块黄金宝地。他只是见而远之，不敢问津。今天，来到现地一看，果然不错，地理位置，在兴城县“三龙戏珠”标志的旁边，大约有15亩，除这个角之外，其他三个角都已建成高楼大厦，形成了一个大转盘包围了“三龙戏珠”雕塑，这确实是兴城县的一块脸面地，也只有香港老板才能得到。换着别人，成倍的价也不能得手。用地要求建12层以上的大厦，是目前全县城设计最高的大厦，要求高层建筑用地这是一个方面，还有一个主要方面，就是这个香港老板不像别人，他在兴城已经投资办了几个企业。而且，都是实打实的用港币投资兴办的，证明他确实是真投资，而不是投机取巧地利用内地的优惠政策，用内资赚钱，而且他是真正地为家乡经济建设出力做贡献。所以，政府看中了他，他看中了这块地，这就是以最优惠价划拨给他的最重要原因。

能量对这块地仰幕很久了，要不是刘鹏今天说起这事，谁也不知道香港老板迟迟未动工的原因。看完地，他高兴得无法形容，回到家中，说给木兰听：“今天，我们要炒几个菜，好好地庆贺庆贺，这是喜事啊？喜从天降啊！我曹能量要走运啦！”

木兰看他那高兴的样子，嘴里不停地说喜啊喜的。不知道有什么喜，喜从何而来？于是问：“你今天怎么会这么高兴，说来听听。”“今天还说不清，等到明天与香港老板见面谈成了，我再慢慢告诉你，但是，我有预感，这件事肯定会谈得成，这个发财的机会肯定会落到我头上。”

“生意还没做成，就高兴成这副傻样。”

“会成功的，你放心，你要相信我的第六感官是灵的。”能量第六感官灵，因为他早就对这个香港老板进行过考察。香港老板姓李，名叫昌兴，李昌兴其实祖籍就是本县柏镇乡人，过苦日子的时候，兄弟三个都随父母到香港继承祖业，他是生在本乡，长在香港的，地道香港人，他们的祖业就是金银冶炼。所以，三兄弟都是搞冶炼的专家，而且，在港内小有名气。改革开放后，特别香港回归以来，他们兄弟三想报效祖国和家乡父老乡亲的愿望终于实现了，投资上亿元，在本县搞了几个项目，有的项目已经产生了效益，有些项目合伙人没选准。不但没有产生效益，连本都亏进去了。因此，对这块地的开发，迟迟不敢贸然动工。这块地的开发，不仅是县里的形象工程，也是他自己的标志工程，像这样的工程必须交给有责任心的人，和有施资力量的人做才能放心。因此，有好几个工程老板前来应聘，都不理想，被淘汰走人。这一拖两年过去了。当初，直接推荐曹能量，肯定不会是现在的局面，好地盘却长了几年草，没有生财。

不过，今天刘鹏确实想帮李老板，反正，自己做无望，还不如介绍给曹老板做，曹老板做李老板肯定满意，当然，他也会向李老板力荐曹老板，在这个县城所有的包工头当中，数曹老板过得硬，实力最强。见了面，准能成，这也是曹能量自信的主要原因，高兴就是来源于自信，这个工程天赐良机，非他莫属。

他把心底的话说给木兰之后，唱起了他以前在乡下最喜欢的曲子：“天不刮风，天不下雨，天上有太阳……”曲子就是他此时的心境，也是他快乐的向往，他总是希望自己的日子像天上的太阳，红红火火。他十分珍惜幸福快乐的日子，因为，他过苦日子过怕了。那一天，他一直沉醉在快乐之中，晚饭时，就自斟自饮地多喝了几杯，由于兴奋加上酒兴发作，晚上，翻来覆去的老是睡不着。

木兰就说他：“你呀！就那点出息，有事没事你都睡不着，前段时间没找到事做，你到处找事做，找工程包，吃不香，睡不着。今天，你认为有工程包了，还是睡不着。”

“那你猜猜看，今天，我为什么不想睡。”“自然是高兴不想睡。”

“答对了。奖励你100分。”能量侧过身子，在木兰左脸上印下一个吻，右脸上一个吻，木兰不好意思地说自己的男人：“这就是100分，啊！1是我，

0是两个吻！”

“亏你想得出。”

从去年冬以来，由于环保局的工程结账不顺利，主要是结了账，没有款付，心情一直不愉快，小两口很长时间没有像模像样的亲热过了。今天晚上，看这架势，木兰准备过新婚之夜甜蜜的爱情生活了。女人对自己的男人十分了解，只要他心情好的时候，他会像猛虎下山一样勇猛强大，翻江倒海似的让你透不过气的满足，让你享受女人真正的幸福。此时，她太心满意足了，太幸福了，她多么希望他天天心情好，天天这样折腾自己，该多好啊！她想，她是这个世界上最最幸福的女人了。常听人说，夫妻生活和谐，恐怕这条街上难找几对像他们夫妻那么和谐的。他们结婚十多年了，无论家里发生什么不顺心的事，像今年过年连猪肉都买不起，小孩子又没有制新衣服和买鞭炮。那么困难，也不见他们红过脸，吵过嘴，更不用说打架，要娘家人来劝架了。总是和和气气过日子，相敬如宾地生活着，夫妻之间真是有苦同当，有福同享。他们夫妻恩爱，家庭和谐，赢得了街坊邻居的敬佩。有的人家夫妻吵架了，以他们夫妻为例，男的说女的“你怎么不向木兰学习，别人对老公多好”；女的反过来说男的，“你怎么不向能量学习，别人对老婆有多好”。算了，算了，我们都向他们学习，不吵了，不吵了，男女双方哈哈一笑收场。这是真的，以他们为榜样，劝合了好多吵嘴闹架夫妻。

常言道，夫妻和气生财，实践证明，千真万确，能量为什么事业有成，与他们夫唱妇随是分不开的。

合伙做生意，是同样的道理。

两人相安入睡到第二天早上8点还未起床，床头上的手机响了。打开手机一看，正是刘鹏的手机号码，“喂，刘总你好，有什么好事？”

“正是好事，香港老板同意与你见面，地点就定在他住的宾馆301房间。今天，上午政协代表大会安排讨论，他说请假，不参加讨论了。所以，要你马上来兴城宾馆，面谈。”

能量说：“好，好啊，我马上去，30分钟赶到。”

刘总说：“就这样，见面再说。”

待能量赶到之前，刘鹏和香港老板早就在客房等候他的到来，刘鹏见能量进了会客厅，就立即起身，向李昌兴老板介绍说：这就是我给你说的曹能量经理。又转向曹老板介绍说，这就是李昌兴先生，双方都站立在客厅的中央，握手道谢后，各自在皮沙发上落座。见面之前刘鹏已简略地向能量介绍过李老板家庭情况以及个人的情况。但是，初次见面，与想象中的香港老板大不一样，曹能量想象中的李老板，高大，肥胖，秃头，配一副墨镜，墨镜底下，那双眼睛炯炯有神，看上去就是一位很精明的大款模样。眼前这位李老板，李先生，操一口半生不熟的广东普通话，个儿既不高大，也不肥胖，穿着也是一般化，很普通的西服外套，没有系领带，红羊毛衫，还不如刘鹏的派头。因为，刘鹏个子比他高，特别腆着个啤酒肚皮，穿一套高档西服配了一条十分考究的花领带，两个坐到一条长沙发上，不认得的人，凭直觉，肯定会把刘总当香港老板，而把香港老板当普普通通的农民看，连个国家公职人员都不如。可是，眼前这位正是曹能量很想见面的香港大老板。

能量先说："李老板，听刘总说，你在兴城已经有了几家亲手办的企业。冶炼厂、金银行栈、养猪场、'的士'车队，还想办宾馆，你是当之无愧的大老板。"

李老板听能量喊他老板，很不好意思地说："在内地算个老板，也只能是小老板。因为，比起你们好一点。在香港，我们这点资产，只能算个小小的生意人，根本算不上老板，更不要提大老板啰。实话告诉你，我兄弟三个都是在20世纪50年代初随父母去香港继承祖业，我祖父在中华人民共和国成立前兵荒马乱时期就跑到香港做金银生意，开初，是以冶炼金银为主。后来，慢慢经营酒家直到现在，在深圳、广州各经营了一家金银行，可动用资金约5000万元，5000万元可用资金大哥和二哥占大头，我个人仅几百万元，但是，我们兄弟三个的资金有分有合，完全可以统一调度，如果动用大笔资金的话，必须要通过董事会，董事会其实就是家庭会，因为我们三兄弟加上大侄儿，有个注册资金上1亿元的金银精制品有限责任公司。董事长是大哥，李昌国；副董事长，二哥李昌龙和我，侄儿李建湘为董事。我们的老家是本县柏镇乡的一个偏僻农村，前两年香港回归之后，把旧房子翻盖了，在祭祖的同时，看到家乡那么穷，老百姓那么苦，自己一些亲戚又希望我们帮助。当即，三兄弟一起跑到县政府，谈了自己的想法，计划拿出3000万元到家乡投资兴业，全权代表就是我。当时，县里领导好是高兴，就像是天上掉了馅饼似的，又是向上级汇报，又是电视广播。并把给我安排一个政协常委的位置。"

在这之前，有好几个香港老板都说：要为家乡经济发展做贡献，投资搞项目。其中，某香港投资公司的代理人，吃住在兴城宾馆，考察了几个月，说要搞项目，计划投资几千万元，开发便江，搞便江水上乐园。同时，开发电站库区一日游。也就是现已开发出来的，一线天，千年古樟、黑坦、黄坦等搞成个便江奇观。其结果，把个兴城宾馆吃倒了，被赶到华侨宾馆，吃住又是几万元账单，宾馆经理找到县政府领导，一个也不签字报账。后来又被华侨宾馆赶走了。反过来，他是猪八戒爬城墙倒打一耙，说你兴城领导不力，投资环境差，不适合投资兴业。他带着一班子人在兴城一住就是几个月，考察来考察去，一分钱也不打过来，食宿费自然负担不起，算什么投资者？号称要大干一番事业，要搞便江奇观。再后来，那一届县领导班子都走光了，那些欠单现在还放在那里。县领导要公安局立案查找那些所谓的香港投资老板。立案的名称叫什么好？就叫便江奇观投资一案，老百姓嫌这个名称太长难记，就喊作“便江奇案”。这个名称一喊出去，大家都说这个“案名”取得好，的确是一个无头无尾的奇案。哪里是什么便江奇观，经查实。当时，签协议的公司是假的，是个皮包公司。香港方根本没有这个注册公司。陈勇奇，一不是香港人，二不是深圳人，是一个60岁的退休人员，没事干。被深圳一家公司聘用做业务员，推销该公司电子设备。

那次，福城在深圳的招商引资会，陈勇奇参加了，他当场出了这个馊主意，与兴城的招商领导签订了开发便江的协议。就有了后来的考察，县领导把他当财神爷供着、哄着，他也就吃而无怨，信而有我。据调查说：这一伙人中，还有他的情妇，这不是天大的笑话，这不是个奇案是什么？办案人员找到了当事人，汇报县领导，捕不捕人。县领导认为，算了吧。捕又怎样？不捕又怎样？他一个退休干部，光人一条，杀血没几滴。抓人好抓，放就不好放了。要说违约，你甲方也有一定的责任，反过来他说：你们不配合，不把红线图拿出来，使得他们无法进行终结考察，只好走人。考察项目，目的是为了投资，一旦该项目上马，你们宾馆这点食宿费，算得了什么？用赚回的零头数就可以搞定，你们喊叫什么？这哪是外来人投资兴业的环境，没见过，打死我也不会再去你兴城投资。值得幸庆的是我没有把钱打过去，否则，就全陷进去了。

新来的县委书记，叫焦永利，办案人员汇报时，听着听着他笑起来了。在座的不知道他为何而笑，大家默不做声听他笑，又不敢问。他停下笑对大家说：“这个陈勇奇，是个十足的骗子，倒是，他的骗术、想法、思路还是对的。所以，我听了你们汇报，觉得可笑，笑他有胆识，但是没胆量，也不可能干成事。我们的城市建设，就依据便江天然资源开发便江，提升城市品位。陈勇奇虽然骗了我们，而且，骗得很苦。但是，陈勇奇确实为我县改造

提供了很好的思路。他的便江奇观，虽然构思还没有成形，现在可以给他描绘一幅便江奇观的画面：‘便江上、下两座坝，上游千年古樟，一线天；中游福地，观音岩；下游水上乐园黄、黑坦；人民公园加北大桥乐园。’这是一处亮丽的湘南旅游胜地，我们的城市建设就按照这个框架来设计。就这个意义上说：我们要感谢他。因为，他确实为我县城市建设提供了很好的设想。虽然，他没有实现，我们一定要实现这个规划图。从现在起，兴城建设，就要按照这个思路规划和构建。”

李昌兴就是在兴城建设大手笔当中，添了亮丽的一笔。他在城南入口处，建一栋三星级的大宾馆——永昌兴宾馆，和金银交易中心，是这座城市第一流的。

现在还是要回到昌兴老板会见曹能量的话题中来。李老板说，他在家乡投资兴业一不图名，二不图利，就是想做点实实在在的事放在这里，让人知道，他们兄弟三人对家乡养育之恩的回报。通俗点说，他不需要报道、表扬什么的，给个政协委员给他当，只是通过这个位子作窗口好了解家乡，了解全县社会经济发展情况。另外，就是方便找各部门办事，希望能得到全县人民的支持。除了开会，别的活动他概不参加，他做他的事。因此，他很乐意有事业心和有责任心的人一起合作共事。

能量坐了一上午，很少插话，静静地听着李昌兴大老板的自我介绍，说的全是他在兴城，在自己家乡投资的动机和根本想法。让能量无不敬佩，敬佩这李家三兄弟，他们才是真正的男子汉，才真正称得上中华民族的炎黄子孙，有他们兄弟这样一片赤子之心为家乡经济建设和城市建设做贡献。自己能参人到其中做点事，这是求之不得的好事，能量表态说：“李老板，我现在才三十多岁，正是做事出力的时候，我也想为家乡建设助一臂之力。可是，我没有你那么雄厚的实力，没有你那种干事业的气魄，但是，我有一颗赤诚心，我有用不完的力气。而且，我还拉扯了一支建筑队伍，至于责任心，那我自己就不好说了，这要刘总说。我在这个城市的建筑物全部都是在街口和十字路口繁华地段，目前为止，建大楼 17 栋之多，占这个县城新建房 20% 有多。质量上没有出过一点差错，更没有出过安全事故。工期都是在合同之内提前交付使用，这是有目共睹的，你可以随便走访一下，就会了解我在建筑行业的知名度。在你李老板面前不敢说大话。但是，我可以说句硬话，你那块地交给我做，我绝对帮你做好，造价不比别人高，质量不比别人差，工期不比别人长。包你满意。再说具体一点，你是甲方，我是乙方，甲方权利和义务，一、提供土地，包括用地手续，你是按优惠政策征来的，我在你优惠价之上加 10 万元一亩，你以这个数字入股分红；二、你再借 100 万元给我起步，100 万元的借利是 1%，借期一年；三、你方派一个人坐镇，如果，能派一名会计更好；四、名称：永昌兴大厦，工程 18 个月（一年半）。其余的都是我乙方的事，我全权负责。因为，这是我的本行，我只要有工程做，就如鱼得水，就活起来了，我会运作得比你想象的还要好得多。不说大话，又说起大话了，在别人认为我这些话是大话，但我自己认为却是行话。做我们这行的，全不说几句自信的话，也不是好汉。你看，我说的行不行，这样做，你放心不，你认为有不妥的地方，在具体签合同的时候可以再议。"

"好，好，实在太好了，我能有你这样的合作伙伴，真是祖坟冒烟显灵了，感谢上帝赐给我一个好伙伴，这样，还有两天会，散会之后，我要回港去与我两个哥哥汇报商量之后，才给你回话，再签合同，说不定，我两个哥哥都会过来见你这个小老弟，拜见你这个小弟大能人。"

"不敢，不敢，你两个哥哥要来家乡实地考察，小弟随时恭候，好吧！这边我也会与开发区交涉，与相关部门衔接。"

刘鹏接着说："你们可以互相交换电话号码，直接联系，我的任务就完成了。"

能量说："中午，我请客，吃个午餐。"

李老板说："不必了，我在开会，会议餐很不错，我们都实在一点，不要去花那些不必要的钱。今后，大家都要随便一点，这样交往才过得硬。"

"好，好，有李老板这个态度，我就太感谢了。说实话，我是最不喜欢那种灯红酒绿的场面了。那我就告辞了。"

"好吧，再见。"

刘总说："我送你。"

"不要了，还是用我的'专车'方便。"他是什么专车，是摩托车代步，来到这个城市里这么多年了，一直是单车，现在换了摩托车，他自己认为很不错了，别的包头早就是高级轿车了，他还是老一套，摩托车代步。

签约香港

一时间，五花八门的开发区，像雨后春笋一样遍布全国各地，有高新技术开发区、侨乡经济开发区、到业园区、经济特区、实验区等。设这区、那区，其目的就是为了招商引资，发展当地经济。兴县侨乡开发区顺势而上，那年，县里为了盘活侨乡经济开发区，出台了一系列的优惠政策，其中，引进外资（包括香港资金）开发用地可以优惠50%，刘鹏最然得知这个信息，并及时将好消息传给李昌兴老板，李老板当即在侨乡经济开发区搞定十多亩黄金宝地，他十分感谢刘鹏，从此，特别器重刘鹏副厂长（他冶炼厂的副厂长），凡是与县里各部门打交道的事，都请他出面协调。

再说，虽回这块地是刘鹏策划弄今手的，至今两年了，迟迟没有动工，按规定三年后自动上缴，李老板为此事急得团团转，多次给刘鹏打招呼，物色合作伙伴，一直不见回音。有一天，李老板再次召见刘鹏，并开门见山地说："我要你找的合作伙伴，为什么至今杳无音讯，是不是有难处，如果，真是这样，说出来我们可以共同攻克难关。"在李老板严词下，他不得不将自己的隐情告诉李老板，原来他想做这件事，自己却不好开口说，也不帮他找别人，得知刘鹏的想法后，当即，李老板做了认真的说服工作，"一句话，你不是搞建筑行业的，隔行如隔山，假如，到时候你做不好，我们都成了历史的罪人，这不是我有害于你嘛？”刘鹏听后，当面承认自己在这件事上存有私心，误了李老板的大事，并表示尽一切努力，找到合作伙伴，将功补过。这不，昨天才介绍曹能量与李老板见面，即使这样，他还是一如继往地信任刘鹏，尤其与曹老板见面之后，对这个合作伙伴相当满意，他认为他就是他的意中人。港商办事实在，不吹牛，不要嘴皮，不张扬，只需少说多做。这是刘鹏通过这件事的前前后后，得出的结论。也是他日后给李老板办事的态度。

今天，李昌兴早早地给在香港的大哥打电话，报告好消息，兴城这块地有望启动了。

大哥问：“此话怎讲，是不是找到合作人了。”

三弟说：“正是，刘鹏找到一位有建筑实力的合伙人。”

“原来如此，好啊！能不能请他进港，一方面与我们大伙见见面，另一方面也可以在港洽谈合作协议。”

“好吧！大哥的建议，我必须与他本人商量后，再定。”

“行，商量的结果，尽快通知我们，以便这边做接待准备。”

8点了，马上要参加县政协召开的大会，李老板还没有吃早餐，放下电话，又拨通刘鹏的手机。“刘鹏你赶快来宾馆，我有急事请你办。”5分钟后刘鹏赶到，问什么急事？这时，李老板一手拿个包子，一手拿瓶牛奶，嘴里吃着包子，含糊不清地说：“你必须在12点之前，请曹老板来，我有事与他商量，事关进港的事，务必请他来面商，记住12点之前。现在，我开大会去了。拜托你了。”

刘鹏说：“你放心开会吧，我保证完成任务。”

李老板就是这样的工作作风，他说，香港人都这样。

李老板走后，刘鹏马上拨打曹能量的电话，无人接听，他立即驱车到曹能量家，门上四两铁，问邻居才知道，曹能量带着全家人到西河老家过元宵节去了，刘鹏在想，曹能量老家大方向我知道，具体住在哪个村，他不太清楚，现在快9点了，如果自己单独开车去找，12点之前赶不回，误了时间，即使找到了人，李老板还是不会满意。不行，他要找个人带路，又驱车赶到曹能量二哥曹能坚家里，说明来意，请他上车带路到他老家去接能量一家回来，李老板有急事与他商谈。二哥能坚二话没说，随车老家。整个行程不过25公里路，三菱越野车正常行驶只需要十多分钟就可以到达。可是，今天刘鹏走了40分钟才到，为什么？因为，省道1833线永鲁段正

在施工，扩宽修成高等级公路，其中，还有几公里机耕道。刘鹏见到能量的父母亲就说拜年，拜年，今天，是正月十五拜个晚年，祝二老身体健康，晚年幸福，合家欢乐。

能量心急火燎地问刘鹏：“什么风把你吹来了。”

“是南风把我吹到你家跟二老拜年。”

“你不要给我贫嘴了，快说吧！”

刘鹏收起笑脸严肃认真地说：“李老板，请你去香港。”

“什么时候。”

“今天下午，不然，我会赶到这儿来接你？”

“怎么办？我不能与父母亲过元宵节了？”

“肯定不行了，只好抱歉。”

能量给父母亲道别一声，带着全家人上了刘鹏的车回城，二哥也同车。一路上刘鹏一边开车，一边说能量，“这是什么公路呀？特别过了西河桥这儿里路，根本无法走，你这个大老板，也不出点钱修修。”

“哎呀！刘总，你又不是不知道，我哪有钱。”

“不过，再过两年，把昌兴大厦建成了，赚了钱，我会把这段路修好，届时，请你来剪彩。”

刘鹏还是说，“还有一个办法，就是把你父母亲接到城里来住，与你们兄弟一起过。”

“这个事我早就想到了，而且，多次做工作，二老总是说，故土难遗啊！这事以后再说吧。”

能量问刘总：“李老板那么急着找我，我想，不会是单纯邀我去香港旅游吧！”

刘鹏说：“具体不清楚，因为，今天早上我也是急急忙忙地被他叫去，他说有急事与你商量。然后，他参加大会去了。”刘看了一下手表，哎呀！快到 12 点了，他要求 12 点之前与你见面，我得加快车速。不然又会招李老板批评。唉！能量，你发现了嘛，李老板与你接触时间不长，对你特别有好感，他总是在我面前说你怎么怎么好，经常表扬你的同时来批评我。”

“刘总，你不必这么说，我在他心目中压根谈不上好印象，更说不上好感。因为，我们总共才接触两次，最长的一次两个多小时，说话又不多。”

刘鹏打断能量的话说：“对了。就是因为这一点，使他特别感兴趣，他说你话不多，但是，都是实话实说，很实在，办事认真，不吹牛，不好大喜功，特别不喜欢与当官的掺和，这些都是他喜欢的。我分析，这次请你去香港，是他两个哥哥想见你。我给他打了两年多的工，还没有享受这样的殊荣。唉！小老弟，不是我嫉妒你，而是怨恨爸妈给了我一个笨脑袋。”

到兴城宾馆301房间，李老板十分高兴地与能量握手，便说：“怎么才到？”

刘鹏说路况不好，耽搁时间了。

能量接着说：“好在天晴，不然，还不知道什么时间能到，虽然路途不远，实在是举步维艰。”

“好了，我们开始商量进港的事。今早上我大哥来电话说，请你夫妇去香港做客。时间，就是下午与我同行。”刘鹏很敏感地看了一眼能量，刘鹏的眼神示意他猜对了。李老板一定是请他们夫妇去香港旅游。能量坐在沙发上停了半分钟没有回话，然后，他笑着对李老板说：“我代表我爱人十分感谢您大哥。我想多问一句，你们兄弟邀我进港不单纯是去旅游吧，如果，单纯请我夫妇去旅游，那就谢谢你们的好意。这次，我们就不去了，以后有的是机会。”

刘总听能量这么说，很着急地插话说：“能量，不管李老板兄弟以什么理由请你去香港，你都不能无理拒绝，因为，这样太失礼了。”

能量又补充说：“不是，我不是这个意思，我想，没有理由让李老板破费让我们去港旅游啊！”

李老板这时用手招呼刘鹏，不让他再说。他说：“请你们夫妇这个时候去香港，是大哥的意思，他说想见见你。因为，这块地马上就要进行实质性的操作了，他们又没有时间过来签协议，这么大的一项工程，我一个人当然不能做主。再说，公司要出资，出资又不是小数目，上千万元，我没有这个权力。所以，大哥请你去香港。叫老弟嫂同去，是我个人的意思。”

能量听明白了李老板兄弟邀请的意思，说：“要是这样，我马上回去准备，与你同行。”

刘鹏在送能量回家的路上说：“老弟嫂有福分，可以与你同去香港了。”能量立马招呼刘鹏，“到我家门口时，你把我放下来就可以回去过元宵节了。今天，辛苦你一天了，不好意思，等我从香港回来后再聚，今后，我们都是李老板的打工仔了，在一起时间多着呢，请您多多关照。”

“现在，还说不准谁关照谁？你曹老板不要忘了我刘某人就行了。”

“哪能，越说越离谱了，我们兄弟谁跟谁。我能成为李老板的打工仔，没有你的力荐，我哪有机会介入，既然是兄弟，就不要分彼此，好了，到家了，谢谢！”

到家里，他放下公文包，就收拾自己的行李。木兰在厨房做饭，她一边炒菜，一边问：“李老板请你见面有什么好事？”

“叫我与他去香港签合同，吃了中饭就出发。哎！你的饭做好了吗？”

“最早也要 2 点钟才能有饭吃。”

“那我吃不成了，李老板的车，我估计 2 点之前就会来接我，现在快一点了，我只好吃包方便面啰。”

当天晚上 10 点能量和李老板很顺利地进了港，一切都安排妥当。住在李嘉诚四十多层的大酒店，离九龙码头不远处。尽管坐了一天的车，能量早就想休息了，可是，香港美丽的夜景吸引了能量，加上他住在 28 楼，从高处往低处看，事物一清二楚。这是他有生以来第一次来香港，原来只是听说香港美，香港的夜景特别美，今夜才真正目睹香港真正的夜景。因为，它地盘小，高大建筑物都是靠海边彼岸，夜间各种灯光都在维多利亚海港湾水面上倒射，构成了天然的物美、水美、香港自然美。能量一直看到 12 点多，实在太困了。他知道，香港是个不夜城，你就是观看到第二天天亮，美景照样不退，不夜城还是不夜城。留着明天再看吧，反正，既然来到香港就一定会饱眼福的。

第二天，还是李老板陪能量观光香港和澳门，当然能量是站在行业的角度看香港的建筑物。同时，亲身体会香港人情风俗。凡是好看的风景区都看了，凡是好吃的海鲜都吃了，金银首饰店和赌博场所都目睹了。

第三天早上 8 点，老大昌国，老二昌龙，老三昌兴，老大的崽李强驾车到了能量住的宾馆，由昌兴介绍认识——握手之后，就在卧室谈事。李嘉诚这个宾馆是比较老式的，但也是比较豪华的，房间大约 15 平方米，内设卫生间，一个床位，放了一对皮革沙发，中间夹着一个小茶几。那天，一下增加四个人，加上能量五个人。沙发上，坐着能量，他是客人，然后大哥年龄大，又是老总坐沙发。剩下的老二、老三、小侄都脱鞋坐在床上。就是在这个小小的卧室加会客厅，他们谈好了一桩几千万元的建筑合同。

大哥首先说：“曹老板今年多大，我看你没有老三这个年龄。”

能量说：“我刚 40 岁。”

“我说你不会有老三大，老三今年 45 岁了，看上去比你老多了。你看不出是乡下人，倒像是喝牛奶长大的高干子弟。”

“我是一个十足的农家子弟，我家祖祖辈辈种田为生，我进城不到两年，也是靠干苦力为生。”

老大又换了个话题，问能量这两天在香港玩得开心吗，有些什么体会。

“开心，体会颇多呢！”

“哦，说来听听”，老大很有兴趣地请能量谈体会。

老三昌兴顺便说：“到了鲤鱼门吃海鲜，到了会展中心留了影，到了海洋公园看了海豚表演，到了佛教庙宇烧了香，抽了签，问了信。抽了一个上上签，解签的说：‘有福之人福中福，无福之人两头空。’说曹老板是有福之人，而且会享福。不是那种无福之人，一无所有，生前身后都是两手空空。”

老大昌国又接着说：“我看能量就是一尊佛，加上又是生在福地。”

这时，能量才开始谈两天来的体会：“三位兄长，还有小侄，我没有读多少书，不会归纳，不会作诗写词，只能随便说说自己两天来的体会。我觉得香港发展这么快，而今的香港，从根上来说，全是依赖于它的制度，这个制度是什么呢？就是实实在在的市场经济。为什么这么说呢？市场经济是不受任何干预和任何行政手段调控的。市场就是自我调节、自由交易、自我完善的一种制度。所以说香港是世界自由贸易市场。特别是香港回归祖国之后，中央政府实施的港人治港方针是十分正确的，这样一来就沿袭了香港未来发展的美好前景，我们坚信香港的未来，会更加美好。但是，香港未来经济发展受地域的局限，会有一定的影响，它必须依赖国内市场，促进自己的经济发展。这些年来，香港人有游子回到母亲怀抱的感觉。你们兄弟就是其中的游子。这一来，想为家乡的经济建设做贡献，又从中得到了回报，我也十分乐意为你们游子之心奉献自己微薄之力。请你们相信我，我不会让你们投资兴业失望，而一定会使你们事业有成，回报其中。”

“另外，就是觉得香港人的生活快节奏，让人有喘不过气，跟不上趟的味道，特别我们这些生长在内地的人。从表面上看，你们是为了赚钱，不尽人情，不要命地奔忙。但是，从实质上看，这是你们的生活习惯，习惯来源于制度。不上班没有固定工资，上班不出力拿不到奖金，拿不到奖金是小事，还会被老板炒鱿鱼，钱是用自己双手赚来的，花出去的都是自己的血汗钱。要是内地人个个都能练到这个水平就好了。”

“还有，香港敬业精神可嘉，他们无论干什么工作都是尽心尽力而十分敬业的，就说街道清洁工，连花池档墙上面的瓷板都是擦得干干净净，人坐

上去裤子不会沾半点灰尘。”

“还有市民素质高，自觉地遵纪守法，这些都是内地目前不能比的。仅仅两天时间，只说点主要的感受。下次，带我爱人来，好好地以玩为主，到澳门去赌一赌，试试自己的运气。”

“好，好，下次你有雅兴带你爱人一起来，我要好好地陪陪你。”

“这次，确实忙不过来，没有时间陪你。”

能量接着老大的话说：“老总，你就不要说客气话了，你们是在香港，不比内地，用公家的时间，公家的钱陪客人玩耍，你们不可能放着钱不赚陪客人玩，那是划不来的，要是我，打死我也不会干的。”

“看来曹老板真是个爽快人，对人、对事看得那么准确，说话那么实在。我在内地走了那么多的地方，也接触过不少的人，像你这么实在的人不多，你与我们合作干事业，我们真是三生有幸。这次叫你来香港见面，就是有些想法要与你交换，刚才，听了你一席高论，我们深感佩服。别的我就不多说了，只是就合作协议谈点个人的意见，这里已经起草一份合同，你看一看，看完了之后双方就可以签约了，你回去后就可以启动，我要说的，也是合作协议提到的，再重复而已。”

“一是质量。质量是整过工程的核心，是关键的关键，百年大计质量第一，我相信曹老板会有同感。另外，就是工期，工期就是时间，时间就是效益，赢得了工期效益就在其中，所以，要抓紧施工，保证安全，尽快竣工见效。至于，投资的问题，根据需要，现在不说具体数字，原则上独资。整个工程还是由老三昌兴负责，一般的问题，老三可以当场表态拍板。大的问题，提到公司研究解决，我就先说这些。”

自来到这个宾馆，老二还没有说话，据说，老二是他们三兄弟当中最有心计，说话最管用的人。老二说：“大哥和老三都说了很好的意见，我就不说了，还是请曹老板谈合作协议吧！供我们一起商量。”

既然三位老板都发话，让我先说签约意见，我就直言了，说得对与不对，仅供参考。一、设计：总共 12 层（包括地下室），地下室为停车场，1—3 层为公益事业，初步设想，一楼贸易大厅，二楼金银交易市场，三楼娱乐场所，4—11 楼为住宅，总设计面积 4 万多平方米，总建筑面积 8000 多平方米，前面临街是宾馆，设计 180 个床位，以三星级的标准设计，这样一来，截至目前，在兴城就是四个之最。楼层最高、建筑面积最大、交易厅最宽、宾馆最高档。二、工期：18 个月，不包括宾馆装饰，也就是说，今年五一劳动节正式动工，到明年10月份交付使用，春节前购房户就可以搬进新房过年。至于宾馆装修到开业，估计再要一年时间，因为宾馆装饰我是门外汉，还要重新学习。三、质量：没有具体可言，只能说保质保量，为此，我会请最好的设计师，最好的技术员，采用最严格的技术监控措施。做到万无一失安全顺利地完成工程。四、分红：51%控股，49%为小股东，控股权在你方，我是以打工仔而入股，赚点工钱。五、宾馆管理方式：下一步再议，一方面我现在心里没底，另一方面，建不建宾馆只是我一方面的意见，没有行成共识。我就说这些。”

老二昌龙听了能量的具体意见之后，以一种十分敬佩的眼神看着曹能量，然后，他才慢条斯理地谈自己的意见。他说：“耳听为虚，眼见为实。曹老板这样一位有实力，而又有政治远见的人与我们合作，我们兄弟三个真幸运。不管今后合作如何，今天，我们就结盟为四兄弟，不知道你愿意不愿意。”

“我愿意，我是求之不得”，能量首先表态。

“好，等会合影为鉴，就这么说定了。”老大、老三都同意老二的提议。把曹能量结纳为兄弟老四。

“再说，合作协议，既然，我们是兄弟，昌兴大厦的落成就是我们兄弟的见证。所以，我们就不存在甲方乙方的问题。只是，我与老大这边有事业，不能参加昌兴大厦的经营管理。所以，必须要签个合作协议，以便兄弟之间明算账，也方便老三、老四好做事。为此，我说四点原则性的意见：一、我们是民营企业，原则上不与官方打交道，内地的官商勾结没有明的。但是，暗的还是不少，比如，暗股、干股，所谓的保驾护航股份。还有，不到银行贷款，不与其合作经营。如果，贷了款，就会受银行控制，银行一插手，企业发展就受限，反正，这点资金我们投得起，拿得出。二、要搞成兴城一流的工程，成为我们在兴城投资中的代表作，领头工程。搞了这个项目之后，原则上兴城不再上项目了。所以，我们要全力以赴，不能马虎，不得有闪失。三、建宾馆，而且是三星级宾馆，我建议起名为永昌兴宾馆，永——代表事业永久，昌——是我们兄弟总称，兴——表示我们在家乡兴业，兴旺发达，光宗耀祖。四、不存在大股东、小股东，整个企业30%的提成，前20年还本。以后，再提成分红。因为，我们是兄弟企业，但是，月月要向公司报表，公布账目，做到日清月结。企业法人代表是昌兴弟，具体实施是能量兄弟。”

大家都说完了，最后，大哥拍板，“今天，只说昌兴大厦签约的事，关

于办不办宾馆，怎样办宾馆的事，暂时不说。但是，设计时，必须有宾馆。其他，我都同意老二刚才说的意见。”老二、老三都表态同意，能量也表态同意，并在合同书上签了名。

所以，大哥最后权威性的意见很容易被大家接受。

就这样，能量当天下午带着自己的一份合同书，离港回家了。火车是夜间3点多到福城，接站的依然是刘鹏，刘鹏开车的技术很不错，自己会开车，办事的确很方便。

刘鹏问能量：“看你的表情，大功告成了。”

“大功告成，的确告成，我请你喝酒。”

“好哇！单喝酒还不行。”

“还要干什么？”

“还要桑拿、按摩一条龙。”

“你什么时候沾上了这个恶习，你不怕你爱人发现，后院起火吗？”

“这个你就不懂了嘛，现在，有一种说法：‘外面彩旗飘飘，家里红旗不倒。’这种事怎么能叫她知道，倒了红旗才是没本事的表现。”

“我不想与你说这些了。我问你现在冶炼厂给你多少工资？”“你问这个干吗？”

“没干吗？只是了解了解而以。”

“我在冶炼厂就没有拿工资，我的工资关系还在政府，只是为了工作方便，给一点电话费、油费，实报实销，我说我是打工的，你还不信。”

“这样吧，我这边照样，每月给你补助费如何？”

“唉呀！你曹老板说了半天见外了吧。补助不补助，说得多难听，等到我失业那天，你给口饭吃就行了。”

“那可不行，我是生意人，一分劳动，一分报酬，这是天经地义的事。何况你也不是什么大款，即使是大款也要按劳取酬。当今之世，没有免费的午餐。”

“好吧！好吧！既然你曹老板把话说到这个份上，我也只好遵命了！”

“明天下午，请你到我办公室来，我有事请你出面，找县里领导和国土资源局，办理土地使用手续和建设计划书。”半个小时就到了家，能量向刘鹏道：“谢谢你，辛苦你了。”

二十二　大充电

从香港回来后，不，准确地说，应该是去香港之前，曹能量近一段时间，一直在琢磨如何启动昌兴大厦，他把这件事看得比任何事都重要。因为，这是他十多年以来，所有工程之和。建筑面积 8000 余平方米，设计面积 4 万多平方米，加上地下室，一共 12 层，在这个县城里，截至目前，面积之宽，层数之高，规模之大，前所未有。这么一栋大厦，能不让曹能量担心嘛，最让他伤脑筋的，地质结构相当复杂。万丈高楼从地起，基脚尤为重要。于是，他请地质测绘人员仔细测量过。靠东头是石灰岩层，下脚时，必须打钻放炮，而打钻放炮对周边的建筑物必然会造成威胁，确实不好作业。靠西头，是沙滩，在沙滩上下基脚建十多层的楼房，其难度可想而知。中间又夹着一条高 1.5 米，宽 1 米的下水涵洞，昌兴大厦就是在这样的基础上建造。从这个意义上说：昌兴大厦的承建既是知识的承建，又要靠技术的支撑。

负责这一工程的总指挥不是别人，正是曹能量，而他是一个初中未毕业的乡巴佬，对曹能量来说。的确是一次挑战。这个时候的他，首先，意识到自己知识的不足，驾驭这样技术性很强的建筑物，感觉自己的知识太浅薄了。回想起当初如果不辍学，一直读到大学毕业，到如今，碰上这类事，就不会觉得知识的不足。知识这东西，平时感觉不到，大家都过得去的时候显得不重要。就说搞建筑业，曹能量一个初中未毕业的乡村小木匠，搞了十多年，建了几十栋大小楼房，不照样好好地过来了，与那些行家们比，无论工艺、造型，内外结构整合，以及施工质量都可以一比。而且，质量过得硬，在这个县城确实有好口碑。但是，那是独楼独单元的建设，与这栋要建的大楼比，只是小巫见大巫，无与伦比。凡是搞建筑的人都知道，基础牢，大楼固。虽然，他准备请高级工程师，对大楼建筑全方位的技术监控，把好技术关，有问题由技术员负总责。但是，话又说回来，作为大楼承建的总指挥，在一些关键性的问题上，自己一点都不懂，外行指挥内行，那是会被人笑话的。更不要说未雨绸缪，现场指挥纠正误差了！那些复杂技术部位，在图纸上看不出，实际上自己心里又没有底，等问题出现了，再纠正，一切都晚了，损失无法弥补。

这几天，职业毛病又犯了，吃不香，睡不着，就这样，也没有理出个头绪。对，找老朋友刘鹏，他点子多，兴许会有办法解心病。

“刘鹏吗？请你来一趟，给我治病。”

“治什么病？”

“心病，谁患了心病？”

刘鹏不到 10 分钟推门问能量，“谁有心病？”

“哦！来了就好，坐下慢慢说。”

“其实，也没有什么要紧事，只是想听你吹牛而已，我给你泡茶。”

“咦，你没搞错嘛？听你曹老板的口气，好像我刘某人只会吹牛，靠吹牛为生。”

“不，不，老刘！你想到哪里去了，我只是给你开开玩笑。”

刘鹏自己又说：“是的，听人家说，大城市有吹牛的钟点工，你听说过吗？”

“听说了，那不是吹牛的钟点工，而是‘陪聊’的钟点工。”

“什么陪聊，其实，就是吹牛。”

“你这么说也对，不管那些了。今天，我就请你当一回钟点工。”

“先说好，多少钱一小时。”

“你说呢？你说多少钱一小时我就付给你多少钱一小时”

“我要价，怕你付不起！”

“这要看你吹的牛值不值，只要我认为有价值，我可以给你一套房子，你信不信？”

“那就君子一言，驷马难追啰。说正经的，到底有什么事？”

“真的没事。就是想听听你对建大厦的高见。”

“我就知道你曹老弟绝对无事找我。说到建大楼的事，我倒是很想说说看法。但是仅供参考，咱们是老朋友，错了就当没说。”

能量笑着说：“你不要啰唆，再啰唆，我不计时了，你吹得天花乱坠也不值钱了。”

“好好好，我说还不行，曹老板这次香港行，把合同拿下来了，意味着你要与李氏兄弟合作共事。自然，李氏三兄弟能遇上你，也是他家祖坟冒烟，上辈子交好运得来的。”

“我认为，趁此机会，首先，提升房产开发公司档次，筹建自己的公司。这样，对现在或今后发展都有好处。因为，你做这件事，必须要与县级机关部门打交道，你自己的公司，自己当法人代表，征地，出售房子都好办。我在想，到底公司取个什么名称？我初步想到叫昌兴房地产开发置业有限公司。必须把李老板拉进来，利用他的名誉，利在其中。我相信李老板也会乐意。”

“还有一点建议，就是读书充电。为什么？我不是小看你，我作为你的老朋友，完完全全是为你好。特别是为你今后发展好，你看，现在你还不到40岁的人，就做出那么大的事业。今后，随着事业的发展，要求你驾驭事业的水平，自然会越来越高。如果，你现在看不到这一步，等到事业发展受到限制。或者说，受到损失，再来吃后悔药，一切都晚了。提高自己的知识水平，管理企业的能力，很有必要。这不是危言耸听的话，这是摆在你面前的事实。该下决心求学的时候了。社会的发展，事业的需要，你非走这步棋不可。我羡慕你聪明，我佩服你为人处世实在。但是，只能代表以前，不能代表将来。一旦企业垮了，事业没有了，有谁还看得起你曹老板。企业是靠能人支撑的，能人是靠知识支撑的，没有高科技的知识人才，企业的提升只是骗人的空话。所以，你从现在起，当务之急是提高自己的知识面。同时，也要培养一批懂企业管理的人才，这是急不我待，势在必行啊！”

曹能量十分认真地听刘鹏对他的献计献策。刘鹏这位知己在兴城这块地盘上不多，他们平时常在一起交流，逐步建立了兄弟般的情谊。但是，今天的刘鹏使他更加深层了解到，他是怀才不遇，他在这个小县城算得上有能力有水平的人。对朋友真诚就更没说的。说曹能量命好，八字好，也就体现在关键时刻总是有好心人帮他，助他。特别这次刘鹏引见香港老板，简直是他人生的转折。从此，他就脱离了贫穷，走上了辉煌之路。所以，他要不惜一切抓住这个机会，把这件事做好。

刘鹏与他想到一起了，他早已看到自己的发展前景，为了提高文化水平，增强知识，他准备放下眼前的事，安排好建大厦前期准备工作，去H大土木系读半年书。而且，已经找木兰的姑父，H大的教授联系了土木系，并安排插班的一切事宜。今天，把刘鹏喊来，是想告诉他读书去，大厦的一些相关手续和与各部门要联络的事，请他帮忙。没想到，刘鹏完全了解他的心思，说了那么多实实在在的话，说到他心里去了，起到了推波助澜的作用，让他下决心走这步棋。

他说："刘老兄，看来那套房子的钥匙你拿定了。"

刘鹏问："什么房子？"

"哎！今天你刚进门我就说了，只要你吹牛有价值，大楼建好后，我送你一套房子。反正，你要也得要，不要也得要，男子汉说话算数。"

"曹老板不要开玩笑了，说得不好，等于我放了个狗屁。"

"好了，好了，就这么定了，到时候你来拿钥匙就是了。"

"读书的事，我已安排好了，下星期到H大土木系插班半年。我想只有利用这个空隙，因为，设计图（晒图）没有出来。其他，打钻安桩、下基脚的事，我会根据需要，请你帮助。到时，你可不要推脱，你以为我那套房子白送，仅你一次吹牛就能得到。今后，少不了麻烦你。"

"好，好，还是那句现话，只要用得着，我是随叫随到。而且，尽一切所能。"

"天黑了，我请你吃大坝鱼，其实，兴城的大坝鱼，不是在便江水电站大坝上吃，在当地渔民的游船上吃。"

老刘推辞不去，说家里有客人，晚回，会挨骂。

"你少来这一套，你爱人小马我还不知道，温顺得像只小绵羊似的。她会骂人？我说你老兄不要怕，我不会拉你下水。因为，我是私款招待，我的钱，是血汗换来的，血汗钱也不是谁都可以吃的。老朋友就不要见外了，不吃白不吃，吃了你还得为我出力，做事呢。"

"好吧！我只好遵命。跑腿做事我不怕。难道还怕吃吗？不过，说好了，下次我请，你得去哦。不然，我们俩在吃的问题上就两清，我不会再吃你的。"

“好啰，好啰，不要说得那么难听，不请你做事，作为好友就不能请你吃餐饭吗？”

“那要看什么场合了。”

能量早几天就将工作安排好了，为了方便工作，他把侄儿曹亚洲安排在自己身边，他不在家期间，哪些事做在前头，怎么做？他都交代清清楚楚，明天就动身到H大土木系插班去。

第二天，坐在小车里，他自己觉得好笑。快40岁的人了，还去省城读书。读大学本来是孩子们的事，我一个农民，初中未毕业，读大学能读得下吗？这不是赶鸭子上架，难上难吗？唉！有什么办法。生活把自己逼到这个份上了，只好硬着头皮去撞吧！结果如何，以后见分晓吧！

在姑父家对付了一宿，由姑父带着到H大土木系报了名，交了学费，领了一大堆课本和学习资料。正好，上午系里有活动，先是系主任讲了前段的学习和校外活动的情况。然后，由教授授课，“建筑工程设计定位”“我国历史上名建筑物之简介”。教授讲得有声有色，介绍我国古代建筑源远流长，历史悠久，讲到故宫、长城时，讲得是有根有据，娓娓动听。那些正牌同学听得是入境入神，好像他们就是这些古建筑物的当事人似的，可是，曹能量就像是飞机上放大炮——空对空，一点都听不懂。他认为，教授是天方夜谭，自己简直在活受罪。如果，再这样听下去、读下去，能量非精神失常不可。因为，他是个实心人，违心的事一点都做不来，这种烤烧饼似的罪，他无法承受，他急得直跺脚，很想中止听课。一个人走到岳麓山上伤心地大哭一场。人与人之间为什么会有那么大的差距呢？他急啊！转念一想，急有什么用？自责又有什么用。还有大半辈子，怎么过好下半辈子，弥补知识的不足是当务之急。

我这一辈子什么都不缺，就是缺知识，缺文化，有了文化知识，才会有科学的头脑，文明的素质。社会是这样，个人也是如此。

那天夜里，在学生公寓里听几个同学讨论“人生”。那些都是些二十四五岁的人，能量比他们大十多岁，这个问题他以前从来没有听过。人生贵在阅历，难怪人家这些大学生，头脑中想的事多，一针见血地道出了人生的真谛。仔细一想，人活在世上，各有各的活法，人各有志，不可能千篇一律，不可能都是一个取向。千差万别才符合人类发展规律。

能量的人生观决定他的取向，他向同室的同学坦诚自己读书目的。为什么快40岁的人还求学读书？准确地说，为了包工程，做大做强，乃至赚大钱，为了日后的事业，为建设新农村做贡献，所以，想读书增长知识，增强干事业的能力。过去，家乡穷，现在日子过好了，有党的好政策，正是读书、学习补课的好时机。不进大学门不知读书苦。“今天，听了老师讲课，体验了大学生活，才知道你们一个一个看上去都不容易。我的基础太差了，大学的课程听不懂，我可能会退学。”

正说到这里，有人敲门，喊曹能量，他停止了自己实话实说。问来人：“你叫我？”

“没错，我是马湘科的儿子，叫马奇锋，奶名叫锋锋。”

“你是表弟，湘科舅舅的儿子。”

“没错，表哥，终于找到你了。”

锋锋老表随父母亲长期在外面，现在舅舅、舅妈退休在福城定居，原来舅舅是在勘测队工作。所以，锋锋老表在外地生、外地长，互相之间根本不认识，能量惜别同学，随表弟来到他家。他说，我就是土木系本科毕业留校当老师的。事情怎么会那么巧合，前几天才听我妈说你来H大深造了。因此，晚饭后，他到报到处查问了班次才成功地找到表哥。

“表哥，你来读书，为什么事先不与我联系？”

“原来，只听说你在H大读书，不知道你读什么系，也不知你留校了，我以为你一定会分配到大设计院工作呢？”

“没有，毕业分配时，我想回福城工作，结果，学校霸蛮要我留校，刚好，我爱人也想我留校，因为，她是长沙人，就留下了。”

能量说：“今天听了课以后，我又改变了初衷，不想读下去了。”老表问：“为什么？”

“因为我读不进，太深奥了，听不懂老师讲课的内容，看来，我这一生不指望读大学了。”

“既然来了，就不要动摇了，听不懂，也不要心急，慢慢来，放弃，不是最佳选择，坚持读下去，是唯一选择。”紧接着他讲到：“明朝宋廉借书的故事，宋廉家很穷，为了学知识，他常常借书看，几年的工夫，成了一位了不起的学问家。”宋廉时代那么不容易，我们要向宋廉学习，坚持初心读下去，就是你人生的胜利。从你的实际出发，选几门重点功课学，比如，初级建筑理论、工程管理概论、材料原理、设计初论等等。这些课的课本我都留着，我可以给你单独拟一份辅导课程表，单独辅导、单独做作业。这样有重点，有分有合，有目的学，我相信，对你来说，收效一定很好。”

“老表就是老表，凡事从实际出发。”经老表与班主任商定后，同意马老师制定的教学方案。但是加收了课外辅导费。能量同意出这个钱，愿意就此读下去。因为，只有这样读，能量才能适应，读得进。否则，学费白交，大学白读。

读到三个半月后，能量交了一份作业给班主任老师，作业是民宅设计初试，曹能量利用自己所学到的新知识，以及自己的实际经验。设计了一套住宅房。结构分布合理，布局新颖，不像是能量仅插了三个半月班的学生所制，马奇锋说：“他的作业，完全是他自己所制，与我无关。”

班主任老师是湘北人，名叫李湘军，他把这份作业压在办公桌玻璃板下面，他要以此为教材教育那些正品生。插班生能做出这样的作业，正品生应该做得更好！家里昌兴大厦要动工了，能量向老师请假。

离校时，学校给他发了个结业证书。更重要的是从此曹能量与H大土木系结下了不解之缘。有人说：曹能量不是大学生的大学生，一点不错。他持有大学本科结业证。他不是工程师的工程师，他的作业得到了专家们的认可。H大土木系是全国有名的学府，培养的学生千千万万，但是，像曹能量这样的特殊生，仅他一个。

人生在世，不知要经历多少事儿，像曹能量这样，经历一件事就留有痕迹，就多一个朋友，多一份友谊，确实难得，令人佩服。这是为什么，这是做人的魅力换来的，真诚所至。“真诚得人心，真诚得天下。”这是曹能量用心总结的。

二十三 承建大厦

因为，昌兴大厦提前动工，能量在H大不能继续读了，只好回到自己的指挥位置上，指挥着他的大厦施工。仅管只有三个多月大学“充电”，由于学科对号人座，加上他勤学苦读，经常是读书到深夜，又得到奇锋老表的精心辅导。虽然，在校期间，能量人瘦了好几斤。但是，确实学到不少的知识。他深有体会地说：“读书，是世界上最苦的差事，一般人是不能忍受的，必须是有远大理想的人，才愿受其苦。然而，茫茫书海，却有吸收不完的营养，人们能在书海中得到自己要补充的养分，这是人生中的最大福分。”

第二天一大早，他站在昌兴大厦的晒图前，像一位身经百战的指挥官一样，即将要指挥一场从未指挥过的“战役”。他那姿态，却像一位久经沙场的老将。他一边看着图纸，一边指指画画，马上转身朝着熟悉的施工头儿们，笑了笑说：“都到齐了吗？”大家都站立着回答：“老总好，老总辛苦了，我们都到了，等待你的指挥，你指向哪里，我们就打到哪里，就战斗在哪里，不获全胜绝不收兵。”那阵势好似是事前演练过的，那么整齐的话语，那么洪亮的声音，令曹能量内心有着说不出的高兴，“同志们坐下，不要那么一本正经，弄得我不好意思。”因为，这些施工头，绝大多数是长期以来跟着他施工的，对他的人品，对他的工作作风，对他处事的态度心领神会。尤其，这次老总大学深造回来，相互之间又增加了信任感，能量对他的队伍十分信赖，对这支队伍完成这样一幢大厦的施工蛮有信心。这些头儿们对自己的指挥长从来都是深信不疑。在施工过程中，他说行就行，他说不行，这个地方要返工，就立即组织返工，哪怕，连夜加班也不能影响整个工程的进度。这就是眼前这支队伍的实力。

今天站在眼前的 9 位施工头，有 3 个是这次新增加的，其余 6 个是他的老伙计了，他简单地问了新来 3 个施工头儿的情况后，就开始了他的指挥演说："伙计们，今天，请大家来，我估计你们都很清楚，签合同。换句话说，立军令状。我们必须要把对大厦的施工，当做一场战役来对待，以军事化的方式管理工场，以战略家的胆识对待这一施工。要求大家都要超常施工，责任性、技术性、施工质量都要认真加认真，仔细加仔细，真正把它当作一项形象工程、样板工程做。让大厦屹立在兴城，人人都赞不绝口，好工程、好大厦，是我兴城人们的骄傲，成为我永昌兴公司的标志。让老板满意，让全县人们满意，大家有没有信心？"

大家又是用洪亮的声音回答："有。"

然后，能量开始分配任务。下达具体任务之前，他先按晒图的设计方案，说了几点为大厦建设慎之又慎的意见。"按照设计，地下室至 3 楼，这四层都是框架结构。原设计的框架结构都是由桩柱支撑，总的设计原则不变。但是，我看了设计图约是 98 个桩柱，我的意见在 98 个的基础上再增加 10 个，就是 108 个桩；原设计每桩围是 1 米，现增加到 1.8 米；原设计桩柱用的支撑钢筋是 18 根 5 毫米的钢筋，现增加到 24 根 7 毫米的钢筋。这样一来在原来预算资金的基础上要增加 180 万元至 200 万元的支出。为了向百年大计负责，为了向工程质量负责，我请示李昌兴老板，同意我的修改意见，同意新增预算。同志们，可想而知，李老板舍得花钱买质量，我们在座的老伙计就要舍得花力气建大厦哦。"

大家听后十分震惊，也十分激动。看得出来，个个都是信心百倍，劲头十足，拼着劲儿要大干一番，这也是他们在施工生涯中的一件大喜事，大厦建成后将是一块宏伟的里程碑。因为，每一栋都要刻上施工队的名称，建筑时间和技术监督员的名字。也就是说：大楼建成之日起，他们的姓名就与大楼载人史册。

能量又说："合同，请我二哥能坚与你们签。"

“明天，全部到施工现场放线，新增加的桩柱位置我与代总工程师都商定好了。同时，新的设计图纸正在晒制。不影响各位的施工。还补充一句，水泥一律用东江水泥和良田水泥，其他地方的水泥，标号不够。”

大家都表示按照曹老板的意见办。

正在这时，刘鹏到。“刘老板，我正准备请你这个诸葛亮，不请自到，欢迎，欢迎，我们到旁边坐去，这里让他们签合同。”

其实刘鹏早就来了，因为，能量正在演讲，懒得进去打搅他，看到会议已经接近尾声，任务已经落实到人了，才进房找他闲聊。因此，他们俩走进里屋会客室，刘鹏开始他今天的闲聊话题。他说：“看来曹大老板这次从H大深造回来，大有猛虎下山，气壮山河之势。祝贺！祝贺！祝你学业有成，祝你事业辉煌腾达，祝大厦早日如愿竣工，屹立在兴城大地上。”

“哎，”他马上转移话题，“我问你，明天的奠基仪式，你有什么打算？请不请县领导参加。”

能量说：“不请，因为，我事先请示了李老板，他说不请。他在港内有些事，走不开，也不来参加开工仪式了，全权由我主持。”

“为什么不请县领导和相关部门的领导呢？你在这个地盘上做事，总是有些事要麻烦别人，”刘鹏问曹能量。

能量说：“是啊！是这个理，但是，李老板有他的独特的想法。他说：一请就是几十个，坐下来就是几桌。剪彩人要封红包，包括司机都要封，哪一个不封到，麻烦就来了。另外还要用餐，发纪念品，不是李老板小气，出不起这个钱。他不愿意出这个无效益的冤枉钱，这就是内地制度带来的弊病，这是不劳而获的腐败。但是，话又说回来，我们港商也不是不懂人情世俗，我们的情感与内地同胞一样，甚至，感情有加，这个仪式是要有的，必须要进行的，但不是放在开工之前。而是放在竣工之时，到那时，谁为大厦建设出了力，给予了关照，就请他前来剪彩，感谢他，甚至重谢。这也是我们港人为人做事的理念。”

“李老板的意见我也十分赞成，我也有同感。因为，我们是私营企业，做的每一件事都要从实际效果出发，花那些不必要花的钱，不是我们私营企业所为。再说，事情还没有做好，首先，就吹出去，就宣传在外，这一点，我一个小木匠，不蛮喜欢。但是，放放鞭炮，增加点热闹气氛是我愿意做的事。老兄，你是为我着想，才提出这些建议。虽然，我没有采纳，但是，我领情，因为你毕竟在官场上混事，知道官场上的内幕，而你又把我当亲兄弟看待，经常为我出主意帮助我，我从内心感谢你。”

“这些不要说了，我与你之间谁是谁，情同手足还说这些见外的话。”

“唉！这不是客气话，是心里话，我永远不会忘记你对我的情谊。你说，我们俩是亲兄弟，不错，亲兄弟也要明算账，该给你的就是你的。我说了，大厦建成之后，送给你一套住房，这是既定方针。”

“我求你曹老板，不要这么说，越说越远了，越说越离谱了。好像我们俩的交往，完全是为了索取钱财，要你的住房。我还是个人吗？还够朋友吗？那样，岂不是金钱关系，还有朋友加兄弟的情谊吗！那样反而弄得我不好做事，反而一辈子歉疚，请你以后不要再提这个事了，我不会要的。”

“好吧，好吧，不提了，今天不提了，可以了吗？另外，你今天来，还有什么好事？”

老刘一本正经地说：“我想请你帮帮忙，安排个人做事，行不行？”

“你说什么人？能做什么事，我要见到人才能表态。”

“好，人带来了，现在就坐在我车上，她是我舅子的舅子媳妇。”

“年龄有多大？”

“35 岁左右，我想，放在售房部卖房子，你看可以吗？”

能量等那女子出去之后，才说“老兄，亏你也说得出口，一个连自己名字都不会写，又不会说普通话的女子放到售房部，肯定不行！即使放到那个位子上，她自己吃不消，做不下，到时候，反过来你说我亏待了她。”

“不会，绝对不会。这样吧！你售房部开始挂牌工作了，叫她先来试试，她如果做不下，那是她自己的事，我也好在我老婆面前交个差。不然，老说我鸡扒食，只知道往外扒，不知道往里扒，尽是帮别人的忙，就不会帮自己家人的帮，我算是帮了她的忙，做不下是她自己无能。”

能量说：“如果仅是为了你在老婆面前交差，解脱你自己，还不如放到工地上去打杂，或者当材料保管员。”

“那个事我不是没有考虑过。我怕她做不下，8 小时或 10 多小时下不了班。家里还有小孩，无人照管，按时上下班，是做不到的。”

“这个女工我接纳不了，不是我不给你面子，老兄，我有我的难处。我的售房部是三个人组成：请了一个小姐，会说普通话，我侄女财会中专毕业收银，又会电脑，加上我二哥负责签合同。让他们做这份窗口工作，我计划不打广告，就凭他们几个完全可以把一百四十多套房子卖掉。你这个舅子的舅子媳妇，只能是打扫打扫卫生，倒倒开水而已。如果，愿意做勤杂工，明天，

就叫她来上班试试。刘兄，我可是把丑话说在前头，我这个工地上几百人做事，没有吃闲饭，不劳而获的人，都是一分劳动一分报酬。她只能拿300元工资，还必须保证26天出勤率，好吧！”

“好！就这么定了。”

第二天，9点还不见人来上班，曹能量打电话问刘鹏，刘鹏也不知道为什么？昨天在车上交代得一清二楚，她答应来上班，怎么不来了呢？她家就住在城郊农村，步行到曹老板工地上班大约20分钟。那么，每天要在路上花费4个20分钟，也就是1小时20分钟，还要做三餐饭，她能忙得过来吧。昨天，只听说可以拿300元一个月的保底工资，高兴得不得了。晚上，等自己的男人回来了，把这个情况说给他听，心想，他也会像自己一样高兴，立即表态让她上班。

哪知道，她男人说：“那个班你不能上。”

“为什么？”

“不为什么？就是不能去上。”

“我偏要去，好不容易叫你姐夫的姐夫找到这份清闲的工作。又答应别人明天去试一试，说不去就不去了，你又说不出不去的理由。”

“好吧！你硬是要我说出理由，别的都不说，做不做得好放一边暂不说，只说你做不做得到，你想过没有，一天要来回走四趟，每趟20分钟，早上，你可以早起把饭做好不会耽误上班时间，下午，也没有关系，大家都可以晚点吃饭。中午，仅一个半小时，你跑回家吃了饭不休息马上赶去上班，时间来得及吗？你不想想，一天两天耽误上班时间，老板不会说你，因为你是关系户。但是，时间长了，你自己觉得累、做不到，别人怎么说你。私营企业，是要计成本的，出勤不出力，出力不产生效益，人家会炒你的鱿鱼的。前几年，我们在广东打工就是这样，现在择业要转变观念，到私营企业去混，是混不下去的。因为，形势不一样了，市场经济就是竞争机制，不进则退，哪有办个企业叫混混混垮的，傻瓜也不会那样做。谢谢姐姐帮忙。其实，你真的做不到，也做不好这份工作，趁早不去，还省得欠这份人情账。”

第二天，刘鹏去了，妻弟的妻弟才道出这翻话。看来，这小子的阅历还蛮深呢？确实是这个理，刘鹏觉得自己小看了这个人，还真想帮这个忙。后来，刘鹏告诉曹能量，那个女工不来上班的原因。

还是他出面与养猪场的老板商量（也是李昌兴出资办的企业），到养猪场做，包吃住，600元一个月的工资，双方都很乐意。她说，她就是能做这种出力的事，动脑筋和动笔的事，不适合她这号人做。这要量力而行。

能量说刘鹏："帮忙要真帮忙，不要随便搪塞，随便搪塞那是帮倒忙，通过这件事你应该从中悟出点道理吧。"

"哦！对，对，你说太得对了。"

"唉，"转念刘鹏觉得又不对。"难道我刘鹏尽是为你帮倒忙吧。"

"我不是这个意思，我是说，我们都要从中吸取这件事的教训，真帮助与假帮助的效果不一样。等于我们现在帮李老板做事，我们把他交代的事做好了，就是真正的帮他的大忙，如果，每做一件事都做不好，岂不是帮他的倒忙。反过来，自己也没有得利，双方都受损害。有害的事即使是无心，给别人添乱，内心有愧啊，我就是抱着这样的心态，帮李老板做事的。我一定要把大厦建设好，让他们兄弟仨满意，今后更加放心让我们为他打工。"

"好哇！曹能量，曹能量，难怪你花代价尽全力建大厦，为的是讨好李老板。预谋长期为李老板打工，你这花花肠还真值得我效仿。"

"不瞒你说本人正是这个小小的打算，不能算是阴谋，是阳谋，难道你不想长期为李老板打工嘛，那你为什么还在冶炼厂当兼职副厂长呢？"

"是啊，是啊，确实是这个理。但是，我没有你想得那么深，看得那么远，虽然，我比你早几年在李老板门下打工。但是，对于李老板的创业理念，以及创业精神，你比我理解透彻些；对于李老板的工作作风，你效仿得比我好些，我要向你学习，不能再当混混了，要认认真真地为李老板做点事。"

"刘鹏兄，你过谦了，我们互相学习，在'一国两制'中间做点我们应该做的事。让我们兄弟共勉吧！"

工程进行相当顺利，比预计时间提前许多。地下室的桩柱已露地面，第一层圈梁正在浇灌之中。那天，H大的马奇峰老表带着委派的工程师来了。工程师是土木系的教授，40岁左右，与老表的年龄不相上下。一下车，他没有先进办公室，而是到工地上转去了。仔细地查看了每个浇灌的桩柱，又看了搅拌机的搅拌情况，再看了钢筋的焊接，还转到地下室查看了已经浇灌好的圈梁。当然，都是在奇峰老表的陪同下进行的这一切。然后，才到能量的办公室，洗了手，放下公文包，坐在沙发上，一边喝开水一边听能量汇报工程进展情况和下一步的打算。

听完了汇报，老表介绍说，欧阳教授很忙，最近又接受了一项大的设计项目。今天，是在百忙中抽出时间来。

教授插话说："以后你们这个工程就由马老师负责联系，我没有时间过问了。这次来，因为是校领导表态的。所以，派我与你们当面说明。当然，马老师也是一样的，是专家，行家里手，实际经验比我还强。"

"好，欧阳教授你就不要在我老表面前夸我了。我要是与你一样，还不成为教授级别？"

"那是迟早的事。"

"现在，我们谈工程的情况，请欧阳教授先说。"教授不客气地说开了："这个工程在你们县城来看，是个大工程。特别又是与港商合资的工程，要引起高度的重视，重视什么呢？重视进度，重视安全固然是对的。但是，更要重视的还是工程质量。12层的楼房，建筑在四层框架结构之上。万丈高楼在基础，基础固大楼牢，基础质量是大楼的重中之重。重视质量，必须重视几个关键性的问题，首先是用料把关。钢筋、水泥、砖是建筑的主要材料，这些材料都要按照技术要求购进，不得有半点马虎。其次就是河沙，公分石，在混合搅拌时，每一桶都要按照要求进行，哪一桶不合乎要求，就会前功尽弃。比如：搅拌一桶需要公分石多少，河沙多少，水泥多少，水放多少，这个比例一点都不能误差，不能多、不能少，还必须搅拌均匀、到位才能用。浇灌后的梁柱保养也十分重要，否则，就会打泡，凝固力差，承压力达不到技术要求。我们的技术员要说辛苦，就是辛苦在这一阶段。真正到了建楼房阶段转人正常的施工。地面上的事情，一目了然，墙起歪了，线不直，纸泥放得厚薄不均，就是外行也能看出问题。这里，把我刚刚在工地上看到的几个问题说给你们。"

"先说桩柱的钢筋，不一定要7毫米，用5毫米的螺纹钢完全可以了。但是，必须是优质钢材，如果是劣质钢材，再粗也不顶用。密度1.5米的直径用了24根钢筋，可以了。为了节约材料开支，我建议以上三层改用5毫米的螺纹钢。其次圈梁钢筋架的制作，一定要精细，首先，是大小钢筋要拉直，不要以为外面有水泥浇注，就可以马马虎虎，扎丝也要扎牢固，不能只做样子，松松垮垮地套上去了事。建筑工程施工，看起来像粗活，实际上是很细很细的针线活。俗话说，一掷千斤，这里叫一掷大厦，比千斤更重要，在座的都是有经验的施工员，我说的是不是这个理？

"再说地下室东面第二根圈梁有打泡起灰的现象，同时，还有沙眼。出现这种情况就是搅拌不均和保养不及时造成的，大约有4米长，一定要返工，现在返工还来得及，等再加层，就会震动其他的梁，更麻烦。”

能量插话说：“这个问题，我们也发现了，今天，正在组织返工。”

“说到进度问题，千万不要一味讲进度，而忽视水泥浇灌的时限，凝固时间不到期，急忙往上加顶加层，必然会造成倒塌，这个教训多着呢，听说，你们县前几天有个楼盘，顶层现浇的那天，几十个人正忙着铺面混合浇灌，轰隆一声巨响，从七层顶一层压一层全倒塌。为什么？就是五楼现浇板未干，不能承受六楼顶的压力，这就是赶时间造成的事故，损失惨重。今天，我们忌说不吉利的话，但是，别人的教训千万要吸取。进度来源于安全，安全施工才是最快的进度，欲速则不达，就是这个道理。”

“我说了那么多，多言有失，不当之处请曹老板和在座的施工头纠正。所有施工头都听得目瞪口呆，教授给我们讲了一堂理论与实际相结合而十分生动的课，我们表示感谢。”

能量十分感动地说：“昌兴大厦能得到H大土木系教授关注，并亲临指导，这是我们三生有幸，让我再次表示感谢。我们一定把教授讲这些真知灼见的话，铭刻心中，并用于实践。现在，我们用热烈的掌声感谢欧阳教授。”

“这次，欧阳教授和老表的督战，的确给大厦的建设增添了无限的力量。一方面，曹老板H大深造如虎添翼，实施指挥的架势确与以往不一样，主要是有了理论知识的支撑，往常说要怎样做，就是怎样做，说不出为什么要这样做的所以然。现在，要求你这样做，可以讲出个一、二、三的道理，让你佩服，并自觉自愿地按照他的要求去做。另外，看得出曹老板这个人，无论到何处，都很得人意，别人都愿意帮助他。这就是最好的例子，他到H大才读了三个多月的书，别人把教授都可以请到工地上来授课，那些在大学里的大学生，也不一定有这样的享受。真是了不起，曹能量为什么有那么大的魅力呢？我看，还是他的人生理念起作用。诚实守信的人生理念，无论什么人与他稍有接触，都觉得他可亲可敬，愿意与他接近、与他打交道、与他交往觉得心里十分踏实。他嘴上说的与心里想的是一致的。甚至，心地更善良，更诚实。但是，通过他的实际行动特别能证明他善意忠诚的心地。看一个人，不光是听其言，听他的豪言壮语，更要观其行，表里如一才是好。我们通过这么多年的观察，得出的结论，曹老板确实是一个言行一致，表里如一的大好人。他是我们的老板，更是我们为人处世的楷模，是我们人生的老师，我

们要永远跟着他做下去，学着他为人处世。”这段话是长期跟着他做包工的刘半斤说的。

后来，作为工程的联系人，马奇锋老表还光顾了几次。昌兴大厦至今与H大结下了不解之缘。时间像流水一样流失，转眼间，第二年的9月底，按合同要求，10月底交付使用。但是，9支施工队伍，有8支队伍要求老板在国庆节之前验收，剩下那个建筑楼（写字楼）的估计要到12月底才能竣工。这样一来，正合购房户春节搬新房过年的愿望。因为，这8支队伍都是建住宅房，售房部说：去年8月份动工，动工之日起，就开始办理售房手续，按照当时的房价，当年年前就抢购一空。后来，陆续要求购房的不少，有一对未婚夫妻，几个月前夫妻双双前来看过处在建筑之中的楼层。男的是中学教师，平时，没有顾得上进城看看大楼建设的进度。当时，还没有起到他要的那一层，所以，就没有拿预购金，也没有签购房协议。等到放寒假，看好的那一套，被别人买走了，购房合同也签了。而且，所有140平方米的套房，全部落实买主，只剩几户交了订金，未办手续，这一下可把这个教师气晕了。他跑到曹能量的办公室，气急地说：“曹老板，你如果不帮我调整一套房子，我的未婚妻就会与我分手，就会人房两空。她说，非昌兴大厦购房才结婚，其他的住房她看不上，请你一定为我解难。”

“为什么？能量问。”

正说到这里她来了，她说：“昌兴昌兴，昌就是发达昌盛的意思，兴就是兴旺发达的意思，合起来就是昌兴发达。”女的还说，“应该在前面加个‘永’字，‘永昌兴大厦’就更加全面了，亏你还是中学教师，这个字意都不理解。还有，地势好，兴城南门口，就在‘三龙戏珠’的旁边，别人好找，自己又吉利。加上曹老板大名鼎鼎与人为善的大好人，与这样的老板打交道我们沾光，你懂吗？”

“我懂，我懂，但是房子都卖光了，怎么办？”

他俩一唱一和地说着，能量听了在心里发笑，当时，取这个名字完全是依据香港老板的名字而产生昌兴公司、昌兴大厦的。没想到这位购房户的未婚妻却在大厦的名字上动起了脑筋。而且，解说得那么逼真，让你不可多言而确信无疑。

“好吧！好吧，我给你们想想办法，尽量保证你们能购上一套房子。但不一定能购到你们看中的那一套，因为，那一套确实办完了手续，而且，一分钱不少付了款。你总不能要别人退手续和退钱吧。那样做是不合情理的，而且是违约的，我们还是要尊重合同的法律效力。”

女的说：“要得，要得，只要能在昌兴大厦购买一套房子，我们春节结婚做新房就行。”

“这样吧，今天就说到这里，话点到，我们都清楚了，你们先回去。你们住哪里？路程远不远？如果远，我用小车送你们回去。”

男的说：“不用了，不麻烦曹老板了，我在西河中学教书，她家住兴城街上，现在，暂时住岳母家。”

“那好，明天听我的信。”

二哥能坚在一旁听着老五能量表态，为此，他还为老五捏把汗。因为，他是亲自办理购房手续的，从他所掌握的情况看，根本无法调整。等那两位未婚男女走后，能量才与二哥商量，他胸有成竹地说：“把靠东面的第二栋二单元四楼东头那一套最好的房子，调出来卖给他们夫妇做新房。原计划给刘鹏的，反正，原先只说送套房子给他，并没有明确送哪一套。这样一来，就将南面西头计划做员工宿舍的那一套调给刘鹏老兄。员工宿舍下一步从写字楼里想办法，我估计刘总也会同意的。今晚上，我就与刘鹏商量，如果商量好了。明天，也通知他把锁匙拿走，免得再出个需购房的难题，那就真是一点调整的余地也没有了。”

那天，刘鹏在家吃晚饭，听说曹老板有约，不到7点他就来到能量的办公室。能量正忙着，没吃晚饭，叫了个盒饭。见刘鹏到，很客气地让座，泡茶。刘鹏的屁股还没有挨着沙发，就开始他的吹牛爱好。能量今天心情好，好长时间没有与刘鹏在一起闲聊了，好几次想找刘鹏来吹牛、闲聊，都被一些琐事挤掉，今晚上他没有回家，在办公室吃盒饭，就是想挤时间听刘鹏吹牛。正好盒饭送来了。他说：“你先坐坐，我吃完饭之后，就一起到楼上茶室里去吹牛，好吧？”

“好哇，我就不信，你曹老板有闲空找我吹牛，夜猫子进屋，准没有好事。”

“真的，没有别的事，哄你不是人。”

“不是人，就是狗。”

“好吧！你说是狗就是狗，反正我属虎，不属狗。”

“快点吃吧，我不能眼看你吃几个小时的饭。”

“哪能呢？”

刘鹏一根烟还没有抽完，能量就把一次性的空饭盒扔在垃圾桶了。“你

看，是空盒，饭不是倒掉了，而是吃掉了。”

“这一点不需要你说明，我眼盯着你吃完，再说，倒饭，浪费粮食不是你我能做得出的，我们都是贫苦家庭出身，饿肚子长大的农家子弟。”

“倒饭不是我们的性格，农民出身铸成我们这一代人是不会浪费粮食的。”

“别吹了，好不好，谁不知道谁，你在我面前叫穷有必要吗？谁不知道你最近搞到一批含量高的矿砂。厂里赚了一大笔钱，老板给你的也不薄吗？能不能借点钱给我用。”

“唉呀，老弟你就不要逗了，他能给我好多？不就是多发了点奖金。就是你说的，我们只是尽心尽力为李老板做事的份儿，为他在内地发展创造一个好的环境，让他放心满意办事业的权利和义务，别的想得太多，也没有用。”

能量听从刘鹏的建议，转了个开心的话题。“今天，请你来也没别的事，就是原来我表态给你一套上好的新房子，以表心意，这个事我一直放在心上，今天就为这事叫你来。”

“曹老弟，你执意要这么做，我是受之有愧，那我也不能白要，成本价还是要付，不然的话，我是不能接受这份厚礼！”

“刘老兄，你就别客气了，我绝对不是感情用事，而做出此决定，我完全是出于内心的感激之情，自觉自愿之举动，如果你不接受我的心意，就不是我的真兄，那么，说明你对我心存二意。”

“哎呀，老弟你怎么把话说得这么难听，我是那种人吗？接受不接受这套房子，我们始终是铁哥们，任何时候都不会变心的。因为，我俩是在共同打工工场上建立的友谊，基础是牢靠的，感情是纯洁的，我如果接受你这份礼了，其感觉就会起变化，好似在洁白的大米饭当中掺了一把沙子，不好使了。”

“我说，老兄你是书读多了，钻牛角尖钻到独了吧，把一个很简单的感情问题弄得复杂化了。我不是向公务员行贿，图你给好处。我们纯属百姓交往，感情为重，要说帮助也是互相帮助、互相关照。人在世上走，总会有几个贴心朋友。别的你不必多想了，再想，会把友谊变为伤害了，就没有味道了。”

“让我们携起手，为李老板的千秋大业，多做实事，多做贡献吧。”

“曹老板，不管怎么说，不收成本费，我是不会要的，我是鸭子吞筷子，直来直去，不会转弯。”

“好吧！明天，你来拿钥匙，找我二哥让你的脖子转个弯，交成本费，得了吧！”

“这还差不多。”

刘鹏看时间还早，他想到一个问题，问能量：“喂！有个问题我想了很长时间却没有想明白，请你说来听听。昌兴大厦总共150多套住宅房，对不对？”

“对呀！”能量说。

刘鹏又问：“现在还有两层未封顶，所有住房一抢而完，是不是？”

“没错，全卖光了。”

“你们的房价与别人家的房价高还低？”

“与别人同等的价格。”

“这就让我纳闷了。别人建的房子几年都卖不走，有的还天天在电视台打广告销售房子。你既不宣传，更不打广告，反而，房子还没建好就全部签了购房合同，交了押金。而且，没有买到的客户还觉得吃亏了，感到遗憾，这是为什么？这个问题请你给我解释解释。”

能量笑着说：“这有什么好解释的，我们只是少花了广告费而已，你问买主好了。老刘啊！牛角尖你也不要钻了，10点了，该回家了，晚了回去你在嫂子面前就不好交代了。”

刘鹏听了能量不着边的话，无可奈何地带着自己的疑问回家了。不过，在以前的交往过程中，让他慢慢地悟出了一个道理，这一切都是诚信的作用，诚信，可得人心，人心所向，自然事见成，这是放之四海而皆准的道理。能量的成功来源于诚信。

落成庆典

有人说过这样的话，人生最大的快乐，莫过于结交前个知心朋友。曹能量在他40岁的人生中，真正地体味快了这句话的真实含义，并尝快其中的甜头。这不是吗？他认识刘鹏，把他当知己，刘鹏又介绍香港老板李昌兴，亲如兄弟的互相帮助，做生意达快最高境界——双赢。

大厦主楼落成的那天，恰好是能量40岁生日，能量父母亲早就与木兰招呼过，一定要为能量40岁生日祝寿。做父母的要为儿子过生日祝寿，肯定有其缘故。其实，仔细一想，也并不难猜透他们二老的心思，无非是父母情长，可怜天下父母心，祝自己的儿子走好运，过上美好的日子。他们的能量从生下那一刻起，就浸泡在苦水里，直快长大成人，都是在苦水里泡，做父母的没有能力让孩子们过上好日子。祝福还是可以做快的！

虽然，那时候大家都一样苦。但是，他们家所然的苦是常人想象不到的，人口多，劳力少，全靠在队里挣死工分，一个工才几毛钱。家里没有一个生意人，没额外的收人，怎么不苦啰。现在，孩子们都长大成人了，都有了自己的事业，特别能量依靠党的好政策，自己灵活的脑子，做出了事业，让全家人过上了好日子，父母亲无能力做到的，儿子到快了，父母亲祝福儿子更上一层楼，永远幸福。况且，做生日酒请大家把来热闹热闹，的确是件好事，好事啊！其父母就是抱着这样一个补偿的心愿，要求木兰为能量做生日。

父母要木兰为自己的老公做生日，祝寿。那是木兰求之不得十分情愿做的事，本来，她就有个美好的祝愿藏在心里："祝他走好运，事业越做越红火。芝麻开花——节节高。"这里必须要说明的，她绝对不是那种思想观念很俗的女人，办酒席为了收红包钱，以此把原来送出的红包钱收回来。她压根没有这个想法。一方面她从小生活在富裕的家庭，对钱不是看得很重，另一方面她与能量成家之后，用钱也一直不感觉紧张。所以，在她的灵魂深处不存在钱大于情，反而是情大于钱。所以，我们说她的思想观念绝对不俗。一个人的思想观念的形成，有其内因和外因的必然因素。当然，也不排除，客观意义上的否定，有的人出生虽然很富裕，条件很优越，一旦自己有权有势之时，而贪得无厌。

因此，她是一百个赞成，一千个愿意。关键是能量自己不愿意办酒做生日，他的理由是："以过生日的名义请别人来喝酒，实际上，别人不可能只带张嘴来，不封红包肯定不好意思来。大红包封不起，小红包又拿不出手，这不是为难亲朋好友吗？因为我过生日做酒而给别人添麻烦，又何苦呢？我宁愿不办酒，照样过生日。我不做酒，他不可能凭白无故给我送红包。我们是从贫苦中过来的，知道苦楚。"他用事实说服了父母亲，也说服了自己的爱人。

谁知道，这天，正巧碰上大厦落成典礼。

而且，李昌兴老板早就放出风，竣工酒一定要办，酒宴的钱全部由他出，不要能量分担。理由是省了开工酒，就是为了办竣工酒。如果竣工酒再不办，就对不住人了，别人为大厦建设出了力，给予了大力支持，我们不能不尽人情，感谢之情，总是要的。同时，能量这个成功的合作伙伴，让大厦屹立在兴城，确实为他们兄弟光宗耀祖给予了实质性的帮助，这个酒他一定要请，并告诉能量客由你请，单我来买。其实能量也有他自己的想法，还没有来得及与李老板商量通气，李老板就首先把他的想法说在前面。他此时，是有苦难言。做竣工酒的想法这一点与李老板是一致的。以请答谢酒、观光酒、祝贺酒的名义出现，无可非议。关键的分歧就是不想让李老板买单，因为，他的答谢、感谢、观光都包括他们三兄弟在内，这个单本来就由能量买才合适。这样一来，弄得能量就不好做事了，更不好喊客了，喊多了怕他负担重，喊少了怕客人通不过。到时候，你不办酒没有意见，办了酒，就有他的说法，为什么不请我？我什么地方得罪你了？我做错了什么？你

这是小看人，看不起我们这些穷人。还有，自己的家人喊不喊，不喊可以，以后补礼。问题是，你不喊，他们知道了也会自动的来啊！因为，两边的亲戚都在城南这地方，如果造成这种局面就更麻烦了。哎呀，难死我了，心想，再与李老板当面声明，请求他改变主意，完全由自己安排这次酒宴。看来很难，因为，他们打交道这么长的时间，相互间都很了解。一般情况下，李老板决定的事，是不会轻易改变的，除非是在决定之前，在他征求意见的时候，你有什么想法都可以说，他也会很尊重你的意见，并采纳你合理化的建议。一旦定下来了，再说一千，道一万，都是多余的。他就是这样的性格和作风。当然，他佩服的也就是这一点，没有主见的人是干不成大事的。所以，一般碰到这样的事，他也不随意改变他的主意，只是自己灵活处理。为此，他按照自己掌握的情况和想法，列了个请帖名单，既是请示报告，请李氏三兄弟过目。这个名单上有县领导，相关部门的负责人，乡镇和村里的领导，大约 20 桌。昌兴老板看了立马递给老大昌国看，老大简要地看了一下，交给老二昌龙看，前面两个都没有说具体意见，只有老二看了以后，提出了二条建议：一是把他们在兴城的其他几个企业的职工全部叫过来喝落成酒；二是把能量的家人全部请来，他们要当面敬酒致谢。

能量接着李老二昌龙的话说："这样一来最少也得 60 桌，人请多了，牵扯面太大了，不好安排。"

"你是怕我们出不起钱。没关系，我们不怕多，越多越好。"老二继续说："为什么要请各企业的职工来。主要是想叫他们开开眼界，向你学习！向永昌兴大厦学习！请你的亲人参加，是想表达我们的心意，感谢你，也是感谢你的亲人，特别感谢你父母亲为我们生了你，为我们养育了一个好伙伴，好兄弟。因此，请你再落实，只要酒店坐得下，就这么通知。这回请你委屈一下，让我们做回主。"

老大提示能量："中午开餐来得及吗？"

"不，"能量纠正说，"开餐的时间改到明天下午。因为，大厦封顶的最后一刻是明天下午 2 点 48 分，中午开酒宴，酒店来不及，另外，各企业的职工也来不及。

"可以，这样安排很合理"昌兴老板说："就按你安排的时间和地点以及刚才定下来的人数通知吧！"

第二天下午，大厦落成，放的最后一块砖，李氏三兄弟和所有的大小包工头都到场。李老大亲自放好封顶砖之后，并举行了简要的落成仪式，在鞭炮声中大厦落成了。这就意味着能量的建筑史上又树立了一块重要的里程碑，为兴城的城市建设又增添了一个亮点，特别是为李氏三兄弟回报父老乡亲立了一个重要标志，大家在屋顶上看了片刻，此时，能量感慨地对着这座城市高声说："看兴城建筑，谁主沉浮，我农民工也！"

是啊，在新的历史时期，农民工进城，为城市化建设的确是功不可没，这个事实在中国历史上是永远也不容置疑的，是客观存在的。

在下午的酒席上，李兴国讲了一段话，他说："今天，我可以说句告慰父老乡亲的心里话，也是父亲临终前遗嘱：'我们是中国人，我们的祖籍是兴城，我们无论走到哪里，何时何地，也不要忘记祖宗，作为炎黄子孙，我们要为家乡做点贡献，我是不能如愿了，你们一定要记住我的话，报效祖国，是我们的千秋大业。'香港回归之后，永昌兴大厦修建之前，我们三兄弟就一直在寻求报效祖国之大业。首先，开办了一个中型的金银冶炼厂，紧接着又办了一个现代化的大型养猪场和养鸡场，还开了一个金行，办了个'的士'出租公司，总共投资几千万元，虽然都见了效益。但是，收效甚微，有的经营不善，趋于停办，总是不能了心愿。自从认识曹老板以来，我们才遇到了'知音'，使我们有了建永昌兴大厦的大手笔，这几年的寻求报效之路，总算有了结果。现在，可以正示宣布，我们没有辜负他老人家的希望，我们对得起祖宗。"

他的讲话，虽然很朴实，但是，富有人情味。在场的人听了，个个都热泪盈眶。人活在世上为了什么？为了有成就，有成就感的人，才会不停地追求事业的成功，事业有成才不枉此一生。李氏兄弟才是真正的事业有成之士。

接着，一位十分知情的县领导讲话，他讲："毛主席他老人家生前说过：'一个人能力有大小，职务有高低，但没有贵贱之分'。我认为，李氏三兄弟，就是真正的关心家乡建设，热爱家乡人们，他们投资是真投资。他们才是高尚的人，脱离了低级趣味的人。大厦落成就是一个重要标志。我们要号召全县人民向李氏兄弟学习，他们才称得上支持家乡建设的热心人，他们才真正是中华民族的炎黄子孙。"

此时的能量，本来有很多的话想说，但是他没有再讲了，主要怕占用吃饭喝酒的时间，如果，因为他讲话有碍于大家的食欲，他不忍心。大家都坐下喝酒，相互敬酒。这时，能量起身敬酒，首先，敬坐在老表马奇锋旁边的

H 大欧阳教授，老表作陪。“谢谢欧阳教授的鼎力相助，没有 H 大的教育帮助就没有今天的大厦落成，我要深深感谢您，欧阳教授。”

欧阳教授也随即回敬能量一杯，他说：“H 大培育了千千万万的大学人才，像你这样一个仅插了三个月班的大学生，那么有成就的人不多，我代表学校，代表你们班主任，祝贺你，并向你学习。希望你在今后的人生中，创造出更大的辉煌。”

然后，老表回敬的时候，他说漏了嘴，祝大厦胜利落成。同时，祝老表生日快乐。他这一说不打紧，全场人哗然！都来敬能量生日快乐的酒。县里领导敬，祝你双喜临门，李老板兄弟三个祝他双喜临门，生意宏发；几百人都排着队的为能量祝寿敬酒。眼看酒席的性质就要改变了，本来，是大厦的落成酒，变成能量的生日酒了。

他走到主席台，用话筒对着大家说：“首先，感谢大家。但是，今天这个酒，主要是祝大厦竣工酒，而是李老板主办的酒。我就不凑这个热闹了，你们也不要再为我敬酒了，要敬，就敬县里领导，敬香港老板。”

晚上，李老板三兄弟依然在能量办公室座谈，直到 12 点才各自休息。李氏兄弟谈了几个具体事，主要是老三昌兴说：“主楼完工以后，曹老板有什么打算？是自己办酒店，还是租赁出去，让别人来办。”

能量说：“这个事我至今还没有想出个结果。一是没有资金，二是没有办旅馆的经验。所以，我想全部租出去，让别人来经营。”

老三昌兴说：“钱的问题，你算笔细账，做个详细的预算，大楼按合同结账。搞旅馆，预算之后再定。但是，预算要尽快拿出来，要搞住宿部也要赶在春节前开业。”

老大昌国接着老三的话说：“既然话已说到这个份上，大家就再辛苦一下，有几个事还要一起决定：老大提出几点新的看法，建房（包括整栋大楼）的收支账。原则上，我们相信你的结算方案；另外，旅馆装修，老三你要多给曹老板当参谋出主意。”

“好吧，”老三答应大哥的吩咐。

能量听他们的口气，旅馆是非搞不可了。但是，他还是不放心地问了一句：“是租出去，还是自己搞？”老二抢回答能量：“自己搞。我不相信搞不好，凭你对事业的执着，我相信你会搞好的。”

“搞建筑我可以保证，搞宾馆我确实心里没有底。但是，我会尽力，边干边学吧！”

“好，就要你这种态度，我们一定全力以赴支持你。”老二接着又说，“银行贷款一定想办法还清。还有，装饰的钱，我还是这句话，不要让贷款牵着我们的鼻子走。实践证明，私营企业以贷款促发展，都不会长久，终究要失败的。”

能量说：“有你们兄弟做我的坚强后盾，有你们的辅佐，什么样的困难都可以克服，什么样的难事都可以做好。而且，我有信心面对一切困难。虽然，内地的发展，以及内地的制度与香港截然不同，有些事办起来不完全如愿。但是，在发展经济这个大前提下，多做实事。大家决定自己开办宾馆，包括住宿部一块自己经营，根据这个原则，我有几点打算不妨向各位兄长汇报。既然办宾馆，我们就要办出自己的特色，至少，在这个县城里处于领先地位。第一，定位就是三星级宾馆，硬件建设、软件建设都按这个标准来搞。所以，投入就要大些，成本就要高些，这是第一点考虑。第二，准备招工，派一批人到外面跟班学习，现在就要着手准备派出学习的员工，首批派出的人数暂定40人，时间定三个月。第三，装饰设计以福城目前最好的宾馆国际大酒店的标准设计。第四，定做锅炉2.5吨。这些准备工作都在元旦前就序，腊月十五日试营业过春节，3月正式开业。以上打算请各位兄长决定。”三兄弟听了能量办宾馆的打算，异口同声地说：“很好，很好，证明我们想到一起了。”老大说：“一、合作方式，是股份制，还是独资领办制。首先，能量声明，股份制他没有资金，如果硬是以股份制，那他只好贷款。”老二说：“就独资办，交给能量兄弟领办，由他任总经理，每月送一份营业报表给董事会审议。老三负总责，任董事长。”“二、宾馆名称及规格。大家一致意见，就取名永昌兴宾馆，为三星级宾馆。三、资金来源，”老大接着能量的话说：“一部分来源于分红，分红的资金一分也不拿走，留着宾馆用。眼下，从冶炼厂调度200万元先用着。不然，能量的计划就会落空，也无法开工。大家同意吗？没有新的意见，就这样决定了。曹老弟你就可以按照今天的决定组织实施，除了老三经常来看看，我们就全权拜托你了，愿我们一如既往地长期合作下去。”

“没问题，只要各位兄长信得过我，交办的事，我一定会尽一切努力办好，别的，我也不说了。总之，谢谢、谢谢几位老兄这么看得起我。”此时，能量体会到：信任是事业发展的动力，也是生产力，他的事业发展离不开香港老板信任之动力。

二十五 急中生智

永昌兴宾馆开业前的准备工作已全部就绪，只差锅炉未到，急得老总直跳。早在今年9月份，就到省城锅炉生产厂家订了货，而且，是老总亲自与刘师傅一起去签的订购合同。几十万元一台的锅炉，买卖双方必须签合同，厂方才会放心制作，买方也放心买。合同明确，一个月之内提货。结果，按合同到厂家提货，没货，提不成货。刘师傅当时急得手脚无措，眼眶含泪给曹总打电话说："厂家没有货，供不应求，加班加点也赶不出。"厂长说："你急，我比你更急。眼看到手的钱，就是不能拿到，看来，只有推迟开业，或另想办法。"曹老板接到刘师傅的电话，也着急万分！愣了一会儿，然后嗔怪地给他回话说："还得辛苦你了，你就蹲在厂里等，哪天有货，你就哪天提着货回来见我。"

厂长说了，至少，也要半个月之后才能赶制成。能量算了一下时间，半月之后，就临近过春节了，假如，春节前还是赶制不出，合同不能兑现，找厂长赔损失，也是后话。没有锅炉，年前开不了业，春节旺季的生意做不成。那今冬忙活了半年等于白忙了。他暗暗地下决心说："不行，必须想办法，千方百计也要试营业。"能量为此事一天一天睡不安，茶饭寡味，看着人瘦了一大圈。

那天，木兰再三催促下，到省城大医院找了一位教授把脉看诊，诊断结果：心脏病的前兆。原因就是没有休息好，心理负担过重，千万要注意休息，一定要控制好情绪，先拿点药回去吃。否则，一旦心脏病成型，麻烦就大了。从医院回家的路上，能量坐在车上想。是啊！急是急不来的，反而急出病来。必须调整心态，想办法解决，建大厦的事都做成了，还有什么事比这件事更难呢。千万不要因为锅炉的事，乱了方阵，坏了开业的大事。

此时，他从急难中，完全解脱出来了，什么是聪明人，这就是聪明人。聪明人就是提得起放得下，能伸能屈。当然，能量的聪明之处，还在于听了医生的话，俗话说：听人劝得一半。一意孤行，固执行事，不能从困境中走出，不能摆脱阴影的人，才是愚蠢的表现。这时，他们的车子从长沙返回，到了株洲，他叫车子停下来休息。

司机说："老总，现在才下午 4 点，我们赶回家休息不是蛮好吧？"

"不急，不急，这段时间大伙都辛苦了，我们再也不要像前段那么性急，人要有张有弛，工作也要有紧有松。今天，我们就慢慢地，不急着赶回家，晚上，在株洲住宿，明天再回家。"车在株洲宾馆停下来了。开了两间房，本来老刘安排老总住单人间，他自己和司机住双人间。老总说："不行，我们俩住双间，单间让给司机住，他休息好了才安全。"

"好吧，就按老总的意见。"他一贯关心身边的人，这是他为人之长处。他们没有什么行李，连洗漱用具都没有带，出门的时候没打算住宿，当天返回家。这是老总看了医生之后的临时决定。看来，老总真的是累了，真的是要好好地调养休息，他和衣倒在床上就睡着了，老刘就去司机房间闲聊去了。司机倒一点儿不觉得困，不想休息，陪着老刘看电视，闲聊。闲聊中，司机问老刘锅炉的事，什么时候才有货提。

老刘说要半月之后。

"难怪老总急，今年春节这一笔大生意就做不成了，眼看着到手的钱就是赚不着。"

老刘唉了一声，叹气地说："这也是没有办法的事。"

司机紧接着老刘的话说："全没有别的办法了？"

"老刘其实是搞建筑的。而且，同是从农村出来的人，哪会有更多的办法。"

司机说："办法倒是有，但是，要花几十万元的重复钱。"

司机是城南人，他听别人说过，柴油锅炉与煤炭锅炉是一样的功能，只是成本要高一些，再加上等到煤炭锅炉出厂了，这具柴油锅炉又淘汰了，这几十万元钱是多余花的。假设，买个折旧锅炉，少花费一点，估计是划算的，老总也会干的。

“好，”老刘说，“我们一起找老总去说说想法。”他们推门看老总，床上没人，卫生间也没有。“我亲眼看他躺在床上才过你房间的。现在，也不到半小时，干什么去了呢？是不是到车上拿什么东西？”司机说：“他开不了车门。会拿什么呢？走，赶快到街上去寻找。”

老刘说：“找，到哪里去找，这么大的一个株洲城，没有目的怎么能找得着，我们就在房间等，等到吃晚饭的时候一定会回来的。这个老总，真让人担心，他们俩只好焦急地等待。”

司机说：“不会出意外吧！比如，绑架什么的。”

老刘说：“不会，大白天的在株洲市中心会有那种事。”

司机又说：“我们还是下楼去找找，不怕一万，只怕万一。”

司机这一说，使得老刘也毛骨刺的，俩人赶紧从 8 楼坐电梯直到一楼大厅，还是不见老总，正准备分头到街上毫无目标地去寻找时，老总从大堂的侧门进来了。一眼看到他们二人魂不守舍的样子。

“你们准备到哪里去，不在房间休息。”

老刘愠怒地说：“我们倒要问你，你不在房间睡觉吗？什么时候跑下来了，到哪里转悠去了？”

老总笑着回答说：“我躺了一会儿，老是想着锅炉、开业的事，翻来覆去就是睡不着，就到宾馆后院转转顺便看了看锅炉房。”

“走，老总，上楼我们有事与你汇报。”

“什么要紧事？正好，我也想找你们二位商量事。”三个人都一起进了单间的会客室，坐在沙发上。

能量问：“你们二位有什么好事，快说啊！”老刘就将他们刚才的想法说给了他。他一听喜出望外，“你们真是我的好帮手，怎么都想到一块去了呢。我刚才就是到锅炉房考察去了。其实，刚下楼时，只是想找个安静的地方转转，清醒清醒头脑。结果，看到锅炉房，就触景生情，想到锅炉房看看，找烧锅炉的师傅们说说话。我问师傅，除了烧煤锅炉，还有别的锅炉吗？师傅告诉我，还有柴油锅炉，火力比煤炭锅炉还大些，只是成本高多了，长期烧划不来。所以，我就赶紧过来了，准备与你们二位商量此事，具体算算账，怎样操作好。”他乐说：“真是喜从天降。”

司机说：“我也听我表哥说过，油锅炉比煤锅炉好，火力大。但是，成本可能要翻倍。”

能量说：“没有关系。反正我们把春节过完了，就用煤锅炉。刚才，我到株洲宾馆锅炉房搞实地调查时师傅说，他们刚换下来的一台旧油锅炉，正要处理，他估计 2 万元之内可以卖，这台锅炉绝对可以用，他们包安装，保证供气。你们的意见如何？”

我们完全赞成先用油锅炉顶替开业。

“老总，要不要回去与家里人商量后再决定。”没有必要了，我们几个决定了，我马上给香港李老板打个电话，请他按原计划前来举行开业仪式。就这样，晚饭后，找到宾馆的老总谈购买旧油锅炉的事，可真中了该师傅的话，1.8 万元就成交了。第二天，他们宾馆答应送货上门，并派了两名安装师傅，随车来到永昌兴宾馆，一切都是如此的顺利，好像他们长沙一行购锅炉，中途什么事情都没有发生，而很顺利地将锅炉拖回来安装。

试营业那天，李老板从香港赶来了，还是像大厦竣工的那天一样，把他在兴城的企业职工都请来喝酒助兴。同时，到年末了，吃个年饭，以此，慰劳大伙儿一年到头的辛苦，两件事放到一起进行。那天，只有老三昌兴一个人来了，他的表达能力不如老大、老二。他端起酒杯敬大家说：“各位兄弟，今天，是我宾馆试营业，在这里我首先要感谢曹老板对宾馆开业所做的一切，他真是一个难得的好人啊！他是我一生中最佩服的能干事的人，我们都要向他学习。快过年了，大家一年来确实辛苦了，我代表我家老大、老二敬大家一杯辛苦酒！感谢酒！祝大家全家幸福，春节快乐，万事顺意。”

能量接过话筒说了几句，他主要是对宾馆的员工而言：“宾馆今天试营业，对全体员工来说，就是正式开业了，你们就是本宾馆的正式服务人员了，从现在起就要按宾馆的规章制度来约束自己，对所有的来客都要视为上帝，你们是为上帝服务，不能有半点马虎。包括我自己在内，宾馆就是我的家，我们一起来关心这个家，爱护这个家，以主人翁的姿态当家做主。快要过春节了，预祝大家春节愉快，阖家欢乐，万事如意。”

第二年，五一劳动节前夕，煤锅炉从长沙拖回来了，换下了油锅炉，正式营业。正式营业与试营没有别的区别，只是，试营不要交纳各种费用，转

为正式营业后，一切按国家和地方有关法律法规经营。初略算了一下，有15种费用，也就是说有15个以上的单位向企业收税费，每月的费用有账可查的达到5万多元，不包括员工的工资和保险费，经过这半年多的营业，基本属于保本经营，弱有盈利。

毕竟是刚开业，仅度过一个接待旺季。长期经营下去，随着时间的推移，经验会越来越丰富，服务质量也会不断提高，管理水平自然得到提升，利润会越来越好。所以，能量对此蛮有信心，尤其是对他的助手很是满意。因此，他的主要精力就开始转向经营房地产了。宾馆这一块，他可以放心地交给他们几人去操作，办公室主任“会计”出纳都是自己的亲属，都可以放心地让他们干。的确，他们也干得很好，很负责，很出色。

情在意中

宾馆的副总经理是能量的侄女二芬，30岁左右，不知道是上帝有意安排的，还是这个侄女生来就是做宾馆总管的材料。她在福城国际大酒店跟班学习的时候，国际的老总也是女的。只要她今天讲了什么，做了什么，安排了什么事。明天，二芬就会做好，再也不要女总重复了。就其缘故，是她会看事做事。国际是全方位服务，餐饮、娱乐、客房中心一手经营。她就全部跟着女总学习这些行业的管理，真是一看就懂，一学就会，一问全知。仅仅三个月的培训，她就把整过宾馆的业务学到手了，用国际女总的话说，二芬完全胜任三星级宾馆的总管了，当个老总绝对称职。

当然处理事务，特别是突发事件，必须要实践的磨炼。几个月不可能都能学会。话又说回来，要办好一个宾馆，尤其是在县级城市管理一个三星级的宾馆，谈何容易，就是能量自己也是心中无底，复杂着呢。这一点，能量早已想到了。但是，人生的安排不能逃避，明知山有虎，偏向虎山行。有名人说："人活在世上，长的是磨难，短的则是人生。"能量的一生正是此言的验证。至少，到目前为止是如此。同时，还有人说过："人生如果拒绝磨难，便不会坚强、成熟、富有。"由此，不难看出，能量的富有，是从磨难中得来的，是心血造就的。

二芬是个能干的好助手，宾馆的大小事情，尤其是对员工的管理、业务的管理，能量只是一个星期开一次会，安排布置好，就全部交给二芬管理、具体实施。一个月过去了，宾馆各部门的经营十分正常，效益可观。到了正月初四的那天，上午 9 点钟，能量带全家到岳母家拜年。离宾馆不过 500 米的地方，正在吃午饭时，手机响了，一看是侄女二芬打来的，他问有什么事？其实，他知道，只要是二芬来电话，肯定是有急事，因为，他出门前就交代过。没有急事，也就是说，除非她处理不了的事，才通知他。果然告急！侄女在那头几乎是语无伦次了。“快，快，五叔快过来，不得了啦！初一上午，到兴城宾馆那一伙混混儿，十多个人在我们宾馆大堂，说是要舞龙灯拜年，保安阻拦不住，你快过来啊！”基本上是带着哭腔叫他五叔过来，能量放下碗筷，急急忙忙往宾馆赶。大堂被这伙人挤得满满的，黑压压地站的站，坐的坐。宾馆在场的人有二芬，有收银台的服务小姐三个人，有保安队长和两个值班保安人员。也就是说，在场的宾馆人员一共 7 个人，加上前来拜年的 18 个人，一共 25 个人，一个大堂当然是挤得满满的。加上放鞭炮，5 米长的草龙，有 5 个人举着草龙的撑杆，虎视眈眈地站着，都是 20 岁左右的人，为头的是城南村的谢礼明，也不过三十多岁。平时，大家都照过面，老谢还与曹老总打过交道，能量看到这一切，急忙招呼：“二芬、保安队梁队长，你们还站着干什么？快给拜年的同志打开会议室上茶接待。”他自己一边与大家握手，一边递烟。

人与人之间真是不能比，他的举止让对立情绪，一下变成友好和谐的气氛。“老板就是老板，曹老板大人大量，宽待我们这些无用之辈，我们不胜感激。”曹老板招呼大家到小会议室坐下之后，又叫服务员拿上好的茶来泡茶，然后，自己坐下来慢慢地说：“老谢，大过年的，你带着兄弟们来我店里恭贺拜年，也不事先告诉我一声。那样，我就会率全店员工夹道欢迎你们。现在，我们没有准备，除了当班的，其他工作人员都回家过年去了，没有举行欢迎仪式，实在是失礼了，请你们海涵。”曹老板接着说：“听说，初一上午你们到对面宾馆拜年。为什么不先到我这边来，我们都是乡里乡亲的老熟人。我一定不会怠慢你们，我做出了样子，再到他们那边去，相信他们也会照样接待，就不会出现尴尬局面了。我认为，弟兄们不愉快，完全是你欠考虑造成的，你不相信我做老兄的，你怕我亏待你们，你说我说得对不对？”

“对，对，你老兄说得对。”

“但是，你听我解释一句，除夕之夜，我们就准备好龙灯，计划初一上午到你们两家新开业的宾馆拜年。从李家村出发，右边是兴城宾馆，左边是永昌兴宾馆，当然是先右后左的顺序。再说，他们又是外地老板到我们本地来领办宾馆的，我们给他们先礼，这也是乡下人做事先礼后宾的规矩，且情理之中的事。本来，我们计划就是贺新，祝春节快乐，舞舞龙灯，喝口开水就到你们这边来。不瞒你说，他就是留我们吃中午饭，我们也不会吃。因为，在他们那边吃中午饭，上午就不可能再过到你们这边来了，要吃饭也得到你们这边吃。哪知道，他们不把我们当人看，连叫花子都不如。我们放了鞭炮，在大堂里一直等人出来接待，却一直不见人露面。当然我们不可能就此灰溜溜地离开，就坐在大厅等他们老总出来接待。大约过了半小时，还是不见人露面，我们有个兄弟就说了句难听的话：“你们兴城宾馆的老板都死光了，为什么一个也不出面来接待我们。”这句话还没有说完，从大堂后面走出一个老板（他们三个老板合伙经营的，三个老板我们都认识），他一出面，就指着我们这位兄弟说：‘你骂谁，谁是给你骂的，你们是什么人，大初一跑到我店子里闹事。’后面几个保安也一起拥上来，对着那位兄弟凶神恶杀想打架的样子。我们其他的兄弟当然就不让，‘这明明是你们乘势闹事，把我们前来祝贺的一片好心当恶意，不但不接待，反而说我们是前来闹事的’。大家听了这话都反胃了，互相就抓打一块了。”

“其实，刚刚双方你一句我一句争吵不开的时候，还没有伤着人，城南派出所的民警来了。这下，我们全明白了，这是他们有意设的圈套让我们钻，我们上当了。民警一到不问青红皂白，就抓我们的人，当时，要抓说过急话的那位弟兄，在场的弟兄不让民警抓人。大家拥向民警，民警只有三个，我们十多个人围着民警，他们不可能将人带走。后来，我们建议派代表到宾馆接待室说清。用他们的话说就是谈判，他们不干，僵持了大约几分钟。然后，又来了十多个民警，要将人带走，在这种情况下，我只好说，你带他走，我也陪着去。反正，在这里说不清，到你公安局也要讲清，我们没有错，我们一直是先礼后兵。我们俩被民警带走了，其他的人，包括前来看热闹的近一百人也都散了。龙灯没有舞成，到你这边也未来成。我们到公安局，把情况说明，他们做了笔录，加起来不到一个小时就放人了，你说冤枉不冤枉。

“今天，又是我带头来你们店拜年。没有事先通知你，确实是小弟头脑简单不会想事，要不是你来得及时，我们又会像初一到兴城宾馆拜年的下场。”侄女二芬在旁听了发笑。

“谢叔叔，不至于吧，我不懂事，但我知道向我五叔请示汇报呢！”

“对，对，侄女灵活，会处事。”

侄女接着说：“五叔，按照你的吩咐，人员都在大堂等着看龙灯，舞完龙灯到员工食堂开餐。因为，宾馆餐厅还没有开张营业，只好委屈大家吃个便饭。”

按照安排，舞完龙灯，每个前来拜年的都封了红包，总共三桌人吃饭挤得满满的，让这些人吃饱了喝足了，高高兴兴地离开宾馆。后来，那个为头的谢礼明与能量结拜兄弟，发誓要保兴城宾馆平安。他说，曹老板的为人，不得不让人佩服。看来，被折服的人，本身就是一种精神，而且是一种了不起的民族自强不息的精神。真是闹中见真情。

二十七

西河情缘

不是插曲的插曲。今天，对于曹能量来说，无意中引来一段旧情再现，让他无言应对。其实，是他人生中不可多得的美忆。在饭桌上，一个十六七岁的小伙子，能量以为他同是城南人，热情地问他爸爸的名字，是干什么的。听到老总的问话，小伙子当即放下筷子不吃了，而十分伤心地哭开了，弄得在座的不知所措。能量离座站在他身边劝说：“别哭，别哭，大过年的，是不是叔叔的话，问到你的伤心处。如果是这样，就算我什么都没有说，好不好？你吃饭噢！”反而，小伙子顺势扑在能量的怀里，更加大声地哭开了。能量赶紧将他带到自己的办公室去了。到了办公室，小伙子不哭了，才慢慢地道出为什么哭的原因：“叔叔啊！早就听我妈说起你。只是，我妈碍于面子，不好前来找你，也不要我来找你。我就是刘玲的儿子，我叫张浩，我爸爸前两年得癌症去世了，我初中毕业后，一直待在家里，没有找到工作。妈妈也提前退休了，现在，母子俩就靠母亲那点退休工资为生，我几次要来找你，给我安排点事做，妈妈阻止我，就是不准我来。没有她的允许，我又不敢私自前来找叔叔。本来，又是她告诉我，你是她和爸爸的初中同学，说你是个好人。为什么又不叫我找你帮忙，这就使我费解了。”能量一直听着张浩说，听到这时，他突然打断张浩的话，要他不要再瞎猜了。他说，现在还是大过

年的，等过完年后，要你妈来找我。”他拿了一张名片，同时，递给他一个红包。又说：“你千万不要到社会上去混，你妈不容易，你爸不在世了，如果你再不学好，有个什么闪失，她的日子就更加难过了，你一定要听你妈的话，为你死去的爸爸争气。听懂了吗？”

“听懂了，叔叔我一定听你的话，不乱来。今天，是几个同学叫我跟着来玩，其实，我又不会舞龙灯，只是想借此机会见见你，果真，让我如愿了。红包我不能接，我妈说了，不能随便接受别人的礼包。”

“你妈说的别人，不包括我，我是你叔叔。走吧！一起吃饭去。”

“叔叔，饭不吃了，我要回家。”

“好吧！你一定要回家噢！”

回到家张浩把这一档子事一五一十地告诉了自己的母亲。“曹叔叔带话来，要你出了节就去找他。”刘玲听完了儿子的汇报，没有回答是否，自己却在深思，到底去还是不去呢？真有点不好意思去找旧恋人。话又说回来，也没有什么不好意思的，当初，才十六七岁，根本不懂男女方面的事，只是自己看到曹能量的人品确实不错，不仅是我一个女同学暗送秋波，班上她知道的就有好几个对曹能量有单相思。只是，大家都把这份爱放在心底，如果我没有张建中这个死鬼的缠恋，我也会像她们一样，不会在能量面前表露自己少女的爱慕之心。说句心里话，至今，我还是十多年前那样想着这个男人，在她的心目中。虽然，他们没有成为夫妻，没有那种关系。但是，他就是我的第一个恋人，是我人生中第一个喜欢的人。就是碍于这一点，所以，她不好意思见曹能量，见面之后，害怕控制不住自己的感情，在能量面前失态。现在的刘玲，又不是当初的刘玲，那么有姿色，那么漂亮，那么能吸引男人。加上，自己的男人才四十出头就离开了人世间，丢下她和儿子走了，我这个时候去找曹能量，岂不是向他讨情。虽然，曹能量不会这么认为，但是，旁人会不会这么想呢？唉，寡妇面前是非多，少去麻烦能量，就是基于这样的复杂心理，她自己想去找，又怕去找的缘故，更不好把这些心思吐露给自己的儿子。所以，她就是不准儿子去找这个好人的麻烦。

儿子张浩确实是个聪明的儿子，他初中毕业快两年了，一个小伙子成天待在家里怎么能耐得住寂寞。有几次，试着要妈妈去找她的老同学，要点事做，妈妈就是不答应。初四那天，刚好在城南同学家玩，听说他们要到永昌兴宾馆拜年，才想出这招，亲眼目睹了这位父母亲的同学叔叔，果真处事不凡。这么一个难堪的局面，给他一拨弄，就坏事变好事，皆大欢喜。当时，他就有受宠若惊的感觉，所以，他有意地坐在老总这一桌，能方便接触这个老总叔叔，才有了那一幕，要不然，按照母亲的交代，这一辈子也没有机会接受叔叔的关爱。

想来想去，不管怎么样，她还是决定去一趟。虽然是过年，穿了件新衣服，她想对着镜子梳妆打扮一翻，哪知道，不照还好，这一照坏事了。因为，平时，她很少对着梳妆台照镜子，只是随便拿把梳子在头上梳梳而已，免得蓬松的长发乱成一团，就算是女人的打扮。特别是老公去世之后，更是无心打扮了。今天，在镜子里看到自己两边的鬓发全白了，眼角的鱼尾纹也出现了，吓了她一跳，这是刘玲吗？怎么会老成这个样子，也是刚四十出头，根本不像刘玲。就这么个丑八怪，不吓着老同学才怪呢，快二十年没见面了，真是没有脸相见了，我不能去，我不能让老同学见笑。人活在世上，都是命运安排好的，属于自己的谁也夺不走，不属于自己的想得到也得不到。这一辈子本来与曹能量就没有缘分，所以，得不到他的爱。年轻的时候没有得到的东西，老了就更不要想得到，咱们安分一点好，这也许就是人们常说的，女人爱面子，这就是刘玲爱面子的表现。此时的她，确实想得太多了，心理太复杂了。虽然，嘴上说不去了，打死我也不去，但是，心里又像猫抓似的想去。她想要见的人，毕竟是当年自己动过心的男人。再说，自己去不去见他倒没什么，管他喜欢不喜欢，就那样了。关键是儿子，儿子天天在追着做母亲的早点去见叔叔。因为，他太想工作了，再这样待下去，说不定会憋出病来，或者会与社会上的混混儿混到一起，做出一些犯法的事。连张浩自己也不敢保证。是啊，为了儿子，不多想了，去吧！这思前顾后的想，时间到了吃中午饭了，索性吃了午饭才去，今天正好是正月十六日。

这时，儿子从外面回来了，看到妈妈一大早就在梳妆打扮，怎么？快吃中午饭了，还在家窸窸窣窣没有去叔叔那儿。昨天，不是答应好好的，今天去。他冲口问母亲："妈！你到底是去还是不去找叔叔。你不去，那我就自己去找，反正，过完年了，我要上班做事了。"母亲给他这一问，马上就泪流满面，坐在沙发上，饭也不做了，伤心地哭开了。她一边哭一边诉说着，也不知哭诉儿子他爸，还是诉自己的命苦，还是说儿子不争气。她哭丧着脸说："你这个死崽（她从没有骂过儿子为'死崽'，平时，再怎么生气，也称'骄崽'），只知道叫娘去，你知道个什么啰，你什么都不知道，我们毕竟是十

多年未见面了。见面后说什么，说你爸死了，说我下岗退休了，说你十六七岁的人待在家没事做。还说什么？要他给你安排个事做，你说，我说这些意味着什么？意味着叫花子讨饭吃。难道还能是什么。”

“妈啊，你也真是想得太多了，你那个老同学，我看他不会这么想。”

“就算他不会这么想，别人你能保准不这么想，不这么说？”

“别人，管那么多，哪怕你死在家中也会有说长说短的，我们只管眼前，管自己。叔叔这么大一个宾馆，安排我一个，这个忙我相信他会帮，就算我求你了。妈，你还是去一趟吧！从我那天见到曹叔叔，就判断出不会是你想象中的曹叔叔，那么难求，那么难说话的人。我看他对我还有份特殊的感情。”

“行了，行了，你不要瞎说了，听你说我心里就烦，咱们下午一起去，得了吧。”

“我的好妈妈，谢谢你。”

“先不要谢我，还不知道你曹叔叔买不买我这张老脸的账，给不给我面子。”她为什么要带儿子一起去？难道是怕自己一个人，力度不够，还是怕她自己旧情复发。我看都不是，主要就是想把儿子埋在心里的那一点希望给戳穿掉，你以为你妈是什么人？你以为你张浩是私生子不成。你妈不是你想象中的坏女人，你也不是谁的私生子，你就是张建中的野种，免得你老在做妈的面前，说半句留半句的，你不是曹能量的私生子，真要是他的私生子就好了。你也好，我也好，你不会失业没工作，我也不会落到眼下叫花子的境况。说来说去，又回到命运这个根本问题上来了，此时此境，只能用"命运"这个字眼来解答，她自言自语地说：“刘玲啊，你就认命吧。”

吃罢午饭，娘俩儿就去了永昌兴宾馆曹能量的办公室。儿子走在前面敲门，里面应答“请进”。娘儿俩一前一后进去了，曹能量正在认真地看电脑，头也没台就说：“请坐。”约半分钟，抬头一看是张浩。问的第一句话：“你妈怎么不来？”

“这，这就是我妈。”

曹能量觉得自己问话太唐突，马上离开办公桌让座。“刘玲，对不起，我刚才没有见着你，不该那样问张浩。”

“你不是没见着我，而是认不出我了，一个老太婆也不需要你认得。”

“刘玲，老同学，我怎么不认得，你还是你，我还是我，虽然二十多年没见面了。但是，我们毕竟是同窗老同学啊。”

“谢谢你，还认我这个老同学。”

话又说回来，当时，曹能量确实没认出站在张浩后面的老太婆会是当年的刘玲同学，她真像是要钱的叫花子。因为，春节期间前来要钱的人特别多，本来，眼角有了鱼尾皱，头上又布满了白发，加上故意穿着一身旧衣服。

为了这身打扮，做儿子的出门前，还说了妈妈几句：“妈妈平时外出还收拾收拾，穿得整整齐齐漂漂亮亮的。今天咋的，要见曹叔叔，倒一点儿也不讲究。”

“你这小子也管得太宽了，你老子在世时，也没有管过我的穿着，你倒比你老子还厉害。我爱怎么穿就怎么穿，你少管老娘的闲事。”

“好，好，算我多嘴，不说了，我的好妈妈，走吧？”

能量问：“上午怎么不来，害得我在办公室等了一个上午。”

“你又没有说，要我上午来，听张浩说，你说的出了节以后来。本来，我今天还不想来，还是张浩老催着来。”

“来了就好，来了就好，初四那天见到张浩，我一点印象也没有，要不是他认我，我根本不认得他。”

“你对他会有什么印象。那次，在你塆里码头上见着他时，还不到一岁，才十个月，叫人都不会叫，一别十七年了。包括我你都不认识，张浩你肯定认不得啰。”

“是，是，一别十七年了。”

刘玲问能量：“你这十多年是怎么过来的？”

“我嘛？后面这些年，进了城之后，也就很少去老家，即使偶尔去一趟看父母亲也是来去匆匆，到镇上下车也没有抽时间去看看你们，实在是对不起。”他接着说：“听张浩说，张建中老同学走了，他是什么病？说走就走了，”当能量问到张建中，刘玲好像早已准备好了的眼泪，像开闸的水顺势从她那双布满鱼尾纹的眼角里涌出来了，她的哭可把曹能量弄蒙了，不知所措地问刘玲：“我说错了什么？刘玲你不要这样。”他起身准备纸巾给刘玲擦眼泪。儿子见状，自己不声不响地走出了办公室，刘玲趁曹能量递纸巾的同时，扑在曹能量的怀里放声哭了起来。正像久违了的情人，突然见到了自己心爱的人儿哭得伤心，哭得动情。好在是刚出节，上班不很正常，加上中午休息时间，其他办公室也没有人，能量也就任凭刘玲伤心哭也好，撒娇似

拍打他也行。毕竟是有那么一段初恋的经历。

刘玲哭够之后，自己怪不好意思地坐在沙发上，好像刚才什么也没发生似的说："能量，你千万不要介意我刚才失态的举动。不瞒你说，两年前，儿子刚初中毕业，他爸生病在床上，我就曾几次想找你抱头大哭了。以此来释放自己内心深处的苦涩。今天，谢谢你给了我机会，我现在轻松多了，我知足了，没事了。你不是问他爸怎么去世的，要是他还在，我也不会来找你，要找他来找。"

"话不能这么说，你找，他找都一样，怎么就去世了呢？我记得好像他大我一岁，大你两岁，算起来现在才 45 岁。那么，他 43 岁就离世了。"

"是啊，他一走，把我娘俩儿留在这个世上，不就是活受罪。"

"那也不可能。"

"你说，有什么不可能的，我们八年前就离开西河镇进城的，当时，他调到县农科所任技术员，分有一套 50 多平方米的住房，就是现在我们住的那套。我还在镇里供销合作社上班。后来家搬进城了，儿子读书也过来了，只剩我自己两头跑。本来，日子也还过得去，大约过了三年的平安日子。由于市场经济体制的建立，供销合作联社，就像王老二过年，一年不如一年，到最后彻底垮掉。现在，只是名存实亡的供销社。碰着这样的景况，本身工资也不高，干脆我就办了退休手续，住到城里来伺候他们爷俩儿。一个读书，一个上班，这样，我总算解脱了，免得两头赶。一家人，大约又过了两年的平静生活。张建中任聘为高级工程师，工作也轻松，上班也不远，回来吃现成的。虽然，我退休后少了点钱，他的高级工程师又弥补上了，我也知足了。知足常乐，我们也算快快乐乐地过了我和张建中人生中最美好的一段时光。"

"这个张建中，我早就知道他是无福之人。那一段时间里，他总觉得人不舒服。但是，班也在上，饭也在吃，只是没有以前吃得香。后来，我催他到医院看病检查。当时，我也怀疑他是患有癌症。结果，一检查，是肝癌晚期。我一听到这个消息后，自己就像掉进了冰窟里一样，一身的冷汗。当时，我瞒着他，没有把这个不幸的消息告诉他。只说，福城医院没查出什么病。我自己也想否定这个现实，否定医院的检查结果，很不相信地带着他到长沙、广州大医院重复检查。结果，都一样，肝癌晚期。我想到他走的日子，不知背着他哭过多少？掉过多少眼泪？我刚才说，想找你哭，就是那个时候，我的命好苦啊！老天爷为什么对我那么不公平。灾难为什么总是往我身上降临。

后来，不到半年，他丢下我娘俩儿，走了。儿子当时才 14 岁，小学刚毕业，现在我就靠 800 元的退休工资，加上儿子的一点抚恤金过日子。所以，今天是厚着脸皮来找你帮忙，给儿子找个事做，本来早就想来，不是怕你不帮忙，而是我自己不好意思来找你，再说，也怕找你，害怕控制不住自己的情绪。结果，今天还是出现了情绪失控难堪的场面，让你见笑了。你说，不给儿子找份工作，害怕他学坏，我一个妇道人家，怎么管得着他一个大小伙子。不过，他也还好，到目前为止，还比较听话，没有给我惹出麻烦。”

“这样吧，刘玲，”他用纸巾擦掉自己的眼泪。其实，他也是一直含着辛酸的眼泪，听刘玲说完她自己的家事。“明天，你就叫张浩来我宾馆工程部上班。你放心，我会像对待我亲侄儿一样管教他。如果你想上班，也来宾馆先打扫卫生，以后，看有什么适合的岗位再调换。刘玲啊！不是我说你，你遭那么大的罪，日子过得这么艰难。而且，你又知道我在这个城里，为什么早不来找我？至今，要不是那天张浩这小子灵活，我们还不会碰面，你太不应该了，你太小看我曹能量了，我们俩人避开那层关系不说，总还是同窗几年的老同学吧。今后，不论碰到什么困难，过不去的事，再也不要跟我客气了。如果，再是像以前那样，我知道了可对你不客气。”

“你怎么个不客气法，难道会把我吃掉，吃掉了才好呢：省得我日夜思念你。”两个人又哈哈大笑起来。

正在这时，有人找曹能量汇报事情。儿子也进来了，看到妈妈与叔叔谈笑风声，心里好是高兴啊！正好，刘玲有话当着儿子的面说：“从今住后，我就把你托付给你曹叔叔了，你要听话，要争气，把班上好，把交给你的事做好。曹叔叔说了，你明天就可以来上班。”

“谢谢叔叔。妈哎，你就放心吧，我一定听话，一定为你争气，一定做好自己的事，让曹叔叔满意。”

“好吧，老同学，我们就回去了。”

“不，吃完饭再走。”能量留她们母子吃饭，也想叫木兰见见刘玲。结果，刘玲再三推脱不吃晚饭了。说：“家里还有客人等着呢。”

这样说，能量只好把她娘俩儿送到宾馆门口，告别的时候，曹能量送给刘玲一个红包，刘玲执意不接。后来，能量霸蛮塞在她手上，封了多少钱，刘玲回家拆开看才知道，正是当年卖冰棒她塞给他的十倍。

刘玲走了之后，他一个人伫立在办公室深思，心情一直难以平静。想着想着，他自己也不知道是怎么回事，眼眶含着泪啜泣不止，这是为什么？是不是因为刘玲的泪水撩拨他埋在心底里二十多年的旧情，使他十分激动、而兴奋、而流泪呢？不是的，他自己也不承认，首先否定。他是因为刘玲为他儿子找工作的事，联想到当前世道的变化，让人们感到一切都那么陌生，同情而流泪。过去，只有吃农村粮的人，找吃国家粮的人要工作，农民千方百计想转国家粮。哪有吃国家粮的找吃农村粮的要工作。想当初，刘玲是我们班屈指可数的几个吃国家粮的同学。而且，刘玲的爸爸又是西河供销社的主任，全家都是吃国家粮，那个时候的供销社，可以说是全公社的购物中心，吃的，穿的，用的，都是凭票供应，刘玲要有多幸福就有多幸福。当时，她主动与曹能量谈恋爱，曹能量把自己比作黄鼠狼，把刘玲比着天鹅，他不想，也不敢吃刘玲这天鹅肉。自觉地躲起来，不见她，哪有吃农村粮的男方找吃国家粮的女方当爱人，那是天方夜谭。才过去二十多年，由于改革开放，改得一切都翻转过来了，真让人跟不上形势，看不懂这个世道。晓得形势变化这么快，当初，何不同意刘玲的恋爱要求，也就不会害得刘玲落到眼前这种地步。唉！过虑了，不想了，这些过去了的事，让它过去吧，这些都是命运的安排，多想也没有用，刘玲啊，你就认命吧。不过，今后我会尽力帮助你娘俩儿，难怪有人说过，这个世上最有力量的是爱情，爱情的力量是无比的，曹能量想尽力帮助刘玲，这大概就是爱情余力的涌动吧，割不舍的西河情也！

二十八 送子留学

当下，出国读书，几乎成了中国人的时尚。有钱人不用说，一定会把钱花在小孩智力投资上，送去留学。哪怕没有钱，也要千想方万设法筹钱，把小孩送出去。为了实现这个想法，像发疯似的，也不知道有多少人连乌纱帽一起送掉了。有的甚至是拿生命作典当，其结果是人财两空，丢了孩子赔了钱。

孩子也不知道父母亲的钱来之不易，珍惜这份学业，好好读书，学业有成，回国孝敬父母，报效祖国。这些留学生们即使学成了，也不回国行报效之意，而在国外游荡，成了社会游民，更有甚者定居他国，过着自己花天酒地的日子，乐不思蜀了。好不容易把孩子供出去，完成了学业，却害了他们。

能量送子留学的想法倒不是改革开放才有的，是在他初中辍学之时就有了的。他没有钱，家里穷，连午饭都供不起，而饿晕倒在地上的情景，现在回想起那一幕也是后怕的。所以，从那时起，他要努力赚钱，要让自己的下一代多读书，接受高等教育，成为读书人，一定要让他们到国外去留学。他的这个想法，不过十七年的光景就实现了。

那年春节。能量在新世纪大酒店接待了木兰姑妈一家大小八口人，姑父

是H大的教授，姑妈是H大的高级讲师，他们生有两个孩子，大女儿大学毕业在省外贸单位供事，女婿在同一个单位。儿子大学毕业在北京体育报社当编辑，儿媳在省体委工作。真是一家学子，各人忙各人的事业，大家子人回老家过春节，有史以来第一回。前些年木兰奶奶还在世时，姑妈一年至少有一两次回家看八十多岁的老母亲，奶奶去世之后，几乎没有回过一次。按说，她的嫂子—木兰的母亲可以值得她敬重。因为，嫂子与她母亲相依为命五十多年，她才与母亲一起生活不足二十年就上学，一直在外。特别她母亲最后这几年，半身不遂，生活的艰辛，那是可想而知。奶奶患了半身不遂偏瘫病，到后期卧床不起，都是木兰的母亲，她的儿媳端屎端尿擦身梳头耐心服侍。这些连自己亲生儿女们都做不到的事，是这个儿媳妇做了。有时候姑妈想起这些事，真是感动得含着热泪对嫂子说："嫂子，你是我难得的好嫂子，也是我妈难得的好儿媳，你对我母亲的好处，是数不胜数，无法用言语表达，我会永远感谢你，报答你。"可是，话是这么说，虽然老两口退休了，但是，一些社会活动总是免不了的，到了他们这种级别，有些活动别人特邀，你不去还真不行喽。

另外，儿女们虽然都有出息，都有自己的事业，但是，作为父母亲长，该操心的事还是有的，别人还不能替代，真是各家有本难念的经。这次，姑父、姑妈在去年的国庆节就决心要带全家人到老家过年，并下令，一个也不准缺席。这个决心一下，整个城南人都知道，张紫梅率全家回来过年了。她们全家回来，真可谓为城南增添了一道过年的鲜菜，大家街头巷尾地议论着，你看看别人，全家人都是些大学生，都是干大事有出息的。人的一生，还是要多读书啊！

唯有读书品位高，读了书，肚子里有知识，才能走遍天下，才能成大器候。初四那天，晚饭之后，姑妈一家人在能量的小洋楼里坐着闲聊。其实，并不是闲聊，而是，姑妈有意安排的一曲家族戏。姑妈唱主角，姑父唱配角，其他几个表哥姐妹帮腔，敲边鼓，姑妈的台词是这样说："能量、木兰，你们这么年轻就有了如此大的事业，我打心眼里高兴，真是为我张家争了光。虽然，是好政策加上你们勤劳得来的。但是，你们必须要看到，现今社会的发展，包括将来，是知识的社会，是科学的社会，单凭死劳力是行不通的，会落后的，目前来看，在你们这代人，还勉强过得去，到了你们的下一代就难说了。所以，你们现在有钱，要用到刀刃上，用在子女的智力投资上。让他们多读书，读好书。我倒有个想法，能不能把曹明放到我身边去读高中、大学。反正，我与你姑父退休后没有蛮多的事。”她反身问自己的老公：“你说呢？他爸。”

“可以，这个想法很好。”

姑妈接着说：“我看曹明这个外孙，能读书，将来会有出息。这样一来也可以了了我的一桩心愿，为你们家里培养出一个人才，也算是对我哥嫂的一点回报。”

表弟接着其母亲的话说：“读了大学还要到国外去深造，读研究生，读博士。现在，本科生都适应不了国内形势发展的需要了。”

表妹也说：“我妈就是希望后代超过自己，有出息，曹明侄儿完全可以培养。就这么定了，春节后，到省城去读高中。”

能量看到姑妈一家子那么看重曹明的读书和培养，从内心里感谢不尽。他说：“本来，我也是那么想的，让孩子们多读点书。因为，自己书读少了，知道文化知识的重要。确实想把两个孩子送出去，姑妈这一说，就更加坚定他对下一代培养的信心，并加速她实现这一愿望的步伐。就按姑妈的意见办，下学期开学，曹明到省城去读高二，姑妈一家正月初六回省城了。今年春节实实在在的过得很热闹，很开心。对于能量一家人来说，更是今非昔比。大哥也回兴城拜年。因为，父母亲头年 5 月份从乡下搬进城了，所以，大哥能刚拜年再也不用回去伍家坪塆村了。能量把姑妈一家人的想法全部告诉了自己的父母亲，同时，与大哥一起商量曹明下学期读书的事。父母亲听了以后，十分高兴，有他姑奶奶的关心、支持，这样太好了。”

大哥听了以后，就连想到，他有个战友的小孩读完高二就送到英国读语言适用班。读完了英语班就可以直接在当地读大学，比读完高中再考去国外读大学更好，曹明，是不是也可以走这条路子。因为，英语关总是要过的。

能量听大哥这么一说好像从中得到了启发，自然自语地说：“这个办法好是好，就怕曹明一下子离家远到国外去。语言不通，适应不了，读不下去。”

大哥又说：“这个不用担心，战友的小孩李好能读下去，曹明独立生活的能力应该不差于李好。这一点我完全相信曹明读得下。现在，我担心的不是这个问题，而是另外两个问题。一是学费高，听说到英国读书一年要几十万元。另外，办出国手续难。”

能量说：“既然想出去读，就不怕出高学费，反正，自己生意在做，每

年搞几十万元应该没问题。经费问题解决了，办手续的问题就更好办了。”因为，战友的儿子已经在英国读了，他爱人亲手办的出国手续，可以请她寻归老路办理。结果，当年 11 月份出国的手续全部办好了。

姑妈得知这个消息后，自然很高兴。因为是一步到位，读大学与深造同在国外完成。姑妈问能量：“曹明就读英国哪所大学？”

能量告诉姑妈，在利物浦市读预科班，然后，再读利物浦大学。

“正好，他表舅长驻英国，听说也是在利物浦市记者站，表舅刘亮在《中国足球报》，去年才派驻英国记者站，什么时候去？那边可以通知他表舅到机场接他。”太好了，简直是天赐良机。好啊！真是太妙了，正是大家担心在英国举目无亲的事，这下可以放心了，有他舅舅在，就全放心了。

本来，可以住在舅舅家，让舅舅照顾与辅导。但是，为了曹明更好地学习英语，尽快适应英国，他把曹明安排在利物浦市城东，他们的记者站在城西，这样只有星期天在一起聚一聚。舅舅完全可以关照他的学习。后来，曹明深有体会地说，与英国人生活在一起，通过生活对话，是最好的语言学习方式，特别好学好记，一天下来等于课堂上一个星期。按计划一年预科班，只用了一个学期就解决问题了。第二年春节后很顺利地就进人利物浦大学读大一。暑假曹明回家度假，大伯父关心地问他的学习情况和在英国读书的感受，他说：“先是怕，后是急，再后来就是无所谓。怕生活不习惯，毕竟是一个在地球的东半球、一个在地球的西半球，气候、饮食、语言都是截然不同。自己怕适应不了，读不下去。去了英国身临其境，特别是通过与英国人生活一起接触，也就很快适应了。吃的方面，对于我来说不是问题，因为，我在家就不挑食，什么都能吃饱，所以，我的生活适应能力，舅舅都佩服，说比他还快些。后来着急，急在听不懂对方的话，有时急得哭，有次到东家串门。英国人没有串门的习惯，串门必须是有事找，东家问我有什么事？我听不懂这句很地道的英国话，我们都急得无法形容，只好用笔写出来。结果，大家都是用笔来交流。打那以后，我只要有空就深人到英国人群当中去，与他们互相交流，特别到超市购物，有了一两次购物，就可以将各种价弄懂。半年之后，语言畅通了，生活自如了，并且，还可以交流感情。有位英国籍女同学，很大方，公开要与我处朋友。接触过程中，都是英语对话，对我学习英语的确起到了很大的帮助作用。当然，只是处朋友而已，那位女同学不可思议地说：‘古老的东方人，果然固执无礼。’意思是拒绝了她的感情。对于这些，我当然是无所谓了。因为，我是在英国求学，而不是来找对象的。但是，我在英国读书的几年，与在国内读书相比而言是轻松的，没有一点压力。每次考试都是班上的前几名，这可能与西方的教学方式有关，西方的教育方式是以启发式，和实物教学为主，不像国内灌输式和死记硬背的方式。由于，我们在国内读死书惯了。所以，很注重书本知识，有了书本知识的基础，加上启发式的实物教学，所以，就不觉得难，而很轻松。四年的大学很顺利的毕业了，在最后的一个学期里，我同时考起硕士研究生，还是在利物浦大学。"

这时，父亲给了他一个带弟弟留学的任务。弟弟曹军高中毕业了，还是想走哥哥的路，到英国读大学，这与曹明当年到英国求学比，就是轻车熟路了，就是小事一桩。就这样，曹能量一下送去两个儿子留学。真是，越有越富，这又是一笔了不起的无形而又是有形的固定资产。因为，这两个争气的儿子，学业有成之后，一定能成就一番事业，对此，能量是充满信心的，他的投资，是百分之百的回报率。

二十九 离乡进城

五味盐做主，百行孝当先。人人都是父母所生，我们今天是父母的儿女，等将来我们又会变成儿女的父母，父母为我们的学习成长操碎了心，我们没有任何理由不尊重父母，不孝顺父母。一个连父母都不孝顺的人，你还能指望他做什么呢?

由于做房地产生意时间长了，兄弟姊妹都购了新房，住在城里去了。本来，父母亲早就应该进城和子女们住一起享清福。能量和兄弟们多次做工作，并且，说明居住的方式，任他二老选，愿意与哪个崽住都行，不愿意与崽女们一起住，单独住也行，房子大小，楼层高低，任二老自己挑选。左劝右说，父母亲一直没有松口进城住。大崽能刚，专门跑回老家做工作，请二老进城住。能刚长期在外面工作，见多识广，讲了许多的道理。比如：“你们都七十多岁的人了，人老体弱病多，这是自然规律。老说千好万好，就是求医买药不方便。进了城，这个大问题就解决了。另外，生活上也有许多的不便，5 天才赶一圩，荤菜好办，买回来放到冰箱里可以吃上一个星期。长菜放冰箱里久了，就不能吃。再说，你们二老住在老家，我们兄弟姊妹都进城了，想去看也不方便。从目前的情况看，这条路不知要何年何月才能修好，当时，1833 全线改道，即使修好了，通了车，来回也要一两个小时，大家都有工作，都很忙，长久不来看你们又不放心，要来看你们一趟确实很困难。虽然，装了电话，可以在电话里问候，但是，毕竟没有见到人谈天，还是不放心，你说呢？妈妈，你还是听儿一句话，搬到县城去住，对你二老的生活，对我们的工作都是有益无害的。”尽管，大崽这次谈天，对父母亲有所打动，父亲不说什么，其实就是默认了，只说：“听你妈的，她说去，什么时候去，我没有意见，更不会反对。”

母亲还是坚持不进城住。她说：“年轻的时候，你们都还小，我想进城，确实想疯了似的，很想像城里人一样生活。那么自在，那么幸福。现在，我不想进城了，为什么？因为，我在乡下生活与城里人一样，冰箱、彩电、电风扇、电话都有。再说，我 18 岁就来到伍家坪塆村，已是 70 岁的人了，这里的山山水水，一草一木，我太熟悉了；这里的老老少少与我都相处得很好；这里的天，这里的地，这里的气候，我都舍不得离开它们。它们是我生命中的一部分，我离开了它们等于离开了这个世界，我不能背井离乡，那样，对我的晚年不会带来幸福，相反，会是痛苦，请你们理解我。至于说，你们来一趟看我们不容易。你们的时间紧，路不好走，这些都是暂时的。等路修好了，你们自已有了车，几十分钟就到了。如果，我与你爸活得长，你们就资助一点钱，请镇上把这条路修好，回家就方便多了。我们活得短，几年之后，你们也就不走了，我又何必死到外面去呢。”

母亲啊！母亲，我亲爱的母亲，我知道你，你爱自己的子女，亲人，但你更爱西河，更爱故土，更爱家乡，这就是俗话说的“故土难离，叶落归根”。人啊！就是这样，特别是老人更是惰性难改。大哥不但没有说服母亲，反而被母亲爱乡之情感动。母亲还说：“我相信你们老了的时候，一定会像我一样思念故乡。”

大哥再不提父母亲进城的事了，回去忙他自己的工作了。他想，也许母亲说的对，人老了，最害怕的就是死在异地他乡，叶落不能归根。其实，这没有什么？人固有一死，人死如泥，这不是明摆着的事实吗，为何人老了就最忌讳这一点呢？唉，不可思议，不可思议也。

大哥此次劝说过后，不到一个月，那天，天晴气爽，父母亲早早地吃过早餐，就从西河坐船到镇上改乘汽车，想到儿子们家住些日子。他们提着一点换洗衣服，中巴车前面没有座位，就坐在后尾一排，司机是本地的熟人，起步的时候再三嘱咐两位老人。“这个路很烂，车在行驶过程中，必须选道而行，难免颠簸，你们一定要抓住扶手，以免出事故。”两位老人回答说：“你

就放心地开吧，我们坐过那么多趟去兴城的车，对这条路和坐车的姿势清楚得很，我们会坐稳的，不会出事的。”结果，话还没有说完，车行驶到封蔽山地段，也是最烂的一段路，车猛一颠簸，此时，母亲伸手想抓住前座的扶手，结果，抓空了，人，随着中巴车的颠簸完全脱离了座位，头顶住车顶，眼睛冒金花，然后像从空中掉下来一样，屁股落在座位上的同时，腰痛得直不起了，只好躺下。好在到县城只有几公里路了。但是，就是这几公里路。也走了半个多小时，本身路烂车不能走快，加上伤腰的老人叫喊，更不能开快了，老人经不住再次颠簸。此时，司机很抱歉地说：“老人家，对不起您，这个路太坏了，还不知道要害多少人，害多少车，害多长时间啊！这些打靶鬼领导，也不为人民群众想一想。没有钱修路，就不要先挖烂，全线挖得稀巴烂。结果，一撂就是好几年，这不坑苦了百姓。”

母亲直接被送进县人民医院，照片结果，才知道尾椎骨第二节骨折，这个伤位，因为是十分敏感的部位，痛得不行，加上年龄大了，很难治愈，真气人。住了个多月院也不见好转。母亲坚持要出院，她想，回家慢慢地调养，用中草药治疗比住院兴许会好得快些。在母亲的坚持下，依然，回到了老家，离别了将近一个月的家，母亲觉得有些陌生，但又觉得格外的亲切，因此，病痛也好了一大半。经过中草药的治疗。三个月之后有了明显的好转。然而，却落得个终身残疾，至今，腰撑不直了，弯腰驼背，可怜的老母亲，就是到了这一步，她还是舍不得离开老家进城住。

又是半年之后，母亲肚子痛得相当厉害，父亲打电话说：“十分紧急，赶快来车接到县人民医院住院治疗。”事不宜迟，这时，能量派二哥用三菱越野车从兴城直达老家。越野车行驶了一个多小时才到达，往返时间花费了一个上午。住进县人民医院之后，医生马上会诊，会诊结果，急性阑尾炎。而且，要立即手术，这时，能量通知大哥过来签字。医院以阑尾炎进行做手术，打开腹腔准备切除阑尾时，却发现和阑尾炎的症状不像，最后才发现一个直径 30—40 公分的大肿瘤。主刀医生认为，就是这个肿瘤引起肚子痛。但是，又不敢下结论，因此，将副院长和外科主任请来会诊。参加临床会诊的张主任，当场否定，这不是肿瘤，是女人身上特有的子宫。而且，是很正常的子宫。副院长也认为是子宫，这才缝了刀口，七十多岁的老人白白挨了一刀。

母亲出院之后，坏事变好事，为了治病方便，自然而然的就和能量住在一起了。木兰却像当年她母亲对待她奶奶一样，精心护理，无微不至地照顾，母亲对儿媳的护理很满意，主动提出从乡下搬过来和他们住在一起过晚年，能量两口子当然是求之不得。后来，能量安排一套140平方米装饰好的套房，当年五一劳动节正式入住。父母亲真正意义上进城，就是这两次病魔的折腾，让她认命而又自愿地迁居进城。

人的堕性依靠环境来改变，环境改变人，人也可以改变环境。但是，终究还是事实改变人生。能量改变了家庭居住环境，全家老小都进了城，生活环境，医疗条件都改善了，事实说服了父母亲，面对现实，终归让父母亲过上了舒适的城市生活。

真情回报

在中国，有个不成文的说法，不知道这个说法有没有道理，让大家去掂量。只要说到富人，就想到为富不仁。这个说法的意思，不知是说，富者固不仁而富呢！还是说为富之后就不仁，或者两者兼而有之，反正是贬义。比如：西晋时期最有名的富人一石崇，此翁为何成为富人的，有成语说：“巧取豪夺”，他巨富之后怎样呢？修一座富丽堂皇的金谷园，宴请客人时用美人劝酒，客人不饮则诛杀美人。居然可以连斩六人而不眨眼，这就是两者兼而不仁的石崇。又比如世界首富比尔·盖茨，他拥有资产几百亿美元，他捐献给慈善事业的财产相当于他现有净资产的百分之六十。他之所以这样做，其目的是想树立起一个美好的富人形象。可是，事实并非如此，有舆论说他是为了免税，才捐一亿美元给印度人做抗艾滋病的研究。为了做广告，才给学校捐献电脑，向下一代推销产品。舆论的威力真是可怕，往好处说你，便是众口铄金。往坏处说你，却是积毁销骨，比尔.盖茨被这些说法都弄糊涂了。有记者采访他时说：“我对于自己拥有如此巨额的财产，多少感到内疚。”

能量，不能与石崇和比尔.盖茨比，因为，他不是巨富，也不是首富，他只是一个贫穷群体中的小富。也就是说，与穷者比，他是富人，与富人比，他还是穷者。再说，他是靠自己的双手和汗水赚得的，没有半点欺诈和来路不明的灰色收人。钱的去向就更加是清清白白，赌、嫖不沾，美食不念。只是用于帮困济贫和公益事业。这在西河，在伍家坪塆村都是有口皆碑的。

那年7月15日，由于“碧利斯”热带风暴的袭击，一时间山洪暴发，河水猛涨，使得湘南大地，良田变沙丘，家园变废墟，积土成洼，聚沙为塔，到处可见残垣断壁。美丽的家乡——伍家坪塆村也是在劫难逃，有老人说，是几百年未遇的大水灾，一瞬间全塆一片汪洋，房屋、人畜、家产全部泡在洪水之中。

好在湘南的山洪来得猛去得快，即使几个小时，也把本来不富裕的乡村，房屋倒了三分之二，四十来户人家，家家遭灾受害，有的是洗劫一空，有的只是走出一个光人，连换洗衣也没有拿出一件，全部被洪水冲走了。灾后连吃饭的碗也要重新制。得知塆里的灾情严重，他很惊诧，泪水潸潸。而永昌兴宾馆同样遭受了洪灾袭击，损失上百万元。当时，要处理灾后的赔付和恢复营业，一时抽不开身。就请七十多岁的母亲率领大哥以及小弟作代表，赶到现场赈灾，对全塆人进行了慰问，重灾户和轻灾户分别发给了慰问金。同时，衣物上百件，塆里人说，我们遇到历史罕见的大灾，却得到了曹氏兄弟最及时、最具有亲情的慰问，真是大水无情，人有情。

这个慰问活动，不知道是谁报道的，后来，在《福城晚报》见报了。

随后，永昌兴宾馆恢复正常营业了。他不放心家乡，又亲自驱车到塆里看灾。看到生养他的塆村毁于一旦，看到曹氏府门“七步第”彻底捣毁，看到清泉水井的损坏，看到那熟悉石桥倒塌的残景，看到青石板路刚刚改修成的水泥路塌方，伤心地蹲在正厅屋“七步第”大门前流泪了。哭了。他擦掉眼泪，下定决心要恢复家园，找到塆里的负责人说：一定要恢复正厅屋，一定要让美丽的村庄恢复原样，甚至比原来更美好。否则，我们就不配做曹氏的后代。祖业不能失，“七步第”不能倒，我们要让“七步第”世世代代传下去，然后，他又具体地说了几条实施意见，请组里的人组织好，成立了由二哥能坚牵头的工程指挥部。清理现场和施工出劳力的事，都由指挥部负责组织安排，另外，发动在外工作的人自愿捐款，拿出预算交给二哥审查，需要多少钱，除个人捐款之外，不够的部分，保底钱都由他出。争取在明年国庆节前竣工。

“恢复路和桥的事，镇里牵头，不要你们管，我会与镇里协商，我会出

资几十万元修路。”这样，有了能量这个实质性的态度，以及他们几兄弟的关心和支持。塆里的人，按照能量的安排，积极性相当高，真是做到齐心协力，众志成城，保质保量地恢复了公屋乃至伍家坪塆村的美好家园。能量这一次捐款，加上给镇里恢复路桥的钱，共计近百万元。村里的老人说：“能量这一举动，才真正是光宗耀祖，为我们曹家脸上添了光彩。真是大水无情人有情，要不是能量的重视和实质性的支持，也许曹府就此真的废了，永远也恢复不起来了。我们塆里应该多出几个曹能量就好啰！”他这样做图个什么？为了什么？为名、为利、为公、为己？就连他自己也说不清楚，他也不想说清楚。他说：“真要我说，这一切都是我应该做的。”

此时，能量站在西河边，百感交集，心潮起伏，总觉得为家乡做得不够，应该付出更多才对得起生我养我的父老乡亲。

作者听说，后来，他不忘初心，为家乡人们做了许多的善事和公益事业……

读后感

成功源于拼搏

——读《西河情缘》有感

◎那维东

读罢《西河情缘》，深受感动，如读《平凡的世界》。

我虽然没有亲历20世纪五六十年代的艰辛，20世纪七八十年代的风云变幻，却也从父辈的口中以及书中体味到了人生之艰辛。

书中，记录的既是本家族的变迁史，同时也是那一辈人的奋斗史，更深一步说是祖国农村发展史。

近代，有人作《本领恐慌》，引发了一撮人（多是白领）的恐慌。我倒认为现实最缺失的却是知识，却是道德。需要知识、道德才是时代的音符。

当今社会，几乎不会有人会像家富公公、能量叔叔那样渴望知识，更不会像他们那样苦苦追求知识。在家富公公那一代，他在马家私塾学堂偷学课文，在扯猪草的间隙复习生字，悄悄跟自己的堂弟学习算术，那时，学习是富人家享有的特权；到了妙秀奶奶这一辈，学习却又是男人的专利。家富公公通过刻苦学习，终于有了做账当柜房先生的能力，得到了胡老板的赏识，将自己的掌上明珠许配给了他，还给了他一笔丰厚的嫁妆，从而改变了他的命运。

能量叔叔体谅家庭的艰辛，主动辍学。从卖冰棒，到拾粪都在动脑筋，自我挑战人生，他最大的愿望是学一门手艺，离开乡村，走向城市，成为城里人。后来又改行做基建，搞房地产开发，他始终不断地琢磨市场，刻苦学习，最后硬是争取到H大学插班学习，成为H大的终身学生。

就能量的成功而言，我觉得不仅仅是他善于学习，善于琢磨市场规律、把握政策机遇。更重要的是他思想敏锐，与时俱进。北京之行、香港之行，这是难得学习的好机会，以至于提升自己人生拼搏的实际能力。以此，形成了他自己的品性。心地善良，为人低调，诚信为本，刻苦努力，德才兼备，岂不成功!

还让我最感动的是能量的母亲妙秀奶奶，她出身贫寒，是一个十分平凡的农家妇女，却是那么坚强，含辛茹苦把子女养大成人，又一个个把他们教育成才，她的人生，才是伟大的人生。虽然她没有多少书本知识，但是，她用一生感悟谱写了人生，她的语言，朴实无华而充满了人生的哲理。

在此，让我想起了我奶奶，她也是一字不识，看画报都是倒着看，却和妙秀奶奶一样。20 世纪 90 年代初我高考落榜了，回到老家，在灶边生火，把整个灶膛用柴火塞得满满的，满屋子浓烟滚滚，由于灶膛里没有空气，自然燃不起明火，奶奶说："孙崽呀，'做人须实心，烧火须空心'，抽出几根柴，灶膛里有空间了，火自然就燃起了。"至今，我铭刻心中。

维东知识浅薄，谈不上写作，更无能评价手稿中的言词语句。但是，《西河情缘》以其纪实的风格，淳朴的情感，峰回路转的情节深深地打动了我。虽然我是现代人，没有经历过那种激情的岁月，但它就像是昨天，那些人和事历历在目，宛如身临其境，无不让我感动，让我敬佩，让我难以忘怀前辈们为了我们的今天，所付出的一切。我读的虽然是手稿，却也是爱不释手，反复看了几遍，从中受益匪浅，感悟颇深。自然，书中语句不够华丽，文学特色不够浓厚。但的确是一部难得的新时代奋发图强的前进曲，一个成功者的真实写照。作者确实花费了巨大的心血写出了一本具有时代特色的而又是年轻一代喜爱的好作品。

老一代人、新一代人、后代人都值得一读，其中有成功的秘诀，信不信由你。反正，我是从中悟出了真正的人生——在于成功。成功不容易，但也是人为的。在我看来，曹能量就是一位成功者。

抽空读读吧，受益其中!

2016 年 12 月

（本文作者系某部上校军官）

有志者事竟成

——有感《西河情缘》

◎周迎春

金秋八月，骄阳似火。正值八一建军节之际，收到南文老兄送来的《西河情缘》手稿，第一感觉让我惊喜。因为，我才读了他赠送的长篇小说《阵痛》，其书中的故事情节，国企改革、改制的画面，对人物的生动描写，以及全书的内容，至今，仍难以忘怀。几个月后的今天，又送来长篇小说《西河情缘》手稿，老兄的执着精神，笔耕的毅力，让人敬佩。他毕竟是七十多岁的人，退休十多年了，这样的成就感，现今不多见。

人活在世上，一要有信仰。信仰即是人的灵魂，是人的主心骨，信仰支配你的行为，干什么是正确的，是有益于人民的，共产党员信仰马克思主义，就要一心一意为人民服务，做中国梦。二要有精神。就是自强不息的拼搏精神，南文老兄不忘初心，老有所乐，老有所为，为信仰不息拼搏，无疑是我们学习的楷模。

我与曹南文是在一个偶然的机会认识的，2008 年郴州地区几百年未遇的“冰灾”，造成市内断电、断水、断通信，直接影响人们的正常生活。当时正值春节，我与书中的主人公曹能量是世纪之交的兄弟，我带着全家三口人到他家“避难”，既是过年，又是拜年，自然在他经营的永昌兴宾馆住宿。正好碰上曹老大从郴州赶来老家过年，同样“躲冰灾”也在老五弟宾馆住宿。很自然地我们成了不是兄弟的兄弟。南文老兄当过兵，在部队任过团政委，转业回地方工作，时任市某局副局长，一直从政。我早有所闻，他爱好文学，痴迷写作，出了几部小说，他的作品我都拜读过，他的作品如同从土里长出来的那么接地气，我说他像《半夜鸡叫》土作家高玉宝。真实可信、跌宕起

伏的故事情节，散发出一种乡土清香味，我沉浸其中，真的，读他的书是一种文学享受，乐在其中。

《西河情缘》有二十多万字，我花了较长时间认真阅读了手稿，这部纪实性长篇小说，叙述了我国农村改革开放，以及曹氏家族的变迁史，将农村改革与家庭发展变化紧密结合，真真切切，让人置信无疑。塑造代表人物曹能量，利用党改革开放的好政策，艰苦奋斗，励精图治，在农村转型发展中发挥正能量，一个一个故事情节接踵而至，叙述细腻，举例生动，峰回路转，读后让人耳目一新，印象深刻，并很自然地从中受到人生启示。

启示一：低调做人，高调做事。曹能量出身贫寒。人生起步低，初中未毕业，辍学后卖过冰棒、拾过粪、做过木匠，再后来改行做房地产生意，由小到大，一步一步发展为拥有上千万元的房地产开发公司。创业的艰辛，可想而知。当他被别人鄙视时，当他遭遇不测、失败时，当他仕途迷茫黯淡时，却仍然不忘初心，坚定必胜的信心，勇往直前。正是由于他的执着，打造出他低调做人，高调做事的高尚情操。

启示二：凡事，必须从实际出发，走自己的路。“穷不愁兮富莫夸，哪有贫长富久家。”穷，在当时的年代里，普遍存在，问题不在于穷的本身，而在于自己能否悟出“穷”的根源，穷则思变，走出困境。曹能量一出生，就早早地步入贫穷，读初中时，家里穷得连午餐也供不起，放学回家的路上因饥饿晕倒在路上。为此，他只有辍学，另启人生，难道他对读完初中读高中，然后上大学造就自己的美好人生，全没想过，他想，而是朝思暮想。但是，通过努力达不到的事情，硬撑又何苦呢！还不如放弃，否则，也会以失败而告终，这就是他的聪明之举。

启示三：任何时候，必须找准自己的定位。人的一生，难免会遇上顺境和逆境，曹能量帮别人收拾残局、渡过难关时，并不以为自己高明，比别人强多少，反而，认为是应该做的，最多是助人为乐；为香港老板开发房地产，并不认为是能人、有本事，却始终将自己定位于打工仔的身份，做好分内事，因此得到老板赏识；给大款同学建住宅楼，大款从不过问，放手让他干，信誉度超过常人，他却一清二楚地结账，额外的分文不取。事后，他认为“胜不骄，败不馁”才是过硬人生。

启示四：有志者事竟成。世间万事万物变化无常，没有一层不变的事物，人们遵循事物发展规律，勇于实践，奋力拼搏，在改造社会的同时改造自己的主观灵动性，使之灵魂得到洗涤和进化。曹能量每做一件事，必须三思而后行，他辍学之后，前途渺茫，人生黯淡。但是，他无时无刻在想成事。凡事，要面对现实，“兵来将挡，水来土掩”，奋斗有希望，不奋斗半点希望也没有，知难而进，认真对待，绝不懈怠。因此，功夫不负有心人，他成功了。

这部长篇小说，毫不夸张地说，是部难得一见的好小说，好就好在语言朴素，表达流畅，乡土气息浓。平凡人、平凡事、用平常语言叙述，既通俗易懂，又记忆犹新，并让人回味无穷。所以，我无权重复书中的内容，更无能点评作者，却是从中提出几点人生启示，为读后感，即是我的真实感受。如果，有人让我用一句话概括《西河情缘》，那就是：值得一读的好书！

（本文作者系湖南省永昌兴置业有限责任公司总经理）

细心笔耕　探密成功（后记）

古代政治家、思想家、军事家曾国藩，曾经说过这样一句名言：“成就大业，决非一朝一夕之事。”事实上，事业生涯的发展是一个过程，绝非一蹴而就的事情，它需要人们付出很多的努力。在这个过程中，你必须依靠日积月累的办法，最终，这些琐碎的努力才会像涓涓细流汇聚为势不可当的汹涌波涛，而且有时候，成功的到来比你预计的要早。

通过对曹能量发展足迹的跟踪，让我们不难看出，他不是伟大的成功者。因为，他没有从事过伟业，更不是伟人；他不是当今的富人，因为他没有比尔·盖茨、李嘉诚的家产和富有；他不是超人，因为他没有上过天；也不像“水稻之父”袁隆平那样，有过著名的科学发明。但是，他确实是一个成功人士。

就成功而言，我认为，没有绝对的成功。或者说，成功，没有一个固定的模式。中国共产党带领全国人民经历过艰苦奋斗、浴血奋战，取得了抗日战争和解放战争，乃至新民主主义革命的伟大胜利。这期间有多少仁人志士，付出了多少艰辛，甚至抛头颅洒热血，牺牲自己的一切。又如“嫦娥一号”成功地飞上月球，无疑是伟大的成功。这期间，又有多少科研人员默默无闻地奉献着，他们日夜奋战，难道不是事业的成功吗？所以，可以这么认为，这个世上确实存在大成功和小成功之事实。

再说，成功不能单纯地以金额、数额作衡量度，还须用哲学的观点从意识形态方面来衡量，也就是我们开头说的，受人尊重，被人需要就是成功。

一个人到了无所求，有你不多，无你不少的时候，也就没有成功可言了，甚至，让人讨厌。你钱多，你有本事，别人不求你，更不依靠你而活命，你钱多又有什么用？常言说得好：生带不来，死带不去的废纸钱，再多也是白费。当今世道，确实存在“小富”即狂，狂到什么程度？狂到什么都不要；不要参谋干事，不要朋友，不读书，不看报，甚至还说，有些人满肚子学问，不照样是穷光蛋。

殊不知，持这种观点的人，他本身就是衣食无忧的穷光蛋——没有知识的饿汉。

能量不是这样的人，他既不奢，也不狂。他之所以不奢、不狂，因为他知道，今天的得来，不属于他一个人的功劳；是祖祖辈辈日日夜夜奋斗的结果；是众多友好人士帮助的结果；是沾着共产党好政策的光。所以，他没有资格、没有理由去挥霍或抛撒眼前的一切。

“问渠那得清如许，为有源头活水来。”追溯曹能量的成功，从中不难看出，的确是祖祖辈辈们付出的心血，在能量这一代的体现。能量爷爷曾经就想成为城里人，并为之而努力过。在城里开了小作坊，干了多年，由于日本鬼子入侵中国，他们这种本来在城里立足不稳的乡下人，还是归缩到乡下了。快要解放了，伯父们（父辈）还是赤心不改，又想到城里找个栖身之地，结果还是因为踏城不久，不能算城里人，合作化的时候，又划归农业人口，失望地回到了家乡。父亲想吃国家粮，成为国家工作人员。可以说从中华人民共和国成立前到中华人民共和国成立后，乃至合作化、人民公社，以及社会主义建设时期，一直在为之而努力奋斗。因为种种原因，最终也没有实现自己的愿望。搭帮改革开放的好政策，能量接过先辈们的接力棒，以诚实守信为本，不畏艰险。不但在城里站稳了脚跟，而且有了自己发展的空间，有了成功的事业，有了人人所希望的未来。未来，对于能量来说，更加美好。

我用“春意映然，枯木逢春。花蕾争妍，满园春色”为本书的结束语，当否，让世人鉴别。张冠李戴也行，名不符实也罢，我无力争辩，却愿意接受说长论短。